# L'ESCADRON VOLANT

Muriel Romana est écrivaine et scénariste. Elle a contribué à la production de nombreux films (*Le Dernier Empereur*, *1492 Christophe Colomb*, *Vatel*, *Casino*…). Sa saga sur Marco Polo (Calmann-Lévy) a été publiée dans une dizaine de langues. *L'Escadron volant* est le premier opus d'une série historique.

MURIEL ROMANA

# *L'Escadron volant*

ROMAN

ALBIN MICHEL

ISBN : 978-2-253-25224-5 – 1re publication LGF

*Pour Solal et Clara*

Elles mettent leur corps au service de l'État
et les hommes à leurs pieds.

*Personnages*

Tous les personnages du roman ont réellement existé.

Louise de La Béraudière : demoiselle d'honneur de Catherine de Médicis.

Claudine de Clermont, baronne de Retz : demoiselle d'honneur de Catherine de Médicis.

Isabeau de Limeuil : jeune noble catholique.

Madeleine de L'Estoile : jeune noble huguenote.

Catherine de Médicis : reine de France.

Henri II : roi de France.

Diane de Poitiers : favorite du roi.

François de Valois : fils aîné de Catherine et d'Henri, époux de Marie Stuart.

Marie Stuart : reine d'Écosse et nièce des Guise.

Autres enfants de Catherine de Médicis et d'Henri II :

Élisabeth, Charles, Henri, Marguerite, François-Hercule.

François, duc de Guise : oncle de Marie Stuart et ultra-catholique.

Charles de Guise, cardinal de Lorraine : oncle de Marie Stuart et ultra-catholique.

Claude II de Lorraine, duc d'Aumale : cousin des Guise.

Florimond Robertet : trésorier personnel des Guise.

Gabriel de Montgomery : capitaine de la garde royale.

Jeanne d'Albret : reine de Navarre et huguenote.

Antoine de Bourbon : son époux, roi consort de Navarre et huguenot.

Louis, prince de Condé : prince huguenot, jeune frère d'Antoine de Bourbon.

Ambroise Paré : chirurgien royal.

François Clouet : peintre royal.

Folle-en-Pied : bouffonne de la reine.

Nostradamus : astrologue de la reine.

Jean III d'Annebault, baron de Retz : époux de Claudine.

Pierre de L'Estoile : frère cadet de Madeleine de L'Estoile.

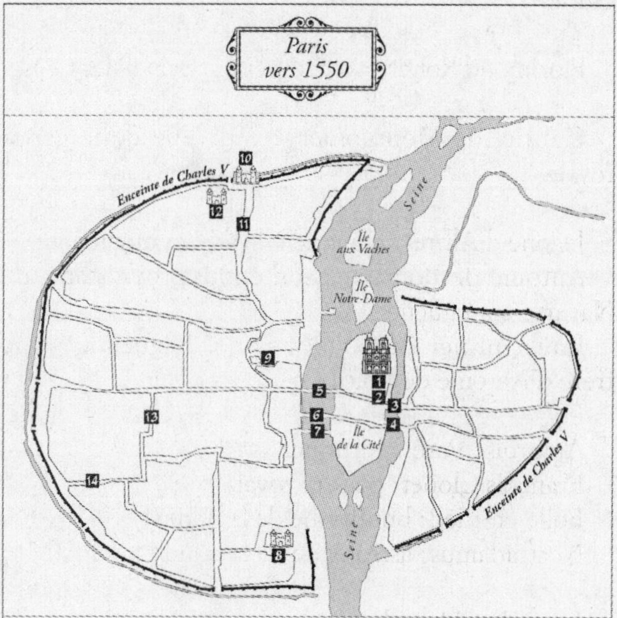


1. *Notre-Dame*
2. *Hôtel-Dieu*
3. *Petit-Pont*
4. *Pont Saint-Michel*
5. *Pont Notre-Dame*
6. *Pont-au-change*
7. *Pont-aux-meuniers*
8. *Louvre*
9. *Place de Grève*
10. *Bastille*
11. *Rue Saint-Antoine*
12. *Palais des Tournelles*
13. *Rue aux Ours*
14. *Rue Tirevit*

# Gabriel

*Paris, 30 juin de l'an de grâce 1559*

Le comte Gabriel de Montgomery abaissa d'un coup sec la visière de son heaume. L'air lui manqua aussitôt. Le soleil de ce jour d'été brûlait comme l'enfer. Par cette chaleur assassine, l'armure qui aurait dû le protéger devenait un piège. La tête enfermée dans la boîte en acier, sa respiration pesante lui parvenait amplifiée, les sons de l'extérieur assourdis.

Son destrier blanc gratta la terre de ses énormes sabots. La bête caparaçonnée impressionnait, comme son maître, par sa stature et sa musculature.

Les rires et les cris de la foule se répondaient de part et d'autre des tribunes. Leur écho résonnait dans le casque comme une torture, mais Montgomery en avait vu d'autres. Princes et courtisans s'impatientaient. Les dames les plus délicates s'étaient retirées pour s'abriter à l'ombre. À entendre cogner le tambour, les battements de son cœur se mirent naturellement à l'unisson, profonds, graves. La fatigue de la journée l'accablait davantage que la lourde armure. Les combats engagés l'avaient poussé jusqu'à ses limites.

Le rectangle mince de son heaume le privait de toute vision latérale. La transpiration dégoulinait le long de son front jusqu'à ses paupières et lui piquait les yeux. Il voyait trouble. Il cilla pour chasser le besoin de s'essuyer.

Il fallait en finir.

Plissant des paupières à plusieurs reprises, le comte se concentra sur son adversaire, un adversaire de taille : le roi Henri II de France. À l'autre bout du vaste terrain, le cheval noir du souverain piaffait d'impatience.

Malgré la distance, l'onde provoquée par les sabots sur la terre battue se répercuta jusque dans sa poitrine, faisant vibrer ses muscles sous l'armure. Sa propre monture, en revanche, demeurait aussi calme que lui. Il tenait fermement les rênes, rassurant l'animal par la sûreté de sa poigne. Dans l'attente du signal, la bête restait immobile comme une statue équestre.

Montgomery cala sous son bras la lance en bois, presque aussi lourde que les épées qu'il fallait tenir à deux mains sur le champ de bataille. Il assura sa prise de son gantelet en métal, pour éviter qu'elle se soulevât sous l'effet conjugué de la vitesse et du vent. L'exercice exigeait une force et une adresse hors du commun. Le comte possédait toutes ces qualités.

Au son des trompettes, enfin, il enfonça les éperons dans les flancs de son pur-sang. Le destrier se cabra, bondit en avant et s'élança au triple galop dans un grondement de tonnerre. En face, dans un même élan, le roi fonçait droit sur lui.

## Madeleine

*Six mois auparavant*

Madeleine de L'Estoile tournait en rond dans la pièce qui servait de cuisine comme de pièce à vivre. Elle avait froid et mal au ventre. Dans la chambre attenante, le médecin avait demandé à rester seul avec son père malade. Depuis que l'état de son père empirait, elle mangeait de moins en moins. Son petit frère Pierre, âgé de treize ans, levait de temps en temps le nez de son livre pour la regarder. Assis sur un tabouret près de l'âtre, il semblait plongé dans *Le Roman de la Rose*. En vérité, la couverture du livre dissimulait une bible traduite en français, interdite par le roi qui n'autorisait que celles en latin. Ses lèvres remuaient en silence.

Leur mère écoutait à la porte.

— Taisez-vous ! ordonna-t-elle alors que personne ne parlait.

Pierre haussa les épaules. Madeleine voyait aux cernes de sa mère que celle-ci n'avait pas dormi depuis des nuits. Le ventre de la jeune fille était aussi noué que son esprit embrumé. Des jours terribles se préparaient, elle le sentait. Pourtant, elle restait vissée au présent, à l'attente de l'annonce fatale. Elle voulait sortir, respirer, fuir cet air qui empestait la mort. Mais une jeune fille ne sortait pas seule et sa mère avait besoin d'elle pour s'occuper de la maison. Bientôt, on manquerait de bois pour le feu de la cuisine.

La maison, sombre, se nichait dans la rue aux Ours, non loin de la Seine. Madeleine n'aimait guère ce quartier où pullulaient les églises et où il fallait se montrer, au moins pour la messe du dimanche. Elle rêvait de la campagne du faubourg de Saint-Germain-des-Prés. L'office de son père, magistrat, lui imposait de vivre à proximité du Parlement, près de l'île de la Cité. Il comptait léguer sa charge à son fils Pierre mais l'enfant, trop jeune, devait encore étudier pour y prétendre.

Madeleine s'empara du livre de son frère et trouva le passage où elle avait laissé un marque-page. Même si elle le connaissait par cœur, le lire la ranimait. Surtout, la lecture l'aidait à dissiper ses tourments.

*« Ne tremble pas, ne te laisse pas abattre, car le Seigneur ton Dieu sera avec toi partout où tu iras. »*

Le bruit de la porte de la chambre la fit sursauter. Le médecin sortit, la mine grave. Elle rendit en toute hâte le volume à son frère. Leur médecin habituel n'était pas disponible et celui-ci était catholique. S'il voyait une jeune fille un livre à la main à la place de travaux de couture, il pourrait deviner qu'ils étaient de la Réforme.

— Il veut voir sa fille.

Mme de L'Estoile regarda Madeleine d'un air de reproche.

— Tiens, dit-elle en lui tendant une bassine d'eau froide et un linge.

Madeleine entra dans la chambre. Une odeur acide de sueur lui piqua le nez. Son père avait trempé ses draps de fièvre, mais pas seulement. Le dégoût rétrécit encore l'estomac de Madeleine.

— Viens, viens, supplia le moribond d'une voix faible.

Elle s'approcha à contre-cœur. Il lui agrippa le poignet et l'attira vers son visage. L'haleine du mourant lui donna la nausée.

— Ma petite, je ne verrai pas le jour, chuchota-t-il.

— Père, ne parlez pas ainsi, protesta-t-elle en lui passant le linge humide sur le front.

Elle le frotta pour le laver, comme elle le faisait avec son petit frère, enfant, mais son père n'était pas un enfant et soulever sa carcasse s'apparentait à une épreuve. Il lui toussa au visage. Elle retint sa respiration.

— Je… je te demande pardon de te laisser…

— Vous n'y êtes pour rien, père. Dieu seul décide pour nous.

— Hélas, Dieu…

— Que voulez-vous dire, père ?

— N'avoue jamais que nous sommes de la religion…

Madeleine n'en parlait pas. Elle savait depuis l'enfance que les protestants étaient tout juste tolérés. L'on pouvait leur refuser un logement ou une charge sur ce prétexte. Les Réformés s'affichant avec trop d'arrogance ou jugés trop gênants étaient condamnés au bûcher. Pourquoi son père prenait-il la peine de le lui répéter sur son lit de mort ?

— Préviens M. du Bourg.

Elle regonfla l'édredon et aida son père à mieux s'y installer.

— Votre associé, père ?

— Oui, dis-lui que nous sommes en danger.

Madeleine eut un mouvement de recul.

— Que dites-vous, père ?

— Dis-lui de se méfier de…

Elle retint son souffle en attendant la suite.

— De qui doit-il se méfier ?

— Au Palais…

— Au palais… de justice ?

— Au Louvre ! lâcha-t-il dans une quinte de toux.

Elle se retourna pour tremper le linge dans l'eau fraîche.

— De qui donc, père ?

Le regard vitreux du mourant se fixa sur les yeux de sa fille. Il secoua faiblement la main et la tête en même temps. Elle lui humecta le front, espérant lui redonner un peu de vie par ce geste vain. Il ne réagit pas. Elle essayait désespérément de décrypter chaque mouvement de son corps.

— Père, qui ? De qui s'agit-il ? Parlez !

Il l'attira à lui en enfonçant ses ongles dans son bras. Sa voix n'était qu'un murmure. Elle l'aida à se redresser et colla son oreille à sa bouche. Il lâcha dans un souffle glacé :

— Montgomery…

Madeleine n'avait jamais entendu ce nom.

— Qui est ce Montgomery ?

Son père relâcha sa pression sur le bras de sa fille. Son corps se fit soudain plus pesant. Elle se dégagea et le regarda. Il s'était figé, la bouche ouverte pour une ultime gorgée d'air qu'il ne trouva pas.

— Mon Dieu !

Elle le lâcha brusquement. Il retomba sur la couche, inerte.

La bassine se brisa à terre. L'eau éclaboussa les jupes de Madeleine, y dessinant un large crachat.

Elle recula jusqu'à la porte. Les mains crispées sur le linge, elle le porta à son visage, machinalement. Les miasmes de la mort la saisirent. Elle le jeta, horrifiée, et se précipita hors de la pièce.

## Louise

Louise, demoiselle d'honneur de la reine de France, sortit de ses appartements pour gagner ceux de sa maîtresse par le corridor privé. Le soleil commençait tout juste à draper le ciel d'une lueur mauve. Elle n'avait pas dormi de la nuit. La souveraine se réveillait de toute façon à l'aube. Louise frappa et entra sans attendre la permission. Les portraits d'illustres aïeux la suivaient du regard. La reine avait fait moderniser ses appartements pour en alléger la pesante architecture médiévale qu'elle trouvait vieillotte et malcommode.

Louise s'avança, raide, les doigts entrecroisés devant sa ceinture. Catherine de Médicis posa sa plume et leva le nez de son courrier.

Elle portait la quarantaine épaisse, après dix grossesses menées à terme, dont la dernière, moins de trois ans auparavant, avait donné lieu à un accouchement périlleux pour la mère et pour les jumelles qui n'avaient pas survécu. Ses yeux globuleux, son nez fort, son large cou étaient compensés par son goût sûr en matière de toilettes et de bijoux. Souvent, elle confiait qu'il suffisait de détourner les regards vers la beauté de ses atours pour oublier qu'elle-même en manquait. Sa culture raffinée et son élégance faisaient le reste.

— Je ne vous ai pas mandée, Louise, dit-elle.

La demoiselle d'honneur plongea en une profonde révérence.

— Madame, je vous parle sans détour : je viens vous demander l'autorisation de me retirer au couvent.

La reine soupira.

— Vous êtes encore jeune pour vous emmurer à vie.

*Mais, à vingt-neuf ans, déjà trop vieille pour me marier.*

— Le service de Notre-Seigneur ne compte guère le nombre des années.

— C'est à cause du comte de Montgomery, n'est-ce pas ?

À l'évocation de ce nom, Louise sentit sa poitrine se soulever trop rapidement. Elle essaya de s'apaiser, en vain.

— La cause importe-t-elle à Votre Majesté ?

— Oui, puisqu'elle me prive de ma suivante la plus… dévouée.

Louise détourna le regard, s'efforçant de dissimuler son malaise. Toutes deux savaient de quelle sorte de dévouement il s'agissait.

— Je prie Votre Majesté de me pardonner, ma décision est prise.

— Vous auriez dû m'en parler pendant qu'il était encore temps. Je me serais entretenue avec le roi. J'aurais trouvé un moyen.

Louise ne releva pas. Gabriel de Montgomery était le capitaine des gardes du roi, comme son père avant lui. Le souverain n'aurait jamais agi contre son fidèle serviteur. La parole de la reine ne pesait guère face à la virile amitié et à l'honneur chevaleresque qui unissaient les deux hommes.

— Si vous devez renoncer à Montgomery, pourquoi ne pas épouser l'un de ces galants qui vous suivent comme des petits chiens ?

Les yeux de Louise se perdirent dans la contemplation du seul tableau qui ne fût pas un portrait de famille. Léonard de Vinci, qui ne s'en séparait jamais, l'avait rapporté d'Italie lorsque François Ier l'avait invité à vivre à sa cour. À la mort de ce dernier, Catherine de Médicis l'avait fait installer dans ses appartements – sans doute par nostalgie de son pays natal. Il représentait une dame au regard doux, les bras posés sur la taille. La Joconde. Louise décelait dans son subtil sourire une ironie qu'elle partageait.

— Les hommes sont tous des menteurs et des lâches.

— Je ne serai pas celle qui vous contredira, dit la reine.

Catherine de Médicis se leva et contourna sa table de lecture. Elle ouvrit une bonbonnière en verre de Bohême et y saisit un macaron rose pâle. Elle l'avala en deux bouchées. Louise préférait cette habitude à celle qu'elle devait à son ambassadeur au Portugal qui lui avait présenté du tabac importé d'Amérique. Louise en trouvait l'odeur plus désagréable que celle du fumier. La reine s'essuya le coin des lèvres de son mouchoir.

— Désormais, mon cœur aspire à la paix, reprit Louise.

— La paix est parfois l'autre nom de la fuite, Louise. Voyez mon époux qui a signé la « paix » avec l'Espagne et s'en vante comme s'il était le vainqueur de cette guerre. Il organise même un tournoi pour que le peuple croie à sa fable.

— Précisément, madame, je souhaiterais prononcer mes vœux juste après les festivités.

— Je vais réfléchir à votre requête.

Louise sourit, soulagée, et esquissa une révérence pour se retirer mais Catherine de Médicis leva la main.

— Je n'ai pas terminé, Louise.

La reine se pencha en avant et baissa la voix :

— Auparavant, j'ai une ultime mission à vous confier.

La demoiselle d'honneur sentit sa bouche devenir sèche. Encore une fois, son dévouement serait mis à l'épreuve.

# Claudine

Claudine reçut la gifle sans la voir venir.

— Il suffit ! Vous allez m'obéir et consentir à ce mariage.

La jeune fille tenait sa joue endolorie, les yeux embués par les larmes. Elle n'avait jamais vu sa mère dans un tel état. Surtout, c'était la première fois qu'elle levait la main sur elle. Claudine, sage et studieuse, ne donnait guère l'occasion à sa mère du moindre mécontentement. Même la reine de France, dont elle était l'une des demoiselles d'honneur, la couvrait d'éloges. L'injustice de ce mariage imposé lui parut d'autant plus intolérable que se brisaient ainsi ses rêves de petite fille élevée à la cour, parmi les meilleurs partis du royaume. Son cœur balançait entre plusieurs gentilshommes bien nés au sourire éclatant. Le destin lui devait un époux digne de son rang, et non ce croulant baron de Retz désigné par sa mère.

Le portrait en armes de son père la fixait depuis le mur de la chambre maternelle face à la cheminée sculptée. Sa fière allure inspira Claudine pour reprendre contenance.

— Mère, vous me laissez si peu de temps pour réfléchir.

— Car vous n'en avez nul besoin. Ne mesurez-vous pas l'honneur qui sera le vôtre ? Mettons cela sur le compte de votre jeunesse.

Elle rajusta sur Claudine la magnifique robe d'épousailles toute garnie de perles qui descendaient en cascade du décolleté à la taille et jusqu'aux chevilles.

— Précisément, mère, le baron de Retz a quarante-cinq ans de plus que moi !

— Et autant d'années de sagesse que vous n'avez point. Il vous éduquera pour vous en donner, dit-elle en enfonçant sans ménagement des épingles dans le chignon noir bleuté de Claudine.

Celle-ci serra les dents de douleur.

— M'éduquer, madame ? Je le suis déjà et fort bien. Mais pourquoi me refuse-t-il de prendre mes livres dans mon ménage ?

— Vous avez suffisamment lu pour toute une vie. Une épouse n'a point besoin de livres pour s'occuper de son mari.

La mère de Claudine était d'ordinaire plus tendre que la plupart de celles de ses amies, sans doute en raison de la mort prématurée de son époux alors que Claudine n'avait que cinq ans. La jeune fille percevait la peine de sa mère sous son ire. Elle crut deviner sa honte d'avoir pourvu elle-même à l'instruction de son enfant plutôt que de l'envoyer au couvent. Claudine, elle, ne le regretterait jamais.

— Cette robe vous va à ravir. Vous serez éblouissante le jour de vos noces.

— Ce sera la dernière belle toilette que je porterai.

— Pourquoi dites-vous cela ?

— J'ai lu le contrat de mariage. Le baron de Retz prévoit de quitter la cour après les noces pour se retirer sur ses terres. Et moi avec lui.

— Il a bien mérité une retraite paisible pour ses faits de guerre.

— Et moi d'être ainsi enterrée vive ?

Sa mère fronça les sourcils.

— Cessez de ne songer qu'à vous ! Suis-je la seule à être honorée que ma fille soit donnée en mariage à un héros par le roi lui-même ?

— Le temps est révolu où les femmes étaient tribut et part de butin.

Claudine esquiva tout juste un second soufflet.

— Il s'agit d'alliance !

— Il s'agit d'argent.

— Baissez d'un ton, insolente !

— J'aspire à mieux qu'à un vieux grison, fût-il le plus vaillant des soldats du roi, ce qu'il n'est même pas.

— J'espère que vous obéirez à votre mari mieux qu'à votre mère !

— Je connais mon devoir et les obligations d'une épouse. C'est pourquoi je suis d'autant plus attentive au choix de celui à qui je promettrai fidélité et obéissance.

— Ma fille, vous êtes mon trésor le plus précieux, et vous savez que j'ai toujours agi pour votre intérêt et votre élévation.

— Je le sais, mère.

Son consentement était d'autant plus surprenant. Elle n'avait pas discuté quand le baron de Retz avait demandé sa main. Certes, c'était un excellent parti de par sa fortune mais, dames d'honneur de mère en fille, elles n'étaient pas dans la gêne. Sa mère affichait toutefois une mine bien trop sérieuse pour rassurer Claudine.

— Ma fille, je vous le répète, épouser le baron de Retz est un honneur. Vous devez me croire.

— Pourquoi ne pas l'épouser vous-même ? fit-elle, agacée.

— Allons, Claudine, vous vous gaussez.

— Si père était encore de ce monde, il ne l'aurait jamais permis.

— Tais-toi !

Claudine sursauta à la brusquerie de sa mère.

Livide, celle-ci prit les mains de sa fille dans les siennes.

— Écoute-moi, Claudine, dit-elle en baissant la voix. Il est un secret que tu dois connaître à présent.

— Vous m'effrayez, mère.

— Tais-toi et écoute cet aveu, je ne le répéterai pas. Plutôt l'emporter dans la tombe que de le révéler à quiconque. Il doit en être de même pour toi.

Sans savoir pourquoi, Claudine sentit ses cheveux se hérisser sur sa nuque.

Sa mère baissa les yeux, prit une profonde inspiration et lâcha dans un souffle :

— Une fois que tu m'auras entendue, tu comprendras pourquoi ce mariage est une bénédiction et pourquoi tu n'as pas le choix.

— Parlez, mère.

— J'ai commis un péché.

— Que voulez-vous dire ?

— Tu n'es qu'une… Tu es une bâtarde.

Claudine retira ses mains de l'étreinte de sa mère. Le mot à peine chuchoté lui fit l'effet d'une fine aiguille s'enfonçant profondément en plein cœur. Son corps ne lui répondait plus, son esprit pas davantage, ravagé par l'incendie d'une vérité insupportable.

— Mais je suis votre fille unique.

— Justement. Avant toi, ton père et moi, nous n'arrivions pas à…

Sa mère suspendit sa phrase, laissant à Claudine l'espace de remplir ce qu'elle n'osait avouer. La jeune fille s'emporta.

— Non, mère ! Comment avez-vous pu ? Vous, si droite, si honnête ! Comment avez-vous pu trahir mon…

Le mot se coinça dans sa gorge. Elle se sentait désormais indigne de le prononcer.

— … votre mari.

— Il fut si heureux d'apprendre que j'étais enfin enceinte, dit-elle, la voix perdue dans ses souvenirs.

— A-t-il jamais su la vérité ?

— Je ne le crois pas. Mais peut-être a-t-il eu des doutes.

Évidemment. Avec une amère colère, Claudine se rappela les punitions injustes de son père. Elle l'admirait et le respectait. Naïvement, elle pensait qu'il lui reprochait de ne point être née du sexe noble, aussi s'efforçait-elle de surpasser ses attentes. En vain. Connaître le grec, le latin et l'hébreu à quatre ans, apprendre l'arithmétique, l'astronomie et la physique à cinq, ce n'était jamais assez. Elle comprenait qu'à ses yeux, elle ne fut toujours que l'incarnation de l'ignominie.

— Qui est mon vrai père ?

Sa mère détourna la tête, muette.

— Est-ce que je le connais ? insista Claudine.

Elle détesta le ton suppliant de sa voix, mais elle espérait ainsi attendrir sa mère. Celle-ci gardait la bouche scellée en une moue sévère.

— Vous me devez son nom ! s'emporta Claudine.

— Je ne vous dirai rien de plus. Je vous ai livré ce secret pour une seule raison : vous convaincre d'accepter ce mariage inespéré.

La cruauté de sa mère valait bien les coups de fouet de son père – enfin, de celui qu'elle avait pris pour son père.

Sans force, ses bras retombèrent le long de sa robe. L'éclat des saphirs et des diamants se ternit soudain. Elle ne méritait plus de les porter.

Même l'homme sur le tableau la regardait désormais d'un œil méprisant. Elle ferma les paupières avec le fol espoir qu'en les rouvrant sa vie aurait repris comme avant, que tout ceci ne serait qu'un affreux cauchemar. Au lieu de cela, elle sentit les mains de sa mère essuyer les larmes sur ses joues.

— Reprenez-vous, ma fille. Vous avez encore le temps de vous y faire, les noces sont prévues dans six mois.

C'était bien réel : son monde s'écroulait autour d'elle. Elle se jura d'arracher à sa mère le nom de son géniteur.

# Louise

Il restait quelques instants à peine avant l'explosion, et Louise n'avait toujours pas pu voir le document.

Elle détaillait le cabinet de curiosités où les fioles aux contenus saumâtres côtoyaient des hermines empaillées, des crânes de créatures étranges et même un masque d'or aux dents grimaçantes, cadeau du navigateur Jacques Cartier envoyé par François Ier aux Amériques. Le fossile d'un escargot géant prenait la poussière sur une étagère. Louise se laissait hypnotiser par la spirale infinie dont elle suivait mentalement les contours dans un sens, puis dans l'autre, au rythme de ses propres mouvements ponctués par le tintement des lourds anneaux à ses oreilles.

Elle était agenouillée aux pieds d'un homme deux fois plus âgé qu'elle. S'efforçant de l'ignorer, elle se concentrait sur sa tâche : lui faire perdre la tête, mais pas n'importe quand. Louise dosait parfaitement ses efforts pour que l'homme s'abandonnât au moment précis où elle le déciderait. Par devoir, en mission secrète pour la reine, elle avait appris l'exercice et y excellait. Elle réservait ses services à cette seule pratique, depuis qu'elle avait constaté y puiser un incommensurable sentiment de puissance. Au moins, elle ne se sentait pas à la merci d'un homme. Et, ainsi, elle avait trouvé le moyen de préserver sa virginité qui lui ouvrirait les portes de la paix du couvent.

Son « client » ignorait sa véritable identité et elle feignait d'ignorer la sienne. Son visage était inconnu du commun des mortels, mais point de Louise. Elle avait pris le risque de l'accoster elle-même après l'avoir suivi jusqu'à son cabinet, au pied de la tour astronomique qui dominait Paris. Elle voulait être certaine qu'il l'invitât à monter chez lui. Il n'avait pas hésité longtemps. Elle s'était renseignée pour connaître ses goûts – les rousses un peu gitanes – et s'était apprêtée en conséquence. C'était ainsi qu'elle se retrouvait à ses pieds, les lourds drapés de sa jupe servant de coussins à ses genoux.

Les poils drus de ses cuisses frottaient la chair tendre de ses seins. Elle en frissonna de dégoût.

*C'est la dernière fois.*

Cette pensée lui redonna du cœur à l'ouvrage. L'homme émit un soupir. Louise ne quittait pas des yeux l'objet réel de sa mission : le feuillet posé sur le guéridon derrière le vieux débris. L'encre sèche brillait encore, ombrant les volutes de l'écriture manuscrite. Elle aurait peu de temps, quelques secondes à peine, mais il ne lui en fallait guère davantage pour s'en emparer.

Discrètement, elle faisait reculer le vieillard jusqu'au guéridon. Au moment fatidique, elle n'aurait qu'à tendre la main pour glisser le feuillet dans son corsage. Le temps qu'il reprenne ses esprits, elle aurait déjà disparu. Il gémit, la tête renversée en arrière. Encore quelques efforts... À l'instant où elle sentit que le plaisir de l'homme allait jaillir, il s'agrippa au guéridon des deux mains, les paumes écrasées sur la feuille.

*Oh non !*

Louise s'interrompit aussitôt. Il eut un hoquet de surprise et de frustration.

Non, elle ne pouvait échouer si près du but. Elle se concentra et redoubla d'ardeur, mais les ongles du vieillard restaient obstinément accrochés au feuillet. Elle devait imaginer un moyen de le détourner de ce maudit guéridon. Il était impensable qu'elle retournât bredouille devant la reine, mais par-dessus tout, elle ne pouvait s'être livrée à semblable privauté pour rien. L'esprit affûté comme une épée, Louise réfléchissait à toute allure, tout en priant pour que l'âge du vieillard n'abrégeât point ses chances de succès. Certes, elle pourrait alors étudier le document à loisir, mais se retrouverait dans une situation fâcheuse avec un cadavre sur les bras et une explication à improviser pour le serviteur qui l'avait vue entrer. Non, elle devait simplement l'obliger à mettre ses mains ailleurs.

Le faire trébucher ? Lui demander un verre de vin ? Feindre un malaise ?

Elle eut enfin une idée.

Louise attrapa les mèches de sa perruque et l'en effleura. Il réagit comme elle l'espérait et écarta les cheveux de ses doigts osseux. Enfin, il gémit en ahanements poussifs.

*Maintenant !*

Elle souleva la lettre discrètement.

— Que faites-vous ?

Essoufflé, il la regardait de son œil vitreux, mais encore vif.

Elle lâcha aussitôt le document, surprise par sa vigilance, et tira avec un sourire charmant un repose-pied en velours où l'homme se laissa choir d'un coup.

— Je cherchais un mouchoir, monsieur.

Il la sonda en plissant les paupières.

Avec toutes ses potions, il pouvait la terrasser en un clin d'œil, peut-être même faire disparaître son corps dans un nuage de fumée.

Lentement, avec une suprême délicatesse, elle continua à le caresser. Il se relâcha. Pour Louise, au contraire, il ne fallait surtout pas baisser la garde. Il sortit un carré de lin qu'il lui tendit.

— Vous êtes… ensorcelante, ma chère, dit-il dans un souffle.

— Je sais, répondit-elle en saisissant le mouchoir.

D'une main tremblante d'émotion, il ouvrit sa bourse et compta cinq pièces qu'il donna à Louise.

— Vous reviendrez, n'est-ce pas ?

— Je n'y manquerai pas, mentit-elle.

Devant lui, elle prit le temps de remonter son corsage, de se rajuster, puis d'enfouir les pièces dans son manchon.

Dès le seuil franchi, elle se drapa dans sa cape et quitta, ses mules à la main, le cabinet du mage de la reine de France, Nostradamus.

# Isabeau

Isabeau se réveilla en toussant. Et avec l'impression étrange qu'un dragon semblait tenter de s'extirper de son corps. Elle étouffait et ouvrit les yeux difficilement. Un nuage de fumée obscurcit sa vision. Elle changea de position, mais rien n'y fit, la toux ne cessa pas. En nage, elle repoussa l'édredon, et parvint enfin à se redresser malgré la toux qui la secouait sans discontinuer. On ne voyait rien à deux pas. Un craquement sinistre la tira définitivement du sommeil.

Le château était en feu !

Elle glissa à terre, incapable de se mettre debout. Fuir, fuir. Elle se traîna à quatre pattes vers la porte.

*Je dois prendre quelque chose mais quoi ?*

Incapable de réfléchir, elle s'empara du premier livre à sa portée parmi les cinq qu'elle possédait. Le froid de sa reliure en argent la saisit quand elle le glissa sous sa chemise. Elle reprit sa progression vers la porte. Elle s'agenouilla pour en ouvrir le battant. Une chaleur montée des enfers lui souffla au visage. Des flammes se tordaient autour de l'escalier dans un hurlement de forge. Elle parvint à refermer la porte. Impossible de sortir par là.

La gorge arrachée par la toux incessante, elle recula vers la fenêtre. Elle s'agrippa au rebord de pierre et essaya d'ouvrir la croisée sertie dans le plomb, mais se brûla et recula vivement. Elle frappa du coude contre la vitre pour la briser, en vain, ses forces l'avaient quittée. Elle se sentit couler à terre, privée de souffle. Elle allait mourir.

Puis, elle l'entendit. C'était une faible plainte, à peine perceptible.

Elle comprit enfin ce que son esprit cherchait depuis qu'elle s'était réveillée à l'intérieur de ce cauchemar : le compagnon de ses nuits manquait à l'appel.

Mue par une vigueur soudaine, elle poussa sur le mur avec ses pieds et rampa vers l'origine des gémissements. Elle voulut l'appeler, mais sa toux l'empêchait de parler. Ses mains tâtonnaient de tous côtés. Elle étouffait, les yeux plissés par des larmes piquantes. Si elle voulait survivre, elle devait renoncer.

Elle s'apprêtait à abandonner quand une forme douce et mœlleuse se fit sentir sous ses doigts.

*Hermès !*

Elle attrapa le chat à pleine main et attira la boule de poils à elle. Le livre glissa de sa chemise. Elle le reprit de son autre main. Saisie d'un nouvel élan, elle se hissa sur les genoux et gagna la fenêtre. De toutes ses forces, elle frappa la vitre avec le livre jusqu'à ce qu'elle cédât. L'air glacial de l'extérieur lui balaya le visage. Le chat planta ses griffes dans sa poitrine. Elle sourit, il était bien vivant.

De sa main libre, elle tira sur le verre, sans prêter

attention aux blessures et au sang qui dégoulinait le long de son poignet. Quand l'ouverture fut suffisante pour s'y glisser, elle serra le chaton contre sa gorge. Et, sans regarder en bas, elle sauta dans le vide.

## Louise

Louise, pieds nus, fit un signe au coche qui l'attendait au coin. La neige était tombée durant sa soirée avec le mage.

*J'aurais dû mettre des bas !*

Pendant que l'attelage approchait au pas, le bruit des sabots étouffé par la couche blanche, elle jeta ses mules dans la poudreuse et enfonça ses pieds gelés dans leur douce fourrure. Le soulagement fut immédiat. Elle retroussa ses jupes et grimpa dans le coche qui s'ébranla aussitôt.

Tremblante de froid, elle s'emmitoufla dans sa cape recouvrant sa gorge largement dénudée. Elle cracha dans le mouchoir baillé par le vieillard et le jeta sur les pavés. Elle sortit le sien et se frotta la bouche à s'en faire saigner.

Il lui tardait d'arriver. On traversa la place de Grève où des hérétiques avaient été brûlés sur ordre du roi. Il ne restait qu'un tas sombre recouvert de neige hérissé de poteaux calcinés. Louise huma l'odeur du bûcher avec satisfaction. Cela faisait toujours quelques huguenots en moins. Elle regretta de n'avoir point assisté à l'exécution.

Elle ôta les épingles qui retenaient sa perruque rousse et la retira avec soulagement. Elle l'enroula soigneusement et la rangea dans son aumônière. Elle ne lui servirait plus désormais. Elle se délesta également de ses boucles d'oreilles bien trop lourdes. Puis rajusta les mèches blondes de son chignon et rabattit le capuchon sur sa tête.

Paris était désert à cette heure avancée. Louise devinait des ombres dans les ruelles noires. La nuit appartenait aux voleurs. La troupe royale du guet, avec son fanion, escortait médecins et sages-femmes, seuls autorisés à sortir après le crépuscule. Le coche glissait à faible allure mais, après la tour Saint-Jacques-de-la-Boucherie, l'attelage accéléra pour traverser le labyrinthe de coupe-gorge et de ruelles étroites entourant le Louvre. Enfin, les imposantes tours du palais jaillirent dans le ciel étoilé.

Louise montra sur le revers de sa cape le chiffre de la maison de la reine. Respectueusement, la porte encadrée de tourelles s'ouvrit sur la vaste cour du château. Le petit coche d'allure modeste dénotait dans ce cadre majestueux. Il se rangea devant le pont de l'aile sud, face à la Seine. Le palais protégé par ses douves aux eaux saumâtres ne comptait que deux ponts comme points d'entrée. L'un était l'ancien pont-levis construit par Philippe Auguste en 1190, tandis que l'autre, plus récent, en bois, était défendu par une immense et lourde grille, côté sud. Louise descendit et s'y précipita. Sur le côté, un accès pour les gens de pied évitait de lever la herse. Le garde de faction s'écarta en un salut déférent.

Louise gravit les escaliers de la première tour, secouant le bas de ses jupes trempées de neige. Soudain, une ombre se détacha du mur et lui barra le passage.

## Gabriel

Ses gardes ne s'étaient point trompés. C'était bien Louise de La Béraudière qui avait quitté le Louvre tantôt et la voilà qui revenait à la nuit tombée, à l'heure où les dames respectables dormaient dans le lit conjugal. Mais Louise n'était ni respectable ni mariée.

La voyant sortir une lame de son manchon, il s'avança prudemment pour se faire connaître.

— Louise, morbleu, que faites-vous ici à cette heure ?

— Gabriel, vous m'avez fait peur !

Elle rangea son arme et lâcha un soupir de soulagement.

— Et vous donc ! Je m'inquiète de vous voir ici. Le Louvre n'est guère sûr la nuit, dois-je vous le rappeler ? Le palais devient le repaire de courtisans ivres ou de bandes de jeunes pages à l'affût d'un mauvais tour.

— Allons, je n'ai rien à craindre avec vos gardes qui font des rondes jusqu'à l'aube.

Il se rapprocha d'elle. Elle recula contre le mur et monta deux marches pour se trouver à la même hauteur que lui. En dépit de la faible clarté de la lune, il vit parfaitement ses lèvres rougies, ses cheveux blonds en désordre, sa poitrine palpitante sous son corsage. Cela sentait l'homme. Il contracta involontairement les poings. Quel que fût celui qui l'avait touchée, il était prêt à le massacrer de ses propres mains. Il s'obligea à se calmer et demanda d'une voix douce :

— D'où venez-vous, madame ?

Elle dut percevoir la pointe de dureté qui transparaissait dans son ton, car elle sourit de son petit air mutin :

— Que vous importe ? Vous n'êtes point mon époux.

Ce rappel de la cruelle réalité lui fit l'effet d'une gifle. Son père l'avait contraint à rompre leurs fiançailles pour en épouser une autre. Il avait menti à la jeune femme par loyauté filiale, prétendant que c'était son propre choix. Il lui avait alors offert de devenir sa maîtresse et elle ne s'était jamais relevée de cet affront. À présent, la peine de cœur de Louise s'était transformée en une blessure d'orgueil.

— J'ai le désir de vous protéger, Louise. Ardemment.

— Je vous sais gré de votre sollicitude, comte. Vous êtes pour moi comme un frère.

Au lieu de l'apaiser, elle enfonçait le clou dans le cercueil de ses espérances. Il ne put taire davantage sa jalousie.

— Avec qui étiez-vous, madame ?

Elle redressa le menton :

— Je ne vous dois rien, Gabriel.

Elle fit un mouvement pour poursuivre sa montée, mais de ses bras puissants, il la bloqua contre le mur. Une lueur de panique passa dans ses yeux, elle savait de quoi il était capable. Il en conçut une satisfaction farouche. Il admira sa manière de dominer sa peur pour le fixer et exiger d'une voix posée :

— Laissez-moi, monsieur.

Une brusque envie de la passer à la question le saisit. Il s'imagina l'attacher, complètement nue, sur une croix de bois et la torturer avec sa langue jusqu'à lui faire avouer le nom de son amant. Ensuite, il irait le transpercer de son épée et reviendrait prendre possession d'elle, encore apeurée et tremblante. Son désir durcissait dans ses hauts-de-chausses. Il ne serait apaisé qu'une fois qu'il l'aurait prise. Ce jour arriverait, il en était certain, même si toutes ses tentatives s'étaient révélées vaines jusqu'à présent. Il se pencha et souffla dans son oreille :

— Vous sentez la luxure, madame.

Elle le toisa d'un air de défi.

— Précisément, monsieur, mon prochain amant m'attend dans mes appartements et rien ne lui plaît davantage que de s'enivrer de mes odeurs charnelles.

Gabriel de Montgomery serra les poings. Cette fois, ce fut le cou délicat de Louise qu'il eut envie de briser dans sa main. Avec sa force, ce serait aussi aisé que de casser une brindille. Il devait se calmer. Il ferma les yeux, prit une profonde inspiration.

Puis il écarta les bras et, sans attendre son reste, Louise monta l'escalier à toute allure. Il ne put contenir davantage sa rage et écrasa son poing contre le mur, négligeant la douleur dans ses phalanges ; elle n'était rien en comparaison de ce qu'il souffrait dans son âme et dans son corps.

# Louise

Ne la laisserait-il donc jamais en paix ? Le cœur de Louise battait à tout rompre tandis qu'elle grimpait les marches jusqu'à ses appartements. Une fois à l'intérieur, elle put enfin souffler. Il lui semblait qu'elle avait retenu sa respiration depuis que Gabriel de Montgomery avait surgi dans l'escalier. L'expression qu'elle avait lue dans ses yeux bleus trop clairs l'avait glacée des pieds à la tête. Seul l'ovale de son visage adoucissait son allure martiale. Il l'avait sûrement guettée toute la nuit comme un chasseur guette sa proie. Un frisson d'angoisse la secoua à cette pensée. Elle ne devrait pas avoir peur de lui. Il était le capitaine des gardes du roi, en charge de la sécurité du Louvre, après tout. Surtout, elle le connaissait depuis l'enfance. Ils avaient grandi et joué ensemble, suivant la cour itinérante du roi de Fontainebleau à Blois, ou de Chambord à Amboise. Mais quand sa poitrine s'était arrondie et sa taille affinée, il l'avait regardée avec les yeux d'un homme. Dès lors, elle l'avait évité. Autant séduire pages et écuyers était devenu un jeu pour elle, autant, avec Gabriel, il n'était point question de jeu. Une dangerosité inquiétante émanait de lui qu'elle ne parvenait pas à identifier. Pourtant, en repensant à ses bras puissants qui la retenaient dans l'escalier, une chaleur l'envahit jusqu'à la racine des cheveux. Secouant la tête, elle repoussa cette sensation. Avec lui, elle se perdrait, elle en était persuadée.

En entrant dans sa chambre, elle y trouva un bain préparé par sa servante, Fanfi, une femme aux opulentes mèches blondes qu'elle tentait de dompter en chignons improbables. Fanfi s'appelait en réalité Françoise, mais la petite Louise l'avait surnommée ainsi dès qu'elle avait su babiller. C'était sa nourrice qui s'était convertie en domestique quand le temps des langes avait passé, au prétexte qu'elle avait la poitrine usée par les tendrons qu'elle avait allaités ; en vérité, elle s'était attachée à Louise plus que sa propre mère et n'aurait pas souffert d'en être séparée. Enfant, Louise avait accueilli la nouvelle avec évidence ; ce ne fut qu'en grandissant qu'elle prit la mesure de l'affection qui les unissait, comme un secret.

Louise lui tendit sa perruque rousse. La servante la rangea avec soin à l'intérieur d'un petit meuble sur une tête en tissu, aux côtés d'autres perruques qui allaient de l'auburn profond à l'incarnadin chatoyant. Puis, Fanfi ôta une à une les épingles de la chevelure de sa maîtresse et dénoua ses boucles blondes plaquées en couronne autour de sa tête. Louise secoua la tête et ses mèches dorées tombèrent sur ses épaules. La servante souleva un seau d'eau qui chauffait au-dessus des braises de la cheminée et le versa dans le bain où flottaient des pétales de roses. La vapeur en exhala le parfum floral.

Louise n'avait guère le temps de se prélasser. Contrairement à ce qu'elle avait assuré à Montgomery, aucun amant ne languissait, et la personne qui l'attendait n'avait en rien la patience d'un soupirant. Louise devait se hâter si elle voulait la voir avant son départ à l'aube. La servante l'aida à se dévêtir. Louise lui donna la bourse en entrant dans l'eau fumante. Un frisson d'aise la parcourut. Elle ferma les yeux et respira profondément le parfum de rose. Il lui sembla en devenir ivre de délice et que le tourbillon d'arômes lui lavait le corps de l'intérieur.

— Combien y a-t-il ?

— Cinq sols parisis, comme d'habitude, madame.

La somme représentait la moitié des gages mensuels que Louise donnait à sa servante.

— Très bien, fais comme d'habitude alors.

— Bien, madame.

La servante en rangea un dans la poche de son jupon, puis vida le reste de la bourse dans un coffret, dissimulé dans une cache sous le lit à baldaquin. Louise ne gardait rien de l'argent gagné. Elle le versait à l'Hôtel-Dieu qui accueillait les filles perdues atteintes de la syphilis, le mal de Naples, ainsi nommé depuis que François Ier l'avait contracté lors des guerres d'Italie. Il en était mort douze ans auparavant après dix longues années d'épisodes souffreteux et une terrible agonie. Les causes de sa disparition étaient un secret d'État, mais Louise était dans les confidences. En réalité, la maladie venait de bien plus loin : les conquistadors espagnols l'avaient rapportée des Amériques – une punition pour leurs péchés de chair commis sur des femelles sauvages, disait-on.

Depuis, la syphilis décimait les filles de triste joie que l'on abandonnait à une mort lente. Leurs maisons ne toléraient pas les malades et les jetaient à la rue où elles continuaient de travailler jusqu'à ce que les stigmates les relèguent au rang de pestiférées, condamnées à périr de faim ou d'infection. Aucun remède n'existait, et l'argent de Louise ne servait qu'à atténuer leurs souffrances.

Elle se mit debout dans l'eau et, avec précision et rapidité, elle se récura à la pierre ponce, bouche et langue comprises. Sa servante en fit autant de ses épaules, de son dos et de ses fesses bien que le mage ne l'eût pas touchée. Elles n'échangeaient pas un mot, habituées à cette pratique. Louise sortit à regret du bain, mais se savait attendue avec impatience.

Devant le feu de la cheminée, la servante l'aida à revêtir corset, jupon, vertugadin pour arrondir ses hanches, jupe de velours, souliers de fourrure. Avec dextérité, elle noua sa chevelure d'or en un chignon sophistiqué orné de perles, puis lui poudra les joues d'un léger rosé de la même teinte que sa bouche avant de dessiner soigneusement ses sourcils. Pour parachever l'ordinaire de sa tenue, Louise ajouta un pendentif en rubis assorti à ses boucles d'oreilles. Elle se regarda dans le grand miroir de Venise. Venise, une cité qu'elle rêvait de connaître. Elle en savait déjà la langue.

*Perfetto.*

Nul n'eût pu reconnaître la ribaude entrée quelques minutes plus tôt dans la chambre.

Louise de La Béraudière sortit de ses appartements, digne et superbe, comme l'exigeait son rang de demoiselle d'honneur.

*

Le visage dissimulé sous sa mante, elle traversa d'un pas pressé le corridor secret menant à l'aile du roi. Elle s'arrêta devant la porte dérobée conduisant aux appartements d'Henri II. Elle colla son oreille et écouta. De l'autre côté, des ronflements réguliers ronronnaient. Elle gratta le battant de ses ongles selon le code convenu et attendit. Des bruits de pas glissèrent sur le parquet, puis trois coups lui répondirent.

Satisfaite, elle poursuivit dans le couloir jusqu'à la porte suivante devant laquelle elle patienta, vérifiant qu'elle n'était point suivie. Un instant plus tard, un déclic l'informa que l'entrée était déverrouillée. Elle tira le battant à elle et avança, soulevant la tenture pour s'introduire dans une pièce au luxe aussi flamboyant que la femme qui l'accueillit.

Malgré ses soixante ans, Diane de Poitiers restait d'une beauté et d'une élégance rares, même réveillée au milieu de la nuit. Elle travaillait dur pour cela. D'ici quelques heures, dès l'aurore comme chaque jour, elle partirait pour une longue chevauchée qui la conduirait au bord d'un lac où elle nagerait nue dans l'eau glacée jusqu'à ne plus sentir ses membres. La plupart des courtisans trouvaient ses habitudes extravagantes, surtout ses baignades, mais elle était un modèle pour Louise. Elle l'avait toujours été depuis qu'elle était entrée à son service à quatorze ans. C'était d'ailleurs

Diane qui avait suggéré au roi de la placer auprès de Catherine de Médicis devenue reine de France. Louise avait pour mission de rapporter tous les faits et gestes de la reine à la favorite.

— Entrez donc, Louise.

La demoiselle d'honneur fit une révérence.

— Hâtez-vous de me raconter car je ne veux point manquer le lever du jour.

Louise aida Diane à se vêtir, s'agenouillant pour qu'elle pût enfiler ses cuissardes.

— La Florentine m'a envoyée chez son mage Nostradamus récupérer sa dernière prédiction.

— Pourquoi ne pas la lui demander ?

— Il refuse de la lui livrer au prétexte qu'elle parle de mort.

— Justement, c'est ce qui est intéressant.

— La reine pense comme vous, madame. Malheureusement, je n'ai pas réussi à m'emparer du document.

— La Florentine n'apprécie pas qu'on échoue, Louise.

— Je ne l'ignore pas, madame.

Diane se dirigea vers un meuble marqueté de nacre dont elle fit jouer le mécanisme secret pour en sortir précautionneusement un flacon contenant un liquide doré. Louise lui tendit un verre de la taille d'un dé à coudre. La favorite y versa quelques gouttes et l'avala avec une grimace.

— Heureusement que ce breuvage produit ses effets, car je ne le boirais pas pour le goût !

Louise sourit pour masquer sa jalousie. Jamais elle n'aurait droit à ce philtre de jouvence qui conservait la jeunesse éternelle. Diane emporterait son secret dans sa tombe.

Elle se regarda dans le miroir, contrariée.

— Mes cheveux s'affinent de jour en jour. Bientôt, ce ne seront plus des mèches et des tresses qu'il faudra à ma coiffe mais une perruque entière !

Elle se retourna vers Louise.

— Prenez garde de ne point tomber en disgrâce auprès de la reine. Si la Florentine vous chassait, je ne pourrais pas vous reprendre à mon service.

— Je sais, madame.

— Allez rendre compte à la reine à présent, Louise, fit-elle en la chassant de la main.

La demoiselle d'honneur la salua et repartit par le même chemin qu'à l'aller.

*

Louise traversa les galeries du Louvre jusqu'aux appartements de la reine. Passé l'antichambre, elle frappa, attendit la permission d'entrer et ouvrit la porte sans un bruit.

Catherine de Médicis, installée près de la vaste cheminée, était absorbée par la lecture d'un livre, sa passion. Elle en possédait plusieurs milliers, des manuscrits enluminés comme des ouvrages imprimés. La plupart étaient en latin et en grec. Son père, mort quelques jours après sa naissance, lui avait légué sa formidable collection accumulée au cours de sa vie. Il avait monté un service spécial chargé de sillonner la péninsule italienne et d'acheter des livres parfois à prix d'or. Catherine conservait ces trésors sous clef dans son cabinet des livres, qu'elle appelait aussi sa librairie. Elle prenait plaisir à les ordonnancer par thèmes : astronomie, histoire, géographie, arithmétique, poésie. Quant aux volumes qui avaient sa préférence, elle en faisait changer la reliure pour y apposer ses armes et son chiffre : le double C de Catherine enchâssé dans le H d'Henri, le roi son époux.

— Madame, dit Louise en se fendant d'une révérence.

La reine referma son livre et le posa sur sa table d'écriture.

— Louise, vous voilà enfin. Alors ? demanda-t-elle avec une légère pointe d'accent italien.

Bien qu'arrivée à l'âge de quatorze ans en France, Catherine n'avait jamais totalement perdu ces intonations chantantes qui avaient charmé son beau-père François Ier. Après sa mort, les masques étaient tombés et l'on se moquait sans vergogne de son accent en l'imitant, dans le sillage de la favorite du nouveau roi. Depuis douze ans, la reine de France endurait ces sarcasmes en feignant de les ignorer. Louise admirait son stoïcisme en public, y compris devant son époux. Il n'y avait guère qu'avec ses demoiselles d'honneur du premier cercle que la souveraine s'autorisait à rire ou à pleurer en toute liberté. Louise en était naturellement.

— J'ai obtenu ce que Votre Majesté voulait savoir.

Catherine joignit les mains en prière.

— *Grazie Dio !*

Louise sentit la morsure de la culpabilité lui serrer le ventre. Au début, trahir la reine pour Diane ne pesait nullement sur sa conscience. À l'instar de la favorite, elle se gaussait de Catherine de Médicis. Mais, avec les années, ses sentiments avaient évolué. La reine l'impressionnait par sa sagacité, sa culture et son intelligence. Quelle pitié que l'on ignorât sa valeur à la cour !

— Tout s'est presque bien passé, madame, précisa Louise.

— Presque ?

— Par malheur, il m'a surprise au moment où je prenais la lettre.

— Avez-vous eu le temps de la voir ?

— Oui, madame. Mais elle est incompréhensible.

— Venez.

Catherine guida Louise dans le cabinet attenant – sa fameuse librairie. La reine installa sa visiteuse à une petite table avec des feuilles vierges ainsi qu'une plume toute neuve. Elle remplit un verre de vin blanc qu'elle tendit à sa demoiselle d'honneur.

— Prenez place confortablement, dit-elle.

Louise s'assit sur le siège en cuir, frissonnante. Ici, point de cheminée. La reine craignait que le feu n'y prît par mégarde et détruisît sa fabuleuse collection. La pleine lune suffisait à éclairer le lieu. Louise contempla les innombrables petites portes et tiroirs des meubles qui couvraient les murs. La reine avait rapporté du mobilier d'Italie quand elle était arrivée dans son pays d'adoption. D'autres avaient été tournés par des menuisiers français. Des mécanismes secrets se cachaient à l'intérieur, derrière de simples facettes ou des miroirs. Seule la reine connaissait les énigmes qui permettaient d'en percer les mystères. Certains livres étaient exposés derrière des vitres verrouillées, protégés à la fois de la poussière et d'éventuels voleurs. Louise appartenait aux rares privilégiés autorisés à pénétrer dans ce lieu sacré. Elle trempa ses lèvres dans le vin doucereux et reconnut le cru que Catherine de Médicis faisait venir du couvent des Emmurées, où elle avait grandi en Toscane, à l'abri des tentatives d'assassinat qui la menaçaient.

Louise prit la plume et la chargea d'encre. Elle posa le poignet sur la feuille, prête à écrire.

— Voulez-vous une chandelle ?

— Non point, madame. Elle ne me serait d'aucune utilité.

En effet, Louise ferma les yeux, prit une profonde inspiration et se concentra pour s'imprégner du noir complet qui l'enveloppait. Par l'esprit, elle se retrouva dans la chambre du mage. Le masque d'or grimaçant, les animaux empaillés, le coquillage géant, le guéridon… Elle n'avait en vérité guère eu le temps de lire la lettre, mais elle l'avait *vue*. Par un prodige dont elle ignorait l'origine, la jeune femme avait la capacité de mémoriser en un coup d'œil une scène à peine entrevue. Elle devait se replonger mentalement dans la situation pour que chaque détail lui apparût un à un comme si elle observait un tableau à la loupe.

Ainsi, devant ses paupières closes, la page de Nostradamus se révéla dans sa quasi-totalité. Louise expira profondément et se concentra sur les formes manuscrites. Les yeux toujours fermés, elle commença à écrire lentement, lettre après lettre, mot après mot, sans même avoir conscience de leur signification. Tout comme elle aurait pu reproduire un dessin.

Sous le regard impatient de la reine, les caractères enchevêtrés apparurent :

*Le lyon jeune le vieux surmontera,*
*En champ bellique par singulier duelle,*
*Dans caige d'or les yeux luy creverat :*
*Deux classes une, puis mourir, mort cruelle.*

Louise ouvrit les yeux d'un coup. Catherine dardait sur elle son regard intense.

— Et… ? La suite ! s'impatienta la reine.

Louise reposa la plume en secouant la tête.

— Il n'avait rien écrit de plus, madame.

Catherine s'empara du feuillet où l'encre fraîche brillait encore et, retournant dans sa chambre, s'approcha de la cheminée. Elle le lut et le relut. Louise la suivit.

— Je n'y comprends goutte, concéda la reine.

Louise s'avança vers elle.

— Ma mission est achevée. Permettez que je demande à nouveau à Votre Majesté l'autorisation de me retirer au couvent.

— Quelle idée ! Une demoiselle d'honneur ne quitte mon service que pour se marier. Vous devriez trouver un nouveau galant, ma chère. Je connais nombre de seigneurs qui seraient prêts à convoler avec vous.

— Madame, je n'aspire qu'à la paix.

— Vous me l'avez déjà dit. Quel péché si grave

auriez-vous commis qu'une bonne confession ne saurait absoudre ?

— Ai-je votre permission, madame ?

La reine la regarda comme pour sonder son âme.

— Non, Louise.

La jeune femme sentit un poids tomber dans son estomac.

— J'ai encore besoin de vous. Vous attendrez que j'aie trouvé une demoiselle d'honneur pour vous remplacer aussi dignement.

— Claudine remplira ce rôle à la perfection, madame. Elle saura se montrer à la hauteur.

— Pensez-vous ! Elle se marie, elle. Non, vous resterez à mon service jusqu'à ce que j'en décide autrement. Vous pouvez vous retirer.

Louise ne pouvait se résoudre à rester à la cour. Rester pour croiser Montgomery – pire, rester pour l'éviter alors qu'il la poursuivait de ses assiduités – était une torture qu'elle refusait de s'infliger. Il l'avait trahie en en épousant une autre. Elle ne pouvait s'empêcher d'y voir une punition divine de sa propre trahison vis-à-vis de la reine. Si elle voulait accéder à la pénitence et au pardon, elle devait la convaincre.

La souveraine, voyant sa demoiselle d'honneur demeurer figée, leva la tête du feuillet de Nostradamus qu'elle tenait toujours à la main.

— Je vous ai autorisée à vous retirer, Louise.

— Madame, je dois vous faire un aveu.

— Quelle sorte d'aveu ?

— Vous souvenez-vous lorsque Sa Majesté le roi vous a proposé de me prendre à votre service ?

— Oui, et après ?

— C'est Diane de Poitiers qui le lui a suggéré, madame.

Catherine sourit.

— Je m'en doutais, Louise, vous ne m'apprenez rien.

Louise déglutit avant de se lancer :

— En vérité, je suis restée au service de Diane de Poitiers. Je devais lui rapporter tout ce qui touchait à vous ou à vos enfants.

La reine se raidit. Blanche, elle s'avança et gifla Louise de toutes ses forces. La demoiselle d'honneur tomba à genoux, joignant les mains.

— Je vous demande pardon, madame. Sachez que je ne lui dis pas tout. Je ne lui ai pas dit pour Nostradamus.

— Pour quelle raison ?

— Parce que je vous admire, madame, j'admire votre courage, votre patience, votre sagesse, votre force exemplaires, et je ne supporte plus de vous trahir.

— Et je devrais vous croire sur parole ?

— Non, madame, c'est pourquoi je vous demande de me retirer au couvent.

— Comme c'est commode, mademoiselle !

La reine se détourna, jouant furieusement avec son collier de perles.

Louise se releva. Sa joue la brûlait, mais moins que le regard glacial de Catherine de Médicis quand elle lui fit face à nouveau.

— Fort bien, mademoiselle de La Béraudière. Vous

attendrez la fin des festivités, puis je ne veux plus jamais entendre parler de vous.

Louise se retira, paupières baissées, sans se retourner, comme si elle craignait que les yeux de la reine ne la foudroient sur place.

## Claudine

Les jardins du palais étaient baignés de soleil. Assise sur un banc, Claudine offrait son visage aux rayons de lumière, les yeux fermés, savourant la caresse chaude sur sa peau.

— Claudine, ne reste pas là, tu vas gâter ton teint !

Elle ouvrit les yeux et vit s'avancer Marie Stuart, surnommée la reine dauphine, en tant que reine d'Écosse et épouse du dauphin. Son faon apprivoisé la tirait par sa laisse plutôt que l'inverse. Le curieux attelage était suivi par ses dames d'honneur.

Marie vint s'asseoir aux côtés de Claudine. Le faon se frotta contre elles pour quêter des caresses qu'elles lui rendirent de leurs mains gantées.

— À quoi songes-tu ainsi ?

— Je me demande quel eût été mon destin si j'avais vraiment connu mon père.

— Moi, je le sais, je ne serais pas venue en France.

— Surtout, tu ne serais pas devenue reine d'Écosse.

— L'Écosse ! Je ne garde que de mauvais souvenirs de mon royaume : le froid, la pluie, ma mère qui pleure en cachette.

— Ne te manque-t-elle point ?

Marie haussa les épaules.

— Plus maintenant. Ses frères de Guise veillent sur moi comme des pères. Ils sont si protecteurs !

— On dirait que tu oublies tous les complots ourdis contre toi par Élisabeth d'Angleterre qui lorgne sur ton royaume.

— S'il ne tenait qu'à moi, je le lui laisserais volontiers, mon royaume du bout du monde ! Après tout, je vais devenir reine de France.

— Tu ne seras jamais que l'épouse du roi de France, tu n'auras aucun pouvoir.

— Le pouvoir ne m'intéresse pas, répondit-elle en riant. Je veux juste les bijoux et les robes.

Elle soupira avant de reprendre :

— Mais mes oncles de Guise ne l'entendent pas ainsi. Je ne désespère point de les convaincre. Une fois que je serai reine, je demanderai à François de leur offrir suffisamment d'or et de pouvoir pour qu'ils ne songent plus à m'obliger à rester reine d'Écosse. Je suis certaine qu'un traité de paix pourrait être signé avec Élisabeth.

— Marie, pour signer un traité de paix, il faut d'abord qu'il y ait la guerre. Or nous ne sommes pas en guerre avec l'Angleterre.

— Nous n'aurons qu'à la lui déclarer !

Claudine admirait Marie. Comment faisait-elle pour oublier les menaces qui pesaient sur elle et qui avaient conduit sa mère à l'envoyer en France pour y grandir en sécurité auprès de ses puissants oncles de Guise ?

Claudine partageait avec Marie Stuart ce tragique destin d'orpheline, son père étant mort lors d'une bataille contre les Anglais. Et, depuis la révélation de sa mère, elle n'osait même plus regarder le tableau de son père dans son armure glorieuse. Elle n'en avait parlé à personne.

Les deux jeunes filles nourrissaient une haine commune pour tout ce qui venait d'Angleterre. Comme Marie, Claudine avait été élevée à la cour de France où sa mère avait trouvé refuge après son deuil. Elles avaient quasi le même âge et étaient amies depuis leurs tendres années. Claudine avait néanmoins la consolation que sa mère l'eût élevée, alors que Marie n'avait aucune famille à la cour, à l'exception notable de ses deux oncles de Guise.

— Marie, regarde les bourgeons sur les arbres. Le printemps arrive tôt cette année. Comme eux, j'aime la chaleur du soleil, je n'y peux rien.

Elle fuyait Marie depuis l'entrevue avec sa mère, comme si elle ne se sentait plus digne de son amitié.

— Tu dois rester à l'ombre. Tu n'es point une plante pour avoir besoin de soleil, Dieu merci. Madame de Saint-André ! appela Marie avec un signe vers la plus âgée de ses dames d'honneur.

Mme de Saint-André accourut avec un large sourire pour tenir une ombrelle au-dessus des deux jeunes filles.

— Chaque été, je bénis la reine d'avoir importé cette invention en France.

Rapidement, Mme de Saint-André ordonna, d'un geste, à une autre demoiselle d'honneur de prendre sa place. Claudine le remarqua, elle se pencha vers Marie :

— La Saint-André est trop vieille pour tenir une simple ombrelle, tu devrais chasser cette vieille pie.

— Tu sais aussi que l'étiquette exige qu'une dame

d'honneur à la probité infaillible dirige la maison de la reine dauphine.

Elle avait parlé en haussant le ton, mais Mme de Saint-André ne broncha pas.

Marie reporta son attention sur Claudine.

— Quand je t'ai cherchée, je me doutais bien que tu serais là. Qu'y a-t-il de si intéressant dans les jardins du Louvre alors que l'on vient de recevoir des empans d'organza de Venise !

— Regarde, Marie, depuis hier, ce bouton de rose s'est ouvert un peu plus.

Marie Stuart tendit la main et tira dessus.

— Aïe ! fit-elle en secouant la main. Je déteste les roses avec leurs épines traîtresses. Belles mais cruelles, comme les femmes.

— Arrête de parler comme un homme trop galant, on dirait mon cousin Brantôme.

— Ton cousin a la réputation d'aimer se faire piquer, le coquin.

Marie écrasa un insecte sous son soulier.

— C'était un *pyrrhocoris apterus*, observa Claudine.

La reine dauphine essuya sa semelle dans l'herbe avec une moue dégoûtée.

— Je ne sais comment tu parviens à retenir tout cela ! Et dire que l'on nous fait apprendre le latin pour dénommer ces… choses ! Déjà que tu connais l'anglais d'Écosse mieux que moi.

— À peine, répondit Claudine.

— Ne fais pas ta modeste. J'espère seulement ne pas être obligée de rendre visite à mon pays natal une fois couronnée reine de France.

— Tu as encore le temps pour apprendre l'anglais

et penser à un tel voyage. Notre roi est en pleine santé.

— Sans doute, mais si je devais y aller, tu m'accompagnerais, n'est-ce pas ?

*Comment le pourrais-je une fois mariée ?*

Muette, Claudine lui sourit, incapable de mentir.

— Quel dommage que les jardins ne soient pas du côté de la Seine ! Ainsi, nous pourrions en admirer la vue, dit-elle pour changer de conversation.

— Il n'y a rien à admirer que les chalands qui passent.

— Sans doute mais nous pourrions voir ceux qui rentrent pleins et sortent à vide, parier sur la hauteur de leur tirant d'eau.

Marie soupira en levant les yeux vers le Louvre couvert d'échafaudages.

— Il est vrai que cette vue n'est guère de nature à nous égayer.

Claudine savait que sa soif de connaissances ennuyait profondément son amie, que ce fût en matière de botanique, de sciences, d'architecture ou de langues.

— En tout cas, mon faon partage ton amour des roses, dit Marie en riant.

Claudine se précipita pour empêcher le petit animal de dévorer les fleurs.

— Laisse et reviens près de moi ! Mme de Saint-André va s'en occuper, fit-elle avec un geste vers sa dame d'honneur.

Celle-ci obtempéra et tira sur le licol de l'animal qui revint docilement frotter sa tête contre les mains des jeunes filles. Claudine lui gratta le cou en contemplant le château.

Côté Seine, le palais avait gardé une façade de l'époque de Philippe Auguste avec ses tourelles médiévales et ses toits pointus. Il plongeait ses pieds au fond des douves, y compris les bâtiments plus récents qu'Henri II faisait construire.

À l'opposé de la Seine, un pont enjambait les fossés et permettait d'accéder au parc royal, protégé de la vue par de hauts cyprès. Catherine de Médicis l'avait fait redessiner plusieurs fois.

— J'ai parlé de toi au roi, reprit Marie.

Claudine fronça les sourcils.

— À quel sujet ?

Marie Stuart prit un air mystérieux.

— Je lui ai dit qu'il était temps de te trouver un époux.

Claudine détourna la tête, préférant de pas y songer.

— Que t'arrive-t-il ?

Claudine battit des paupières pour chasser ses larmes et sourit à Marie.

— Et qu'a répondu le roi ?

— Il a dit que ton père était mort au service de son père, notre bon roi François Ier, et que, par conséquent, tu méritais un prétendant digne de cette bravoure et de ce sacrifice. Un gentilhomme qu'il aurait lui-même élevé à une haute dignité.

Marie Stuart battit des mains de joie, poursuivant :

— Et il m'a confié l'avoir trouvé ! Un certain baron de Retz. N'est-ce pas merveilleux ?

Claudine se força à sourire. Les larmes montaient, elle ne pourrait bientôt plus les retenir.

— Oui, merci, Marie. Tu es un ange !

Elle bondit sur ses pieds :

— Je vais l'annoncer à ma mère de ce pas !

Marie la retint :

— Attends, j'ai une autre surprise.

— Une surprise, laquelle ? s'enquit Claudine en frissonnant.

— J'ai demandé au roi que les noces aient lieu le plus tôt possible et il a accepté. Dans un mois, tu seras mariée ! Qu'en dis-tu ?

Claudine eut l'impression qu'une pierre venait de lui tomber sur l'estomac.

— Je ne sais pas quoi dire, bredouilla-t-elle.

— Oh, tu es émue, mon amie. Tes yeux parlent pour toi ! Viens dans mes bras.

Incapable de lui révéler la vérité, Claudine accueillit avec soulagement l'étreinte de Marie.

## Mme de Saint-André

À l'écart sous sa propre ombrelle, Mme de Saint-André avait parfaitement entendu la conversation des deux jeunes filles. Elle faisait tourner le manche en observant Marie Stuart.

Satisfaite d'être la première dame d'honneur de la future reine de France, Mme de Saint-André entendait se préserver pour le moment où Marie Stuart monterait sur le trône aux côtés de son époux, le dauphin. Ce ne serait pas avant une vingtaine d'années, au bas mot, car le roi Henri II n'avait que quarante ans. En attendant de profiter pleinement de sa position, Mme de Saint-André devait souffrir les caprices de cette princesse écervelée qui ne songeait qu'à lancer de nouvelles modes de fraises, de coiffes, de robes ou de bijoux. Marie Stuart était la plus belle des jeunes femmes de la cour et son mariage l'année précédente avec le futur roi ne l'avait pas pour autant dissuadée de s'afficher comme si elle voulait séduire tous les gentilshommes du monde.

À l'opposé, Mme de Saint-André n'arborait rien d'ostentatoire, à l'exception de sa large fraise et d'un collier de perles à cinq rangs du plus bel effet sur ses corsages sombres.

Elle considérait Marie comme une petite peste et n'avait pas l'intention de se ruiner la santé pour elle. Aussi se déchargeait-elle des tâches ingrates sur les demoiselles d'honneur dont elle était la duègne.

Son rôle l'autorisait à se montrer sévère avec la reine dauphine. Bien qu'appréciant sa belle-fille comme si elle eût été sa propre fille, la reine Catherine de Médicis était consciente de son caractère impétueux, et avait désigné Mme de Saint-André pour le tempérer.

Il arrivait que Mme de Saint-André ne pût dissimuler ses sentiments, comme lorsqu'elle avait tiré d'un coup un peu trop rude sur la laisse du faon. Encore une fantaisie d'enfant gâtée ! Qu'en ferait Marie Stuart une fois le faon adulte ? La princesse n'y songeait même pas. Heureusement, Mme de Saint-André avait trouvé la parade avec l'assentiment de la reine. Quand le faon commençait à faire ses bois, il était lâché dans la forêt de Fontainebleau pour une partie de chasse à laquelle Marie Stuart prenait part. L'animal était ensuite servi en rôti à la table royale, sur un plateau d'argent.

Avec un sourire, Mme de Saint-André imaginait le cri d'effroi de Marie Stuart comprenant l'origine de ce beau morceau de viande. Mais la reine dauphine était si bécasse qu'elle n'avait jamais deviné le mauvais tour qu'on lui avait joué ; elle ne prenait pas la peine de se demander pourquoi son faon ne grandissait pas, incapable de se figurer qu'on l'avait remplacé par un autre.

Mme de Saint-André ne se faisait guère d'illusions : pour Marie Stuart, les gens étaient aussi interchangeables que les faons. Son amie Claudine allait en faire bientôt l'amère expérience. Plaçant ses pions, Mme de Saint-André avait choisi une autre demoiselle chargée de se rapprocher de la reine dauphine. Marie Stuart s'accommoderait bien d'une nouvelle amitié. Mme de Saint-André avait donc habilement manœuvré pour amener la reine dauphine à précipiter le mariage de Claudine. Marie Stuart était aussi facile à modeler qu'une enfant, mais tout aussi imprévisible, et cela empirait avec les années. C'est pourquoi Mme de Saint-André ne devait plus tarder pour lui adjoindre une nouvelle meilleure amie tout acquise à *la cause*.

En effet, l'ambition seule eût certes suffi à lui donner une bonne raison de se mettre au service de cette princesse versatile. Mais elle avait des ordres d'un intérêt supérieur concernant le royaume même : rapporter à ceux de la Réforme tout ce qui touchait de près ou de loin à la reine dauphine, la future reine de France.

# Madeleine

Sous les coups, la porte trembla sur ses gonds.

Pierre leva les yeux de sa bible et lança un regard inquiet à sa sœur.

*Il ferait mieux d'étudier le droit plutôt que d'apprendre des psaumes.*

Madeleine appréciait cependant de l'entendre lire à voix haute. Elle abandonna la vaisselle, essuya ses mains sur son tablier et se dirigea vers l'entrée. La peur lui serrait le ventre. Qui pouvait bien frapper si tôt ? Elle fit jouer le pêne et entrouvrit.

Le battant bascula d'un coup, cognant le mur dans un fracas. Madeleine eut tout juste le temps de reculer. Un homme à la mine plombée s'avança sans s'inviter, suivi de deux sbires massifs comme des forts des Halles.

— Monsieur, qui êtes-vous ?

L'intrus ignora Madeleine, balayant la pièce de ses yeux étroits. Pierre se tenait droit contre la cheminée, son livre fermé sur la poitrine.

— C'est toi, l'homme de la maison ? fit l'inconnu en pointant un doigt vers le torse de l'adolescent.

Madeleine se plaça instinctivement devant Pierre.

— Laissez mon petit frère, ce n'est qu'un enfant.

Pierre frémit derrière elle. Il détestait quand elle le traitait d'enfant. Elle lui attrapa la main et la serra aussi fort qu'elle put. Il comprit et ne bougea pas.

— Où est le maître de céans ?

— Nous avons enterré notre père il y a quelques semaines seulement.

— Et votre mère ?

— Elle est souffrante. Je suis la seule à qui parler, monsieur, dit-elle, le menton levé.

Pour la première fois, l'homme prêta attention à la jeune fille. Son œil la parcourut des pieds à la tête, lui donnant l'impression d'être léchée par la langue visqueuse d'un crapaud.

— Très bien, petite.

Il déroula un parchemin marqué d'un sceau écarlate et déclama d'une voix à faire vibrer les murs :

— Par ordre du tribunal du roi, nous, huissier assermenté, mettons en demeure le sieur de L'Estoile – ou ses héritiers, ajouta-t-il – de s'acquitter sur-le-champ de la somme de quatre cents livres tournois sous peine de saisie des meubles et immeubles céans.

— Quatre cents livres tournois ! Ce doit être une méprise, monsieur.

Madeleine s'approcha pour lire le document.

L'huissier fronça les sourcils.

— Prétends-tu savoir lire, femme ?

Madeleine hésita, ne voulant pas aggraver leur cas s'il découvrait qu'ils étaient huguenots. Déjà, Pierre dissimulait mal sa bible en français.

— Je voulais juste voir le sceau du roi, bégaya-t-elle.

Avec suffisance, l'huissier lui mit le document sous le nez. Madeleine lut la sommation de payer. Quatre cents livres. Apparemment, une dette ancienne de son père additionnée des intérêts. Une fortune ! Leur maison n'en valait pas tant.

— Ce doit être une erreur, répéta-t-elle.

— Le tribunal du roi ne se trompe jamais, asséna l'huissier. Avez-vous de quoi payer ?

— Non, évidemment, que croyez-vous ? dit-elle en montrant leur humble demeure.

*Pourvu qu'il prenne l'austérité huguenote pour de la simple misère.*

— Allez, ordonna l'huissier en faisant un signe à ses hommes.

Les deux forts des Halles s'emparèrent de tout ce qui se trouvait à portée de main et sortirent les bras chargés de tables, chaises, tabourets, livres, vaisselle.

— Attendez ! eut beau protester Madeleine.

Pierre s'assit résolument sur le fauteuil favori de leur père, mais fut soulevé comme un fétu de paille et emporté. Il en sauta *in extremis*.

Il saisit le poignet de sa sœur.

— Qu'allons-nous faire, Madeleine ?

— Je vais trouver un moyen, le rassura-t-elle.

Elle n'avait aucune idée de la manière dont elle pourrait arrêter ce pillage en règle, mais elle ne pouvait rester inerte.

Suivant les hommes dans la rue, elle découvrit une charrette déjà bien remplie où ils jetaient le mobilier sans ménagement.

— Faites attention ! s'exclama la jeune fille en voyant se briser les pieds du tabouret sur lequel elle avait si souvent raccommodé les vêtements de la famille. Vous n'avez pas le droit de tout prendre !

— J'ai tous les droits, petite, répondit calmement l'huissier en retournant dans la maison.

La jeune fille sur ses talons, il fit le tour des pièces, désormais vides.

Madeleine se campa devant la chambre de sa mère.

*Il n'oserait pas !*

Mais l'huissier tenta de l'ouvrir. Heureusement, la porte était verrouillée. Le soulagement de Madeleine fut hélas de courte durée : l'homme appela, et l'un de ses colosses donna un coup de pied. Le bois éclata dans un bruit sec.

Un cri à l'intérieur. Madeleine se précipita. Sa mère se redressait dans son lit.

— Que se passe-t-il, Madeleine ?

— Rien, mère, tenta la jeune fille sans conviction.

Elle se tourna vers les intrus.

— Ma mère est malade, ayez pitié !

Compatissant, l'huissier opina du chef :

— Laissez le lit et prenez le reste.

Aussitôt, les exécuteurs se saisirent des chaises, livres, linge, tandis que Madeleine rassurait sa mère.

— Pourquoi font-ils cela, ma fille ?

— Père avait une dette. Le saviez-vous ?

— Oui, mais son confrère magistrat Anne du Bourg devait la suspendre. Ne l'a-t-il point ordonné ?

— Il apparaît que non, mère.

Madeleine bouillonnait. Si seulement on lui en avait parlé, elle aurait pu s'y préparer. Mais, comme d'habitude, on lui cachait tout, sous prétexte de la protéger, elle, pauvre jeune fille innocente.

*Il ne me reste plus qu'à obtenir une audience auprès d'Anne du Bourg.*

Impatiente, elle suivit l'huissier dans la pièce principale.

— Il ne reste rien, vous pouvez partir, siffla-t-elle, les dents serrées.

Le regard de l'homme s'arrêta sur Pierre.

— Que tiens-tu là ?

La panique fit oublier à Madeleine toute prudence. Elle s'approcha trop près de l'huissier.

— Rien qu'un livre d'heures pour ses prières du soir.

L'huissier la toisa d'un œil suspicieux.

— Un livre d'heures, vraiment ?

S'il découvrait que c'était une bible en français, Pierre risquait la prison.

— Assurément, monsieur. Mon frère a une petite mémoire et doit réviser chaque jour. J'y veille en personne.

— Où cela, dans sa chambre ?

— Oui, monsieur.

— Montre-moi.

Madeleine eut un regard vers la pièce qu'elle partageait avec son frère.

L'attrapant par le bras, il l'entraîna et ouvrit la porte en grand. Il y restait juste une méchante couverture trouée près de l'âtre.

— Vous avez jusqu'à demain pour payer. Ensuite, vous dormirez au fond des geôles du Châtelet.

— Demain ! Vous savez bien que c'est impossible. Laissez-moi une semaine, monsieur.

— On ne discute pas le commandement du tribunal du roi.

Madeleine leva le visage en une prière qu'elle espérait convaincante.

— Je ne discute pas, monsieur, je demande juste un délai. Une semaine. Réfléchissez : si vous nous jetez en prison, la dette ne sera jamais payée.

— Ce n'est pas moi qui fais les lois, petite.

— Je vous en conjure, monsieur, supplia Madeleine.

Il l'examina à nouveau.

— Avance, ordonna-t-il.

Il la poussa dans la chambre vide et ferma la porte derrière lui.

— J'aurais dû laisser le lit, maugréa-t-il en commençant à dénouer sa ceinture.

Madeleine déglutit péniblement.

— Attendez !

— Exactement, voilà ce que je t'accorde dans ma grande bonté. Je te laisse une semaine, petite.

Il la plaqua contre le mur.

*Non, je ne peux pas !*

— Es-tu encore pucelle ?

Elle se rendit compte qu'elle avait prononcé son cri du cœur tout haut.

Madeleine hocha la tête, incapable de retenir les larmes qui roulaient sur ses joues.

— Je vais être magnanime.

Il déchira brutalement le corsage de la jeune fille, dévoilant sa poitrine. Il se mit ensuite à la malaxer de ses deux mains, lui léchant le cou. Madeleine restait paralysée, les yeux fermés. Obstinément.

Au bout d'une éternité, il la lâcha enfin.

Elle ouvrit les yeux.

L'homme passa sa langue sur ses lèvres comme un chien se léchant les babines.

— Une semaine. Pas un jour de plus. Ensuite,

je prendrai la maison… et le petit supplément, dit-il en la désignant.

Madeleine recouvrit ses seins de ses bras.

— Alors, on ne dit pas merci ? ajouta-t-il, goguenard.

Elle parvint à souffler, les dents serrées :

— Merci, monsieur.

— Bonne fille, fit-il en lui pinçant la joue de ses doigts secs.

Elle remonta son corsage en lambeaux jusqu'à sa gorge.

La porte claqua.

De toutes ses forces, elle se frotta la figure, le cou, la poitrine.

Son frère surgit, les yeux exorbités.

— Que t'a-t-il fait ? Je vais le tuer.

Elle reprit ses esprits.

— Tu ne vas tuer personne. Il ne m'a rien fait. Au contraire, il m'a donné du temps.

Elle s'étonna de trouver un sourire à afficher sur son visage.

— Tu vas rester ici et veiller sur notre mère. Je me charge du reste.

## Isabeau

Isabeau caressait son chat ronronnant dans son cou. Depuis l'incendie, il ne la quittait plus. Ses poils roussis avaient repoussé mais il avait perdu un bout de queue. Isabeau le trouvait encore plus charmant avec son gros pompon blanc. Après leur saut dans les douves, il avait développé une sainte aversion de l'eau, confortée par sa naturelle méfiance féline. Assise sur les racines noueuses d'un marronnier, elle ne quittait pas des yeux le jeune palefrenier à quatre pattes dans l'herbe. Tous deux se trouvaient dans le pré où paissaient les chevaux derrière le château.

Si Isabeau appréciait la brise légère à l'ombre, elle appréciait encore davantage le spectacle de son serviteur. Elle lui avait ordonné de se mettre torse nu pour bien voir ses muscles. Le front humide de sueur, le jeune homme se releva sur les genoux. Des mèches sauvages lui retombaient dans les yeux. Seuls le piaillement des oiseaux et le souffle des chevaux occupaient l'espace entre eux. La tête légèrement penchée, elle fixa son entrejambe. Il baissa les yeux, gêné. Elle sourit en voyant son embarras.

— Alors, en as-tu trouvé ? demanda Isabeau.

— Non, mademoiselle.

— Eh bien, continue à chercher, allez !

— Bien, mademoiselle.

Il se remit en position pour fouiller dans les herbes folles.

Les iris avaient séché sous le soleil de ce printemps trop chaud. Isabeau s'aspergeait du matin au soir d'eau de bergamote pour se rafraîchir, mais devrait attendre que monte l'or des étoiles dans le ciel pour respirer enfin.

— Peut-être près du hêtre, mademoiselle.

— Quel bélître tu fais ! Les trèfles à quatre feuilles poussent dans les prés, non sous les arbres.

— Pardon, mademoiselle.

Il avança sur les genoux.

— Reste où tu es ! Morbleu ! Tu vas te vautrer dans la merdaille des chevaux.

Son père la fouetterait s'il l'entendait parler ainsi mais, heureusement, il était parti chasser avec ses rapaces. Usant de ce répit, Isabeau se jouait de son serviteur, profitant de ce maigre divertissement. On en manquait tant ici.

— Viens t'asseoir près de moi, ordonna-t-elle.

Il se leva et, enjambant le fumier, mit un genou à terre pour lui tendre un bouquet de marguerites. Elle rit.

— Quel misérable présent !

— Je n'ose couper les roses pour vous, mademoiselle.

— Tu as raison, ma mère les garde pour elle.

Sans cesser de caresser son chat, elle examina la demeure médiévale défigurée par l'incendie. Une aile entière était à restaurer.

— Le château va bientôt être reconstruit, mademoiselle.

— Tu es un idiot. Il nous faudrait une fortune de roi pour lui rendre sa splendeur de phénix.

Il la fixa d'un air interrogateur.

— Évidemment, tu n'as jamais entendu parler du phénix qui renaît de ses cendres, soupira-t-elle, agacée.

Levant la tête, elle regarda les nuages s'effilocher au-dessus des tours massives avant de s'envoler au-dessus du petit bois, imaginant leur voyage céleste par-delà les plaines, vers l'océan.

Son bouquet hirsute à la main, le jeune homme la couvait toujours des yeux. Elle s'empara des fleurs des champs et bondit sur ses pieds. Son chat, aussi surpris que son serviteur, disparut dans les herbes.

— Un coquin de ta condition ne saurait me faire de cadeau, si pitoyable fût-il.

— Je m'excuse, mademoiselle.

— On ne s'excuse pas, on présente ses excuses. C'est ainsi que tu dois te comporter avec une noble dame.

Il la regardait sans savoir que répondre. Elle claqua des doigts et tendit son index vers le sol.

— Je vais t'apprendre les bonnes manières, tu vas voir. À genoux, chien !

Il s'exécuta aussitôt, les yeux brillants.

Elle froissa le petit bouquet entre ses mains et tendit sa paume ouverte.

— Mange.

Le jeune homme approcha ses lèvres et attrapa délicatement des morceaux de fleurs. Isabeau gémit. Elle s'adossa au mur.

— Lèche.

Il entreprit de lécher soigneusement les doigts de la jeune fille, lui mordillant la paume. Les fleurs tombèrent à terre.

— Isabeau ! cria une voix provenant du château.

Aussitôt, le jeune homme se releva. Isabeau fit une moue fâchée.

— Je viens, mère !

Ostensiblement, elle essuya sa main mouillée sur l'entrejambe du palefrenier en le regardant droit dans les yeux. Il retint son souffle. Puis, d'un pas tranquille, elle se dirigea vers le château avec la certitude qu'il ne la quittait pas du regard.

Bien que née et élevée en ce lieu, Isabeau ne parvenait pas à trouver un quelconque charme au château de Lanquais. L'antique forteresse médiévale croupissait au milieu de ses douves, où même les carpes paraissaient décrépites. La bâtisse lui rappelait sa nourrice aux jambes aussi épaisses que les deux tours du château. La vieille femme s'habillait en dépit du bon sens, mélangeant les tissus, superposant matières et jupons au gré des dons que la mère d'Isabeau lui baillait. La mère comme la servante y voyaient un acte de charité, là où Isabeau ne reconnaissait que la pénitence hypocrite de sa mère et la dévotion absurde de sa nourrice.

Jamais elle ne s'abaisserait à ce genre de bonté. D'ailleurs, Isabeau ne comptait pas la bonté au nombre de ses qualités. Elle jugeait ce luxe réservé à ceux qui n'avaient rien à gagner. Or, elle rêvait d'opulence et de faste, de velours et de soie, d'amour et de bals. En un mot, elle rêvait de la cour.

Mais elle se sentait loin du monde, isolée de tout dans ce château perdu au milieu du Périgord dont même le nom lui faisait horreur : Lanquais, cela sonnait comme « laquais » ! Le seul moyen de s'évader de sa triste vie était un beau mariage.

Depuis l'enfance, on le lui promettait. Elle était issue d'une si haute lignée qu'aucun prétendant alentour ne semblait assez digne d'elle. Elle était cousine de la reine de France au cinquième degré mais mieux aurait valu être cousine de la favorite. En vérité, Isabeau n'était pas dupe et savait qu'un nobliau suffirait s'il possédait une belle fortune. Sa famille était presque dans la gêne. Quelle infamie pour un si noble sang ! Et depuis l'incendie, le pire s'était invité à leur table. Son père était d'une humeur de dogue et sa mère se plaignait de ses nerfs en refrains quotidiens.

Ses parents lui refusaient tout : une servante bien à elle, de nouvelles toilettes, des bijoux, un maître à danser. Sa mère s'était occupée de son éducation de fille, et son père de lui enseigner la lecture, l'écriture et l'arithmétique. Il le faudrait pour tenir plus tard les comptes de sa maison.

Partageant le même confesseur que sa mère, elle se gardait bien de lui avouer ses pensées honteuses lors de ses prières du soir. En effet, quand elle s'agenouillait devant son lit, elle implorait la Vierge de l'extraire de sa condition avec une telle ardeur que ses supplications la conduisaient immanquablement vers des rêveries voluptueuses où un prince s'égarait sur le chemin du château. Subjugué par sa beauté et ses manières, il l'emmenait sur son fier destrier. Car Isabeau ne manquait pas de manières. Sachant broder, tenir une maison, c'est-à-dire se faire obéir des domestiques, rester modeste devant son mari et choisir avec goût ses tenues, elle serait une parfaite épouse.

Mais Isabeau se jouait de ce dressage en règle en humiliant plus que de raison les servantes et surtout les hommes qu'elle côtoyait, serviteurs comme gentilshommes. Elle y avait peu de mérite, étant la plus jeune et la plus jolie demoiselle des alentours.

En secret, elle imaginait traiter le prince de ses rêves comme elle le faisait du palefrenier. Oh ! mais elle ne l'oserait jamais. Il serait si beau, si noble, si viril qu'elle ne pourrait que baisser les yeux devant lui, accomplir sa plus belle révérence et attendre qu'il la relève pour l'enlacer de ses bras puissants.

Isabeau contourna la grosse tour du donjon et s'arrêta devant l'une des vitres en losange du garde-manger pour vérifier son reflet. D'une main, elle arrangea ses mèches et s'assura qu'aucun brin d'herbe n'était resté collé à sa robe.

Attirée par un fumet appétissant, elle fit un détour par les cuisines, où un cochon de lait rôtissait dans la cheminée monumentale. La cuisinière s'écarta avec un œil attendri.

— Ils vous attendent dans la salle de bal.

Isabeau fronça les sourcils, intriguée.

Pressant le pas, elle monta les marches jusqu'à la vaste salle de réception qui servait de salle des gardes. Il y avait bien longtemps qu'aucun bal n'avait eu lieu ici. Au fond de la pièce tout en longueur, ses parents se trouvaient assis, l'un à côté de l'autre, sur des fauteuils en forme de X.

*Que leur arrive-t-il ?*

Son père tenait une lettre décachetée à la main, l'air renfrogné. Sa mère affichait un sourire éclatant.

— Sang de bœuf ! Que diantre faites-vous là tous les deux ? s'étonna Isabeau.

Le baron de Limeuil se dressa sur ses ergots :

— Montjoie Saint-Denis ! Il m'arrive de regretter de vous avoir appris à lire. Votre mère, elle, se porte à merveille de ne le point savoir !

— Je sais lire mes prières et ce n'est pas dans ses livres d'études qu'elle apprend de tels mots, mon ami.

Isabeau s'approcha, mutine.

— Père, plus personne n'use de ce cri d'armes depuis au moins Charles VII !

— Voyez comme notre petite est érudite, mon ami. La mère d'Isabeau se leva et tira sur une mèche de sa fille. Elle brandit un brin d'herbe oublié.

— Où étiez-vous donc ? Encore allongée dans les prés à rêvasser ?

— J'étais à ma leçon de cheval, mère.

— À cette heure matinale ? s'étonna le baron en fronçant les sourcils.

— Oui, père. Il ne manquerait plus que le soleil de midi rougît mes joues.

— Certes, vous n'avez pas encore besoin d'artifices, profitez-en, lança-t-il avec un regard vers son épouse.

— Au moins me reste-t-il cela, répliqua celle-ci. Vous, même votre cheval peine à porter votre bedaine.

Il haussa des sourcils choqués.

— En parlant de cheval, Isabeau, avez-vous chuté ? Regardez vos mains !

Isabeau les cacha dans son dos.

— J'ai cueilli des boutons-d'or, mère.

La jeune fille sentit ses joues rosir, de ce fameux rose cuisse-de-nymphe-émue qu'elle avait lu dans un poème.

Deux serviteurs entrèrent, apportant une table toute dressée où trônait le cochon de lait rôti, et la déposèrent précautionneusement devant le maître de céans. Sa gourmandise prit le pas sur son humeur et il s'empara de son couteau, prêt à piquer dans la bête.

— Attendez, mon ami. Il faut lui annoncer la nouvelle !

*Quelle nouvelle ? Un nouveau prétendant, j'espère !*

Le dernier était un certain Michel de Montaigne, issu de la noblesse de robe. À seize ans, Isabeau avait dépassé l'âge idéal pour convoler et s'en inquiétait. Elle ne voulait pas rester vieille fille mais n'était pas encore désespérée au point d'accepter ce Montaigne sans fortune.

— Vous n'êtes pas sans savoir que la France a signé la paix avec l'Espagne, commença le baron.

Si, Isabeau l'ignorait, elle ignorait même qu'il y eût une guerre. Elle ne s'intéressait qu'aux affaires qui avaient leur place dans ses rêves. De toute manière, ici, en Périgord, les guerres étaient toujours lointaines. Même la mort semblait ignorer l'existence de ces contrées.

*La vie aussi d'ailleurs… Quel ennui !*

— Oui, enfin, nous avons perdu, précisa son père.

— Qu'importe ! poursuivit sa mère. Nous sommes conviés aux noces qui scelleront la paix, à la fin du mois de juin. À Paris, à la cour du roi !

— Nous allons à la cour ? s'exclama Isabeau, soudain intéressée.

La cour ! Jamais elle n'eût imaginé un tel événement. La cour lui paraissait aussi éloignée que la lune dans le ciel. Certes, elle savait que le roi séjournait le plus souvent à Paris, et parfois dans ses autres châteaux disséminés dans le royaume, Chambord, Fontainebleau ou Blois. Mais tous se situaient très au nord. Son précepteur lui avait enseigné des rudiments de géographie. La leçon qu'elle avait retenue était que le Périgord restait loin de tout ce qui était intéressant en ce bas monde, à savoir la cour.

La cour ! Elle s'était davantage intéressée aux leçons d'histoire et surtout à la généalogie royale, s'amusant à confectionner un jeu de cartes, où elle avait dessiné les membres des grandes familles. Elle connaissait les prénoms des jeunes princes qu'elle imaginait tous beaux et empreints d'une majesté naturelle : François, l'aîné et héritier de la Couronne, mais déjà marié à la reine d'Écosse, Marie Stuart. Il restait Charles, Henri et Hercule-François. Certes, ils étaient trop jeunes pour elle, mais ils avaient des cousins plus âgés qui étaient eux aussi de sang royal.

La cour ! Elle s'imagina arriver au bal, vêtue d'une robe magnifique ; tous les regards se tourneraient vers elle, le plus noble des princes du sang oserait défier sa famille pour l'inviter à danser une volte ; il ne la quitterait plus des yeux et, à la fin de la danse, il s'agenouillerait devant elle pour la demander en mariage. Elle en était certaine, ce voyage à Paris était un signe. Elle y rencontrerait son futur époux. Ses noces seraient les plus belles du royaume. On parlerait dans cent ans encore de son mariage.

*Mariage…*

— Au fait, qui se marie, mère ? demanda Isabeau.

— Que vous importe, ma petite, vous ne connaissez rien aux grands du royaume, répondit son père.

Isabeau détestait son père quand il la traitait en sotte, la mettant en rage.

— La cour, vous rendez-vous compte, mon enfant ! s'exclama sa mère.

Elle prit Isabeau dans ses bras, ce qui n'arrivait jamais. La jeune fille se raidit, incapable de rendre l'accolade.

— Je n'ai que quelques mois pour me préparer, dit Isabeau en la repoussant. J'ai besoin de toilettes, père, vous ne pouvez me les refuser !

— Nous verrons. Notez que je consens à ce que vous vous rendiez à Paris à la seule condition d'obéir strictement à tout ce que l'on vous ordonnera, poursuivit le baron. Vous ignorez les usages de la cour. Vous devrez rester à côté de votre mère, un demi-pas en retrait, les yeux baissés, sans adresser la parole à quiconque…

La litanie de règles continuait, mais Isabeau ne parvenait pas à se concentrer. Son esprit s'élevait, tel un oiseau libre vers le ciel.

*La cour du roi… Paris…*

# Louise

Louise avait hâte de se retirer de la cour après les festivités du mois de juin. Mais en attendant, elle devait continuer à remplir sa fonction comme elle l'avait toujours fait, de manière irréprochable.

— Pourquoi ne pas demander à Nostradamus ce que les cieux lui ont dicté, madame ?

Marchant de long en large sur le parquet de son cabinet privé, Catherine de Médicis lisait et relisait le feuillet divinatoire, sans parvenir à le comprendre.

La reine s'arrêta et leva la tête vers sa demoiselle d'honneur.

— Je l'ai fait. Il m'a répondu : « Quand le destin frappe à la porte, madame, on ne peut que le laisser entrer. »

— Et s'il valait mieux l'écouter ?

Ignorant la remarque, la reine examina de nouveau le parchemin, sourcils froncés.

— Louise, vous avez certes récupéré le texte du document, mais sans les lumières de Nostradamus, il reste le plus ardu : le déchiffrer.

— Si seulement Nostradamus n'écrivait pas ses divinations sous forme de quatrains à la syntaxe obscure, soupira la demoiselle d'honneur.

— Et pour le déchiffrer, mon seul cerveau ne suffit pas, de toute évidence.

Louise ne se formalisait point que sa maîtresse lui battît froid depuis qu'elle lui avait révélé sa trahison. Elle espérait regagner sa confiance, au moins jusqu'à son départ pour le couvent.

La reine frappa dans ses mains. Sa naine Folle-en-pied surgit aussitôt, chargée d'un établi de bois qu'elle portait en bandoulière. Catherine avait une prédilection pour les nains et les chiens. Les deux l'amusaient, c'est du moins ce qu'elle prétendait en public. Les nains étant considérés comme des bouffons ou des enfants, on ne prêtait guère attention à eux. En réalité, ils représentaient pour la reine un précieux réseau d'informateurs de tout ce qu'on disait et de tout ce qu'on taisait au Louvre. Folle-en-pied s'était distinguée auprès de la reine par son intelligence et sa perspicacité.

Louise se souvenait de la singularité avec laquelle elle était entrée au service de Catherine de Médicis. Comme nombre de ses congénères, la naine avait été vendue par sa famille à un cirque. Quand elle avait appris que la reine de France adorait les nains, elle avait convaincu Louise que sa troupe se produisît à la cour. Elle savait qu'elle n'aurait droit qu'à une seule chance. Alors, loin des bouffonneries habituelles qu'elle prodiguait, elle avait joué avec les petits chiens de la reine pour se rapprocher de celle-ci, et quand elle s'était trouvée à portée de son oreille seule, elle avait révélé à la reine ce que son sens aiguisé de l'observation lui avait permis de découvrir. La Florentine, attisée par la curiosité, avait ordonné une représentation privée dans ses appartements, afin d'en savoir davantage. Louise avait confirmé les renseignements obtenus. C'est ainsi que Folle-en-pied et sa troupe avaient été adoptés par la reine.

Catherine prit la parole pour faire lecture du quatrain mystérieux :

*« Le lyon jeune le vieux surmontera,*
*En champ bellique par singulier duelle,*
*Dans caige d'or les yeux luy crevera :*
*Deux classes une, puis mourir, mort cruelle. »*

La naine s'installa sur un fauteuil devant une table, le tout de la dimension d'une maison de poupée. Louise ne pouvait s'empêcher de trouver le mobilier charmant. Les enfants royaux y jouaient quand leur gouvernante, Diane de Poitiers, les autorisait à venir rendre visite à leur mère. Ils croyaient que ces ouvrages miniatures avaient été tournés à leur intention.

*Les adorables bambins !*

La naine tira de sa manche bouffante une petite boîte ouvragée qu'elle ouvrit pour en sortir un bâton brun de tabac. Elle en râpa un morceau en une fine poussière odorante. La senteur piqua les narines de Louise. Puis, Folle-en-pied recueillit une pincée de poudre à l'aide d'une minuscule cuillère. Elle se leva et la tendit à la reine. Catherine porta délicatement la prise à son nez et l'inhala. Yeux fermés, la main sur une tempe, elle s'installa dans son fauteuil clouté de cuir.

— Louise, comment s'appelait mon ambassadeur au Portugal ?

— Celui qui a fait découvrir le tabac, à Votre Majesté ?

— Ne songez pas à me faire la leçon, ma chère !

— Non point, madame. C'est juste que la senteur du tabac de M. Jean Nicot m'incommode.

— Jean Nicot, je me souviens ! Il avait raison, cette herbe a des vertus miraculeuses. Elle soulage mes maux de tête comme aucun remède. Et dire que l'Espagne refuse toujours de nous en vendre des plants. Si seulement mon époux avait suivi l'inspiration de son père François Ier – Dieu ait son âme ! –, il aurait envoyé d'autres expéditions pour les Amériques au lieu de s'entêter à cette guerre contre l'Espagne ! Et pour quoi, *finalmente*, pour la perdre ! *Ah, Dio !* pesta la reine. Enfin, je ne vous ai point mandée pour parler du Nouveau Monde.

Elle se redressa pour relire le précieux document.

— Je n'y comprends goutte, reprit-elle, agacée.

Louise se saisit d'une feuille sur l'écritoire de la reine.

— Puis-je, madame ?

La souveraine approuva de la tête. Louise s'empara d'une plume, la trempa dans l'encre et recopia le quatrain sur la feuille.

Après l'avoir séchée à l'aide de sable fin, elle posa la feuille sur le cadre d'un tableau représentant Henri II, masquant le bas de son visage. Seuls ses yeux paraissaient les regarder, mécontents.

— Excellente idée, ma chère, approuva Catherine en hochant la tête.

Louise sourit, satisfaite. Elle souligna la première ligne.

— *Le lyon jeune*, il parle d'un jeune homme, un jeune lion, commença-t-elle.

— *Le vieux surmontera*, poursuivit la reine. Le sens est plus clair si l'ordre de la phrase est inversé : *Le jeune lion surmontera le vieux*. Donc vaincra un homme plus âgé que lui.

Folle-en-pied tourna autour de la reine.

— Nous ne savons pas de qui il parle, dit la naine. Mais si l'on suit l'idée de Votre Majesté, *en champ bellique par singulier duelle* devient : *en duel singulier sur un champ de bataille*.

— Comment peut-on avoir un duel sur un champ de bataille ? interrogea la reine. C'est impossible, un champ de bataille n'est qu'une plaine où les corps s'affrontent dans le chaos.

Louise chatouilla ses lèvres avec la plume.

— J'avoue, madame…

— Poursuivons, dit Catherine. La solution est peut-être dans la suite. *Dans caige d'or les yeux luy crevera*. Une cage d'or ? Une prison ?

— À moins que ce ne soit une de ces cages de torture dont le roi Louis XI se servait pour faire parler les prisonniers, intervint la naine.

— C'est possible, réfléchit Catherine.

— *Deux classes une, puis mourir, mort cruelle*, c'est limpide. Le jeune lion va tuer le vieux par une mort cruelle.

— Sans doute, Louise, mais nous ne savons toujours pas qui, ni quand, ni comment. Et ce n'est pas si limpide : *deux classes une* ?

— Qu'importe, madame, nous avons l'essentiel.

— Au contraire, Folle-en-Pied, c'est sur ce que nous

ne comprenons pas que nous devons nous concentrer. *Classe*, peut-être est-ce une référence latine… *classis* en latin signifie « classe », mais aussi « force » comme une force navale.

— Donc, une armée. Nous revenons au champ de bataille, madame. *Deux classes une*, ce sont deux armées qui s'affrontent.

— Non, Louise, je connais Nostradamus, son esprit est aussi tordu et noueux que le bâton qui le soutient. *Deux classes une*, ce n'est pas un nombre d'armées en lice, mais une temporalité. D'abord deux batailles, puis une seule.

— Votre Majesté a dit *lice* ! C'est un tournoi ! s'exclama Folle-en-Pied.

— Tu as raison ! se réjouit Catherine. Donc la cage est une image pour désigner le heaume qu'on porte sur la tête.

— Oui ! C'est cela ! Un jeune lion vaincra en tournoi un vieux. Mais qui est assez vieux pour…

— Non, Folle-en-Pied, interrompit Louise, il est juste plus vieux que le jeune lion. Et le heaume qui le protège est en or, donc il ne peut s'agir que…

— … du roi ! achevèrent-elles toutes les trois en chœur.

Sur la feuille, Louise traça à grands traits :

*Henri II*

## Madeleine

Depuis la visite de l'huissier, Madeleine ne parvenait plus à dormir. Elle s'était avancée en affirmant à son frère qu'elle trouverait une issue. En vérité, elle n'avait aucune idée de la manière de s'y prendre, mais elle n'avait pas le choix. À force de réfléchir, elle décida que le meilleur moyen était encore de jouer d'audace.

Elle irait demander de l'aide au confrère de son père, M. Anne du Bourg, magistrat du Parlement, huguenot aussi évidemment. Sa mère n'avait-elle pas assuré qu'il aurait dû suspendre leurs dettes ? Son père n'avait sans doute pas eu le temps de le prévenir de sa mauvaise fortune. À moins qu'il ne se fût refusé à le soutenir. La solidarité entre réformés s'était étiolée depuis que le roi avait accentué la répression. Chacun cachait ses croyances et les réunions autrefois régulières ne se tenaient plus guère, même en secret.

Certes, de hauts personnages du royaume s'étaient convertis à la Réforme, comme les princes de Bourbon – Condé et Navarre – mais, loin d'apaiser la justice royale, ces défections l'avaient au contraire rendue plus sévère. Sans doute craignait-on que cet exemple en appelât d'autres dans les autres couches de la population.

Malgré sa peur, Madeleine résolut de se rendre au Parlement rencontrer Anne du Bourg, qui ne craignait pas d'affirmer sa foi devant le roi lui-même. Le Parlement siégeait à l'hôtel des Tournelles, seconde résidence du roi à Paris après le Louvre.

Pour l'occasion, elle revêtit sa plus belle robe, noire avec un col blanc de dentelle empesée. La maisonnée dormait encore. Expliquant où elle partait, elle rédigea un mot pour Pierre dans le langage codé qu'ils utilisaient depuis l'enfance quand ils ne voulaient pas être compris de leurs parents. Cette fois, c'était pour ne pas inquiéter leur mère.

Elle s'enveloppa d'une cape légère et sortit. Le printemps s'annonçait doux. Les pétales des cerisiers en fleur s'envolaient au gré du vent comme des flocons de neige. À mesure qu'elle avançait, l'espoir semblait renaître en elle. Elle se répétait le discours qu'elle avait appris par cœur pour être certaine de ne point balbutier devant l'éminent magistrat. Elle avait pris soin d'emporter les lettres de créance laissées par l'huissier. Elle imagina le magistrat la recevant en habit d'hermine; quand il apprendrait le terrible sort qui frappait sa famille, il lui offrirait sa protection et financerait même les études de Pierre.

Son pas était guilleret quand elle tourna dans la grande rue Saint-Antoine. Elle s'arrêta net. Un attroupement bloquait l'entrée du palais, flanquée de tours écrasantes. Le roi y tenait probablement audience et chacun attendait son tour dans le plus grand désordre. Elle tenta de se frayer un chemin, mais la foule était trop dense. Son instinct l'avertit d'un danger.

Des cris fusèrent:

— Au bûcher, l'hérétique !

*On m'a reconnue !*

Madeleine baissa la tête et courba les épaules. Mais nul ne s'intéressait à elle. Alors de qui parlait-on ? Un roulement de tambour imposa le silence. Elle sentit son corps se glacer.

— Oyez, oyez, bonnes gens ! lança une voix grave et puissante.

Elle se hissa sur la pointe des pieds pour apercevoir le crieur, mais ne vit que le tambour qu'il portait en bandoulière sur son habit frappé de fleurs de lys.

— Par ordonnance royale
« Dite par un messager loyal
« De Sa Majesté Henri Deuxième du nom,
« Le sieur Anne du Bourg de son nom,
« Conseiller au Parlement,
« Qui s'est affiché protestant,
« A été arrêté sur-le-champ
« Par monsieur le comte de Montgomery,
« De la garde royale capitaine accompli,
« Et en la Bastille sera conduit
« En attendant d'être condamné
« À périr sur lc bûchcr !

Le crieur enroula son parchemin et sauta à bas de l'estrade. La foule poussa des vivats à la gloire d'Henri II, maudissant les hérétiques.

Madeleine voulut disparaître. Anne du Bourg arrêté par Montgomery ! Les derniers mots de son père trouvaient enfin leur sens. De loin, elle aperçut la silhouette d'un cavalier vêtu de blanc à la tête d'une escouade solidement armée pour encadrer le prisonnier.

Ses jambes se dérobèrent, elle se sentit glisser au sol. Des mains la recueillirent à temps.

— Holà, ma belle ! dit la voix grave du crieur.

Elle se redressa, le repoussant. Il ne la lâcha pas, la regardant droit dans les yeux avec inquiétude.

— Je vais bien, monsieur.

— En êtes-vous certaine ?

Elle hocha la tête, mais il ne paraissait guère convaincu. Il la souleva de terre et la transporta aussi facilement que son tambour pour la sortir de la foule. La déposant à l'écart, il la fixa avec attention. Elle se sentit gênée.

— J'étais serrée, fit-elle avec un geste. Je vais mieux, merci, monsieur.

Il la retint par le poignet.

— Je serai en place de Grève le jour de son exécution. Pour profiter du spectacle, je connais un loueur de balcon.

Elle retira vivement sa main.

— Pourquoi me dites-vous cela ?

Il sourit.

— Si vous aviez envie de me revoir, ce que je me plais à croire…

Elle porta une main à sa gorge sèche.

— Quand donc est prévue son exécution ?

Il fit jouer ses doigts sur la peau du tambour.

— Seule Sa Majesté royale connaît le jour d'un pareil régal.

— Et Montgomery ?

Il fronça les sourcils.

— Eh quoi, Montgomery, mademoiselle ? Le trouvez-vous si beau comme toutes icelles ?

— Non point !

Peu lui importait qu'elle ne l'eût jamais vu.

Le crieur fit résonner son tambour.

— Et moi oui, plus ou moins ? chantonna-t-il d'une petite voix.

La presse des badauds se rapprochait d'eux.

— Adieu, monsieur.

Elle se dégagea et se faufila dans la foule, aussi souple et discrète qu'un chat. Fuir. Fuir, voilà tout ce qui importait à présent. Elle se rappela les lettres qu'elle portait sur elle et qui pouvaient la compromettre. Elle les sortit de son corsage, les froissant fébrilement. Elle courut le long de la rue de la Cerisée, suivit la pente jusqu'au fleuve, à l'opposé de la Bastille. Dès qu'elle fut arrivée sur la rive, elle les jeta à la Seine et les regarda se déposer délicatement sur l'eau avant de couler comme toutes les espérances qu'elle avait formées jusqu'ici.

# Louise

Louise suivait la souveraine dans les galeries vides à cette heure matinale. Leurs talons claquaient sur les dalles. Catherine de Médicis marchait d'un pas déterminé, saluée par les gardes du palais. Elles suivirent l'aile ouest du Louvre et tournèrent vers les appartements du roi.

— Regardez, Louise, le soleil va se lever, dit la reine sur un ton aigri.

Louise ne répondit rien, sachant que c'était inutile. La souveraine poursuivit, la mâchoire serrée de colère :

— Je sais, je l'ai déjà répété cent fois mais que voulez-vous, je ne le digère point. Henri me l'avait promis. Il sait que je déteste les vieilles bâtisses. Il m'avait promis cette aile du Louvre. À moi, à moi ! insista-t-elle en pointant un doigt sur sa poitrine.

— Je sais, madame.

La reine s'inquiétait des fantômes du passé et préférait les châteaux neufs pour en être la première habitante.

— Et quand les travaux furent achevés, vous souvenez-vous comme elle minaudait devant lui ? « Henri, la vue sur la Seine est si belle ! » Quelle comédienne ! Et elle a obtenu qu'il se dédît de sa parole.

— Je sais, madame.

— Il ne lui refuse rien. Elle a demandé Chenonceau et il lui a offert Chenonceau. Elle a demandé à être la gouvernante royale et elle est devenue la gouvernante de mes enfants. De mes enfants ! rugit la reine, les dents serrées.

— Je sais, madame.

— Il n'y a guère que le titre qu'elle n'a pas réussi à s'approprier. Mais elle ne perd rien pour attendre, le temps est de mon côté. Henri a mon âge, elle en a vingt de plus. Il finira bien par se lasser d'elle.

Catherine interrompit sa marche, lâchant un profond soupir.

— Voilà ce que je croyais quand je suis arrivée en France. J'étais naïve, j'ignorais de quels sortilèges elle était capable. Et regardez, Louise, c'est moi qui semble avoir soixante ans et elle quarante.

— Que nenni, madame !

— Si, *certo*, fit la reine. Cependant, je serais bien en peine de prendre des bains glacés à l'aube, j'aime trop la chaleur de mon lit et de ma cheminée. Et quant à retenir Henri, je suis bien aise qu'elle l'occupe avec ses talents de catin.

Louise s'autorisa un sourire. Reprenant sa marche, la reine continua :

— Même si elle n'y paraît pas, elle a ses soixante ans, et elle finira bien par passer de vie à trépas. Alors, ce sera mon tour de régner sur mon mari. Je n'aurai qu'à choisir les donzelles qui réchaufferont le lit d'Henri. Pour la bagatelle, elles seront formées par une personne comme vous, Louise. Je sais trop le pouvoir des femmes pour négliger cette part-là.

— Sans doute, madame.

— Folle-en-Pied m'a parlé d'un livre licencieux d'un Italien de Venise, l'Arétin.

— Je le connais, madame.

— Il paraît qu'il n'est pas à mettre entre toutes les mains.

— C'est pourquoi il reste entre les miennes, madame.

— Mérite-t-il sa réputation ?

— Est-ce que Votre Majesté souhaiterait en juger par elle-même ?

— Certainement pas !

La démarche de la reine se raidit à l'approche des appartements du roi. Les larges fenêtres offraient une vue époustouflante sur le fleuve, caressé des rubans dorés de l'aurore.

Les gardes en faction croisèrent leurs lances devant la souveraine.

— Le roi ne peut recevoir.

— Ouvrez, au nom de la reine de France ! s'exclama Louise en avançant d'un pas.

Devant le silence des gardes, Catherine fulminait. Louise se sentit soulagée que le Louvre fût désert.

— Vos noms, messieurs ? Le roi doit savoir qui l'a retenu d'avoir des nouvelles de ses enfants, mentit Louise avec bravache.

Les gardes échangèrent un bref regard. L'affection du roi pour sa progéniture était connue de tous.

L'un des gardes s'inclina :

— Madame, je m'en vais quérir notre capitaine.

Catherine prit une profonde inspiration, sans dissimuler son agacement.

— Faites donc !

Louise adressa un sourire de connivence à la souveraine. Ainsi, elle espérait regagner ses faveurs.

Un instant plus tard, le bruit de bottes lestées d'éperons retentit dans les couloirs du château. Les pas décidés se rapprochaient. Enfin, apparut le capitaine des gardes du roi, Gabriel de Montgomery, suivi de son escorte. Il impressionnait toujours Louise par sa stature, mais surtout par son regard, d'un bleu si pâle qu'il semblait dénué d'émotions. Pourtant, quand il le posait sur elle, elle se sentait transpercée de part en part. Avec élégance, il ploya sa haute silhouette devant la reine.

— Madame, je suis votre serviteur.

Phrase de peu de valeur : il était avant tout le serviteur du roi et de lui seul.

Louise prit la parole, la souveraine n'allant pas se déshonorer à répéter sa requête.

— Donnez l'ordre à vos hommes d'ouvrir à la reine, monsieur de Montgomery, dit-elle d'une voix suave.

Il baissa les paupières vers elle, la tête droite. Des dieux, il avait la beauté et le pouvoir que lui conférait sa charge. Une vague de chaleur envahit Louise. Elle soutint le regard de Montgomery.

Capitulant, celui-ci se tourna vers la reine et lui fit un bref salut, puis adressa un geste à ses gardes, lesquels écartèrent leurs hallebardes avant d'ouvrir la porte sur l'antichambre. Catherine s'y engouffra, Louise à sa suite.

Le valet du roi bondit du fauteuil où il somnolait et s'inclina devant la souveraine.

— Ouvrez ! ordonna-t-elle.

Sans prendre le temps de réfléchir, le valet s'exécuta. La reine entra seule dans la chambre.

Louise se retourna et se heurta presque au torse de Montgomery qui s'était introduit dans l'antichambre derrière elles. Elle lui intima sèchement :

— Monsieur, retirez-vous !

Le capitaine s'avança encore, forçant Louise à reculer jusqu'au mur. Il était si proche qu'elle entendait sa respiration s'accélérer.

— Regardez-moi, Louise.

La jeune femme se refusait à croiser le fer avec le bleu glacial de ces yeux. Montgomery en connaissait la puissance et en usait avec délice sur ses futures proies. Elle n'était pas de celles-là.

— Allons, ne faites pas votre vierge effarouchée. Toute la cour sait que vous n'en êtes plus là.

Une autre qu'elle l'eût giflé pour pareille offense, mais Louise se moquait des rumeurs qui circulaient. C'était sa liberté.

Elle leva les paupières, mielleuse, et se mit à battre des cils.

— Que voulez-vous, monsieur ?

— Je préfère quand vous m'appelez Gabriel. Dans votre bouche, mon prénom est un appel à l'amour.

— Une fantaisie de votre imagination que vous vous plaisez à croire.

— Allez-vous nier, madame, que je suis à votre goût ?

— Oui, je le nie. Ce temps-là est passé. Une illusion. Je l'ai compris avant qu'il ne soit trop tard.

Il posa la main sur le pommeau de son épée.

— Pourquoi vous refuser à moi, madame ?

— Comment osez-vous ? Après avoir rompu votre promesse d'engagement !

Il resta silencieux avant de reprendre :

— Je vous ai proposé ensuite un meilleur parti que moi-même, madame. Pourquoi l'avoir rejeté ?

Louise entendit la colère et l'humiliation poindre dans sa voix virile. Elle ne se laissa pas intimider.

— Rassurez-vous, une armée d'autres prétendants ont connu le même sort.

— Je vous offrais ainsi la voie royale à mon lit, madame.

— Après avoir demandé ma main, vous ne réclamez plus que mon corps. N'est-ce point indigne de moi, de vous ?

Soudain, il tomba à ses pieds, les yeux brillants levés vers elle.

— Vous êtes tout pour moi. À genoux, madame, je vous offre mon cœur.

Louise évita son regard.

— Ne comprenez-vous pas ? Vous m'avez demandé de vous attendre. Je l'ai fait. Pour rien. À présent, vous n'avez que le déshonneur à me proposer pour rejoindre votre couche.

— Pas si vous vous mariez, madame.

Louise eut un sourire amer.

— Voilà votre manière de m'attacher à vous. De la sorte, vous aurez l'épouse *et* la maîtresse. Compliments, monsieur, vous menez vos affaires domestiques de main de maître.

— Je vous aime, Louise.

— Et c'est ainsi que vous entendez me le prouver !

— Vous pouvez me demander tout ce qui est en mon pouvoir, madame, je vous le donnerai. Acceptez de vous marier et nous serons heureux, à l'ombre de chacun de nos époux.

— Il est trop tard, monsieur le comte, je n'épouserai pas celui que vous me désignez.

Montgomery se releva, redressant le menton, la surplombant de sa stature.

— Et vous voilà vieille fille à vingt-neuf ans. Je vous plains, dit-il avec mépris.

— Vous ne comprenez point qu'une femme puisse préférer la liberté aux chaînes du mariage, vous n'êtes qu'un homme comme les autres, finalement.

Montgomery se rapprocha d'elle, furieux.

— Ne vous avisez plus jamais de me comparer à d'autres, Louise. Je suis un être d'exception. Comme vous.

— Je croyais que je n'étais qu'une vieille fille que vous plaigniez.

Le capitaine avait du mal à se contenir. Elle le devinait à ses yeux brûlants de désir.

— Reculez, Gabriel, ordonna-t-elle.

Loin de lui obéir, il pressa son corps contre le sien, lui faisant sentir sans vergogne sa virilité à travers ses hauts-de-chausses. Mais elle refusait de lui montrer son trouble. Il se pencha et chuchota :

— Nous avons tous deux grandi à la cour, j'ai repris la charge de capitaine des gardes des mains de mon père, et vous celle de dame d'honneur de votre mère. Nous sommes destinés l'un à l'autre, ne le voyez-vous pas ?

Elle posa les mains sur son torse pour le repousser.

— Oubliez-vous que vous êtes un homme marié, monsieur ?

Une lueur froide passa dans l'œil de Montgomery.

— Peu vous chaut que vos amants soient mariés, Louise. C'est un fait de notoriété publique.

— Comme celui que tous les hommes sont menteurs et lâches.

Louise le vit bouillir de fureur à cette provocation.

— Comment osez-vous ! Moi qui ai…

— Inutile de me dérouler vos faits d'armes, ils ne m'intéressent guère.

— Vous préférez les poètes qui servent les dames et le royaume à la force de leur seule plume, n'est-ce pas ?

— Et pourquoi pas ? Ils ne manquent point de courage quand ils signent de leur nom, au risque de déplaire au roi.

— Cessez, madame, ou vous allez finir par défendre les hérétiques.

Louise leva la main pour le souffleter, mais il fut plus rapide et attrapa son poignet.

— Je ne vous laisserai pas m'insulter ainsi, gronda-t-elle.

Il rit. Il lui tordit le bras dans le dos, la plaquant contre lui. Elle se débattit, en vain.

— Si je n'étais point du sexe faible…

— Faible, vous n'en portez que le nom, madame.

Louise vit le regard de Montgomery s'éclairer d'une lueur sauvage. Il l'attrapa par la nuque et l'attira à lui.

— Lâchez-moi !

— Sinon ? Vous appelez la garde ?

Plus elle le rejetait, plus il la désirait. Les hommes étaient ainsi. Louise en jouait pour mieux les séduire, à l'exception de Montgomery. Il était sûrement le plus beau gentilhomme au service du roi, mais aussi le plus arrogant.

— Ne l'entendez-vous pas ? Je serai toujours une femme libre, libre de prendre et de délaisser les hommes que je veux, quand je veux.

Elle sentait son souffle chaud sur elle, au plus près de ses lèvres.

— Je vous accorderai cette liberté que vous semblez tant chérir, je vous le jure, dit-il.

Louise eut une moue de mépris.

— Gabriel, je ne serai jamais votre maîtresse, par conséquent, je n'aurai jamais besoin que vous m'accordiez une quelconque permission.

— Puisqu'il en est ainsi, je me passerai de la vôtre.

Il l'embrassa, la serrant si fort contre lui qu'elle ne pouvait lui échapper. Il pourrait la prendre sur-le-champ, dans l'antichambre, devant le roi même s'il survenait. Plus elle se débattait, plus sa pression augmentait. Elle le laissa forcer ses lèvres avec sa langue et ferma la mâchoire d'un coup sec. Il recula, la lâchant brusquement.

— Vous m'avez mordu !

— Évidemment ! C'est le moins que vous méritiez, j'aurais préféré embrasser un crapaud, répliqua-t-elle en reprenant son souffle. Et encore, nonobstant le dégoût qui me retint, je vous eusse mordu en un endroit bien plus définitif de votre anatomie.

Elle s'essuya la bouche de son mouchoir. Il la regarda avec fureur.

— Si je vous fais tant horreur, Louise, c'est que vous n'aimez pas les hommes.

Elle éclata de rire face à cette marque d'orgueil démesuré. Il s'avança de nouveau vers elle, poings serrés, les yeux brillants d'une rage qu'il contrôlait à grand-peine.

— Avouez que vous êtes du camp de Sappho, Louise.

— Quand donc accepterez-vous que vous ne me plaisez tout simplement pas, monsieur le comte de Montgomery ?

Elle avait lâché son nom et son titre comme une insulte.

— Je laverai cet affront, madame, comme un homme le doit avec une femme. Je vous en fais le serment.

Il s'inclina, raide, et sortit. Son épée, qui claquait contre ses cuissardes, semblait bien moins menaçante que la colère qu'il emportait avec lui.

## Catherine de Médicis

Les rideaux encore tirés plongeaient la chambre du roi dans la pénombre.

Diane de Poitiers était allongée seule dans le lit à baldaquin, les yeux mi-clos, recouverte d'un drap jusqu'à la taille. Du bout du pied, elle jouait avec la tenture en soie.

— Que me vaut l'honneur de votre visite, madame ? dit-elle sans même regarder la reine.

— Je cherche le roi mon époux, madame.

Diane gémit.

— Henri, cesse donc. Ton épouse te demande.

Elle écarta d'un coup les draps, dévoilant la tête du roi Henri II entre ses cuisses. Il se redressa, s'essuya la bouche d'un revers de manche et s'avança vers la reine, vêtu d'une simple chemise. Il lui prit la main pour la baiser. Digne malgré son dégoût, Catherine la retira sèchement.

Henri alla se rincer le visage dans une bassine d'eau où flottaient des pétales de fleurs.

— Madame, vous arrivez à point nommé, dit-il en secouant les mains. Le traité de paix avec l'Espagne prévoit une alliance. Notre fille aînée Élisabeth va devenir reine d'Espagne.

Il se frotta vigoureusement avec le linge propre tendu par un valet.

— Sans doute, Sire, puisqu'elle est promise à l'héritier du trône d'Espagne. Mais le roi Philippe II n'est pas encore mort et l'infant devra attendre pour régner.

— La diplomatie en a décidé autrement, madame. C'est Philippe II lui-même qui va épouser Élisabeth.

*C'est impossible !*

— Mais il a enterré sa deuxième épouse il y a six mois à peine.

— Notre fille saura le consoler.

À cette pensée, Catherine serra le poing.

— L'infant est le promis d'Élisabeth, répéta la reine. Philippe II vole la fiancée de son propre fils. Il ne respecte rien !

Henri ôta sa chemise et la jeta à terre. Son valet se précipita pour la ramasser et lui en bailler une autre.

— Le royaume de France y gagnera dans cette alliance puisque Élisabeth sera reine dès son mariage.

*Pas mon Élisabeth avec ce vieux barbon.*

Si Catherine bouillait de colère, elle se contenait. Comment le roi d'Espagne osait-il ainsi souffler Élisabeth au nez et à la barbe de son propre fils ? Quelle morgue ! Et elle devrait tout accepter, comme son époux le roi de France ? Ah non !

— Pourquoi pas Marguerite ? proposa-t-elle sur un ton neutre.

Diane se leva du lit et passa devant la reine, arrogante dans sa splendide nudité, aimantant les prunelles du roi sur elle. À soixante ans, pour Henri, elle était encore et toujours la plus belle femme du royaume. Catherine n'avait pas besoin de poser les yeux sur elle pour s'en rendre compte. Elle le savait. Cela faisait vingt-six ans qu'elle le savait et l'endurait. Elle était reine de France, mais celle qui régnait sur son mari, c'était Diane ; ce n'était pas pour rien qu'on la surnommait « la plus-que-reine ». La favorite ouvrit les rideaux d'un geste sec, laissant le soleil envelopper son corps d'un rayon flamboyant.

— Elle n'a que six ans, rappela Diane avec commisération, comme si la propre mère de l'enfant l'avait oublié.

La reine lui tourna délibérément le dos.

— Margot est trop jeune, confirma Henri. La différence d'âge avec Philippe II…

Catherine l'interrompit, sarcastique :

— J'ignorais que vous accordiez une quelconque importance à ce genre de détails.

— Non, en effet, sourit Diane en enlaçant son amant.

— Élisabeth a l'âge de se marier, insista Henri.

— Elle n'a pas fêté ses quinze ans ! protesta Catherine.

— Vous non plus lorsque vous m'avez épousé, madame.

— Monsieur, vous aviez alors le même âge que moi.

— C'est toujours le cas, dit le roi en riant.

— Non point, certaines années comptent double pour nous autres femmes, intervint Diane.

Henri coula un regard sur le corps de Catherine, avant de caresser la joue de sa favorite :

— Vous parlez d'or, ma mie.

Catherine se retint pour ne point gifler cette joue qu'Henri venait de cajoler.

*Que les hommes sont faibles devant une belle femme !*

— Philippe II est un vieillard, renchérit la reine.

Henri se mit à rire.

— Il n'a que trente-deux ans.

— Ses deux premières femmes sont mortes dans la fleur de l'âge. On a relevé des coïncidences pour le moins troubles. On parle d'empoisonnement.

Le roi soupira, excédé.

— Vous me rapportez des rumeurs, quand je vous parle des lois de la diplomatie.

*La « diplomatie » ! Il a cédé devant les desiderata de ce chien d'Espagnol, voilà tout.*

— S'il arrive quoi que ce soit à Élisabeth, Sire, vous m'en répondrez !

— Je ne rends de comptes qu'à Dieu, madame, rétorqua-t-il d'un ton sans appel.

— Qu'il en soit ainsi ! dit-elle, fataliste.

La reine s'en repartit sans la révérence due au roi.

C'est seulement au sortir de l'antichambre qu'elle se rappela l'objet même de sa visite à Henri, la prédiction de Nostradamus. Elle était si furieuse qu'elle se surprit à souhaiter que le destin s'accomplît.

## Henri II

Diane pressa son corps nu contre le dos d'Henri. Il se sentait préoccupé malgré lui. Il ordonna qu'on lui apportât du vin et passa une robe de chambre à Diane. Si elle n'avait aucune pudeur à montrer son corps de déesse, lui en ressentait toujours une pointe de jalousie. Précaution inutile et d'autant plus absurde que les châteaux de France regorgeaient de tableaux et de sculptures de Diane nue, posant en chasseresse. Toute la cour connaissait l'anatomie parfaite de sa maîtresse.

Quand le plateau fut servi, Diane renvoya le valet. Elle versa elle-même le breuvage dans le verre.

— Tu bois trop, Henri.

— Laisse.

Il avala le liquide d'un trait et tendit sa coupe, vide, à la favorite. Il devina qu'elle était contrariée au frémissement de ses sourcils finement dessinés. Avec un soupir, elle remplit à nouveau le verre. Il le but en entier.

— Envoyer ma petite Margot en Espagne, dans les griffes de ce monstre !

Diane lui prit le verre des mains et le posa sur la

console en bois de noyer. Elle lui caressa les épaules. Il savait qu'elle espérait ainsi le distraire. Ses mains étaient douces, mais il avait les muscles trop tendus pour qu'elle pût l'apaiser. La visite de la reine, sa violation de leur si précieuse intimité, avait allumé la flamme de la colère dans son ventre.

— Moi, je sais ce que c'est d'être un enfant à la cour d'Espagne !

Diane s'approcha. Elle n'aimait guère quand il se replongeait dans ses souvenirs. Elle avait passé des heures à le consoler de ses cauchemars qui se répétaient chaque nuit. Elle prit son visage entre ses mains. Ses mains si tendres.

— C'est loin, Henri. N'y pensez plus.

Il se dégagea. Ses attentions ne suffiraient pas à chasser les nuages sombres de son esprit.

— Vous avez raison. Servez-moi encore de ce merveilleux élixir de l'oubli.

Diane ignora sa requête.

— Voulez-vous que j'aille quérir Margot, Sire ?

— Oui, faites donc.

La favorite sortit en glissant sur le parquet. Henri admirait sa démarche depuis le premier jour. Elle avait la grâce d'un cygne sur un lac paisible. Diane avait toujours eu le don de l'apaiser. Elle était son havre de paix, de sécurité, de joie et de plaisir. Son intelligence et sa connaissance de la chose politique nourrissaient leurs conversations d'après l'amour et l'aidaient à prendre des décisions parfois difficiles, comme la condamnation à mort d'hérétiques. Le peuple avait besoin d'exemples, disait-elle. Et elle avait raison, Henri n'en doutait point. N'était-ce pas son père, François Ier, qui avait été le premier à dresser des bûchers ?

Henri se resservit lui-même une rasade. Il admira le liquide grenat dans la lumière du jour naissant.

Oui, c'était loin, Diane avait raison. Mais pour Henri, les souvenirs étaient longtemps demeurés à fleur de peau, et parfois ils réapparaissaient sans crier gare.

Il avait à peine six ans quand le roi, fait prisonnier par Charles Quint, avait dû signer sa capitulation et le versement d'une rançon de deux millions d'écus d'or au soleil[1]. En réponse, François Ier résolut d'abdiquer en faveur de son fils aîné, âgé de seulement dix ans, confiant à sa propre mère, Louise de Savoie, la régence du royaume. Par cette habile manœuvre, il devenait un prisonnier ordinaire sans pouvoir et sans valeur.

Déconfit, Charles Quint dut se résoudre à négocier avec son auguste prisonnier pour le dissuader d'abdiquer. Après un an de captivité à Madrid et de négociations pied à pied, François Ier accepta d'échanger sa libération contre la rançon moindre d'un million deux cent mille écus d'or au soleil. Mais Charles Quint lui imposa une clause cruelle : ses deux fils de dix et huit ans, le dauphin François et son cadet Henri, seraient envoyés en Espagne comme otages en attendant le versement de la somme. Henri n'apprit que bien plus tard les détails de ces tractations auprès de sa préceptrice, Diane de Poitiers.

---

1. Monnaie royale ainsi dénommée en raison du soleil qui figurait sur la face de chaque écu.

C'est ainsi que les enfants partirent pour l'Espagne. Henri se souvenait de sa grand-mère les accompagnant jusqu'à la frontière. Alors que son frère aîné restait digne, lui n'avait pu retenir des tremblements d'angoisse.

— Henri, tu es un prince de France. C'est ton devoir de fils pour que ton père nous revienne, notre grand roi François.

Son père devait être un bien grand roi pour valoir deux enfants de France à lui seul. Secrètement, il espérait que son frère aîné, dauphin et héritier de la Couronne, eût suffi. Mais aussi, il en eût conçu une humiliation de ne compter pour rien. Malgré tout, Henri se sentait honoré de contribuer à la libération de son père le roi de France.

Pendant tout le trajet, son cœur battait à coups sourds dans sa poitrine et chaque coup sonnait un écho opposé, l'un pour la peur, l'autre pour la fierté. Son aîné lui avait confié que le roi d'Espagne avait proposé de remplacer le petit frère, lui Henri, par les cinquante meilleurs capitaines et chefs de l'armée française, mais leur grand-mère avait préféré envoyer l'enfant. Le jeune Henri en avait conçu ressentiment et colère contre elle. Plus tard, il comprit qu'en régente avisée, elle n'avait pas voulu désarmer le royaume et se priver de conseillers utiles pour gouverner s'il arrivait malheur au roi.

L'échange eut lieu sur la rivière de la Bidassoa. Les Espagnols empêchèrent leur père de serrer ses fils contre son cœur. Henri le reconnut à peine, après plus d'une année de séparation. François Ier fit une promesse à ses enfants, les yeux dans les yeux :

— Vous serez libres bientôt !

Henri l'avait cru. Hélas, il ne reverrait le sol français que quatre longues années plus tard, les plus longues de sa vie.

On renvoya les gentilshommes français qui auraient dû rester à leur service. On enferma les enfants royaux dans une forteresse, où ils étaient servis uniquement par des Espagnols. On leur interdit de parler français entre eux. La cellule était glacée, le sol dur et la nourriture rare. On ne leur donna aucun habit de rechange. À mesure que les enfants grandissaient et que le temps passait, leurs vêtements ressemblaient de plus en plus à des guenilles dont se moquaient les gardes. Henri put encore porter les hardes de son frère aîné avant qu'elles ne tombassent en lambeaux. La reine d'Espagne apprit enfin la sévérité de leur détention et leur fit porter des vêtements chauds pour l'hiver.

Henri crut que leur père les avait oubliés ou qu'il refusait de verser la rançon. Il s'était pris d'affection pour un rat. Quand les gardes s'en aperçurent, ils le lui confisquèrent malgré ses pleurs. Le soir, pour la première fois depuis des semaines, les enfants de France eurent droit à un morceau de viande pour agrémenter leur ordinaire.

En réalité, pendant ce temps, François I^er^ mit le peuple entier à contribution pour réunir la somme. De toute la France, on reçut des écus, des sous, des ducats, des sols. Ensuite, il fallut organiser la protection du précieux convoi. Trente mulets portaient les coffres remplis jusqu'à la gueule. Cent soldats d'élite furent chargés d'escorter le trésor jusqu'à la frontière espagnole. Juste avant de la franchir, on fit halte à Bayonne et l'on déchargea pour que les Espagnols procèdent à la vérification. On vida les coffres sur de vastes tapis verts et le comptage prit plusieurs jours en raison de la grande variété de pièces. À la fin, il manquait pourtant vingt-cinq mille écus. Le capitaine français plaida l'erreur, l'ambassadeur espagnol cria au vol. On dut solliciter le gouverneur de Bayonne pour compléter la somme. Enfin, Charles Quint signa l'ordre de libération des jeunes princes.

Henri et son frère n'avaient pas entendu le français depuis quatre ans, si bien que lorsqu'un gentilhomme vint leur annoncer dans leur langue maternelle leur libération, il fallut appeler un garde pour leur traduire en espagnol la bonne nouvelle.

Comme quatre ans auparavant lorsqu'elle les avait accompagnés, leur grand-mère vint les accueillir. Pour donner le change, les Espagnols les avaient vêtus avec magnificence et installés sur de superbes chevaux blancs. Mais ils flottaient dans leurs atours et tenaient avec difficulté sur la selle, n'ayant plus fait d'exercice physique depuis si longtemps. Leur grand-mère ne put retenir ses larmes.

Le voyage de retour vers Fontainebleau fut une succession de fêtes dans chaque ville qu'ils traversaient. Si le dauphin reprit rapidement goût à la vie, Henri, au contraire, restait comme hébété, hanté par des cauchemars, plaintif et méfiant. Il ne touchait la nourriture que du bout des doigts, craignant un empoisonnement. Les gibiers qu'on lui servait prenaient sous ses yeux la forme d'un rat. Il lui arrivait de repousser l'assiette ou de vomir juste après le festin. On était soulagé de se dire qu'il n'était pas appelé à régner. À onze ans, il en paraissait deux de moins et se prêtait avec peine aux entraînements physiques imposés pour qu'il retrouvât sa vigueur.

Il ne semblait sortir de sa torpeur que lorsqu'il se trouvait en présence d'une dame d'honneur, Diane de Poitiers, dont la beauté le fascinait et qu'il ne quittait pas des yeux. François Ier eut l'idée de demander à la dame de s'occuper du jeune prince. Le miracle qu'aucune prière n'avait exaucé se produisit. Auprès d'elle, Henri retrouva le sourire, accepta de nouveau de partir à la chasse. Quand Diane vint trouver le roi pour lui annoncer que son fils la regardait comme une femme, François Ier donna son assentiment pourvu qu'Henri y trouvât force et réconfort. Quand elle objecta qu'elle avait vingt ans de plus, le roi vanta son expérience. Quand elle rappela qu'elle était mariée, le roi, insistant sur l'âge canonique de son époux, lui dit qu'un jeune homme vert lui ferait le plus grand bien à elle aussi. La suite dépassa toutes les espérances. Diane lui enseigna tout de la vie, de sa langue maternelle qu'il dut réapprendre à la découverte des plaisirs de la chair. En tant que cadet, Henri se sentait libre de toute obligation successorale. Il vivait cet amour dans un bonheur absolu, épanoui et heureux. Il caressait même l'espoir que son père acceptât ses noces avec Diane une fois qu'elle serait devenue veuve. Mais le royaume avait besoin d'argent après la rançon versée à l'Espagne. François Ier choisit donc de marier Henri à Catherine de Médicis, plus grosse fortune d'Europe, trois ans à peine après son retour de Madrid. Diane espérait que cette alliance aiderait

Henri à surmonter sa culpabilité maladive d'avoir coûté si cher à la France, lui un cadet qui ne servait à rien. En vain. Seuls ses bras dans la chaleur de la chambre parvenaient à apaiser les terreurs nocturnes du jeune prince.

Le visage ingrat de la princesse italienne n'invitait guère à se rapprocher d'elle. La cour imagina qu'avec le temps, sa beauté s'épanouirait, comme un poussin noir se transformait en cygne. Il n'en fut rien. Malgré leur écart de vingt ans, Henri continuait à n'avoir d'yeux que pour Diane de Poitiers. L'on s'habitua à ce couple qui semblait s'aimer d'un amour véritable et réciproque.

Leur bonheur aurait pu continuer ainsi si le destin ne s'en était mêlé. Trois courtes années plus tard, le frère aîné d'Henri mourut après avoir bu un verre d'eau glacée. Cette mort si brutale devait forcément s'expliquer par un empoisonnement. On soupçonna aussitôt Catherine de Médicis, d'autant plus que le serviteur qui avait baillé le verre était italien et que la mort du dauphin lui profitait directement en faisant de son mari l'héritier de la Couronne. Mais comme François I^er^ avait une affection particulière pour sa bru et qu'une jeune fille de dix-sept ans ne pouvait fomenter pareil complot, Catherine s'en sortit blanche comme neige. Quant au serviteur, il fut dûment torturé, sans avouer une intention coupable, et écartelé en place de Grève. L'accession d'Henri au titre d'héritier du trône le plongea dans une mélancolie que seule Diane, encore et toujours, parvenait à soulager.

*

Encore perdu dans ses sombres souvenirs, Henri terminait son verre de vin lorsqu'une voix enfantine fit éclore des bulles d'allégresse dans la chambre.

— Père, vous m'avez mandée ?

La petite Margot était une perle de gaieté perpétuelle. Diane l'appelait souvent quand son affection échouait à chasser la mélancolie du roi. Dès que la petite fille apparaissait, le visage d'Henri s'illuminait, ses yeux pétillaient comme jamais devant aucun de ses autres enfants, pas même ses fils. Toute de boucles blondes et les joues roses et dodues comme des pêches veloutées, Margot était une princesse espiègle et joueuse.

Dès qu'il la vit entrer, pieds nus, en chemise de dentelle, Henri lui ouvrit les bras en souriant. Margot se précipita vers son père et se jeta à son cou avec tant d'impétuosité qu'Henri en tomba à la renverse sur le lit.

— Quelle puissance, ma fille ! On ne le croirait pas dans un si petit corps.

— Je pourrais dompter n'importe quel cheval sauvage, dit Margot, sûre de son fait.

— Vraiment ?

Diane sourit.

— Voyons cela, reprit Henri à se mettant à quatre pattes sur le lit.

Margot, l'air sérieux, le buste bien droit, ordonna, le bras tendu :

— Cheval, baisse-toi.

En hennissant, Henri obtempéra. La petite grimpa,

ravie, sur le dos de son père. Elle attrapa le col en éventail de sa chemise en guise de rênes et lança des coups de talons dans les flancs de son père.

— Allez ! commanda-t-elle.

Henri se redressa et commença à avancer tranquillement sur le lit. Margot donna des talons de plus belle.

— Plus vite, plus vite !

Il accéléra le rythme et prévint :

— Accroche-toi !

Il bondit à terre, manquant de faire tomber Margot. Mais la fillette se cramponnait au cou de son père en riant aux éclats.

Henri entama une cavalcade à travers la chambre, au rythme des rires clairs de l'enfant. Il se releva en une ruade impressionnante, mais Margot mit ses jambes autour de la taille de son père et ses bras autour de son cou. Elle ne lâcha pas prise.

Diane rit à son tour de leur jeu.

Henri retomba et roula au sol pour reprendre sa fille sur son ventre.

— Bravo, ma princesse, je capitule !

— Vous voyez que j'y arrive bien toute seule, père.

— Je sais, ma fille. Que Dieu vous garde votre puissance !

— Et pourquoi pas ? dit l'enfant innocemment.

Diane se signa en joignant les mains, sans se départir de son sourire.

— Allez vous vêtir, ma fille. Suivez votre gouvernante.

Margot donna la main à Diane et suivit la favorite après un geste d'adieu à son père. Henri ne la quitta pas des yeux jusqu'à ce qu'elle eût disparu dans le corridor.

*Livrer cet ange à Philippe II, ce démon d'Espagne ? Jamais !*

Il se redressa, déterminé, et ordonna :

— Qu'on convoque mon Conseil !

## Gabriel

Gabriel de Montgomery quitta l'antichambre du roi avec une furieuse envie d'en découdre.

*Cette femme, je l'aurai !*

Malgré lui, il devait reconnaître qu'il était bien comme tous ces hommes dont parlait Louise, et que plus une forteresse lui paraissait imprenable, plus son désir de l'assiéger et de la soumettre était puissant.

S'il étudiait bien le fond de son âme, il découvrait que cette frustration lui procurait aussi une force incommensurable. Il se sentait invincible. L'unique idée d'affronter Louise, de se frotter à elle, de l'imaginer se débattre sous lui, faisait pulser son pouls plus fort dans ses veines.

Certes, il était marié à une épouse douce et aimante. Mais un homme de sa trempe n'avait que faire d'une femme douce et aimante ! Il lui fallait une adversaire à sa mesure. Il lui fallait Louise de La Béraudière. Déjà, lorsqu'ils étaient enfants, il avait décidé qu'elle serait sienne. Son corps se souvenait de leurs jeux de mains où elle refusait la sédition. Il lui avait promis le mariage, mais son père en avait décidé autrement. Lui-même veuf, il avait épousé une riche veuve à la condition que Gabriel épousât la fille, chétive orpheline, dont la mère craignait de se séparer.

L'arrangement convenait à tous sauf à Gabriel. Il n'avait pas eu d'alternative.

Son orgueil lui avait interdit d'avouer la vérité à Louise. Il avait prétendu que ce mariage était sa décision et lui avait offert de devenir sa maîtresse. Mais elle avait refusé chacun de ses cadeaux, plus magnifiques les uns que les autres, et l'avait éconduit.

Le rejet fut public. La cour en parla pendant des mois. Son père lui reprocha de courtiser une demoiselle qui ne voulait pas de lui. Gabriel, affligé et honteux, se réfugia dans le métier des armes, s'y entraîna nuit et jour, s'y blessa et regagna l'estime de tous. À l'exception de Louise, plus curieuse de poésie que de héros tombés au combat.

Gabriel ne s'avoua pas vaincu. Il commanda des vers galants à Ronsard ; quand elle devina le subterfuge pourtant banal, elle invita le poète dans son lit, où, dit-on, celui-ci put, une nuit durant, aller butiner « sa rose mignonne ». Le pire était de la voir badiner avec tous ses amants comme autant d'outrages à son amour déçu.

Désormais, il ne lui restait que la force. Le procédé était indigne d'un gentilhomme de son rang mais son désir n'entendait pas ce langage. Louise ne lui laissait guère le choix.

Montgomery attendait juste l'occasion.

# Claudine

Claudine se rêvait amante. Elle ignorait le sens véritable du mot, mais il contenait celui d'amour. Voilà tout ce qui importait. Elle s'imaginait vivre un amour s'épanouissant à la seule clarté de la lune, à l'ombre des rideaux d'un baldaquin qui cacheraient des délices inavouées. Cette pensée la fit rougir. Elle regarda furtivement autour d'elle. Son mariage ne réunissait pas foule. Son amie Marie Stuart ne pouvait décemment s'abaisser à y assister, en tant que future reine de France. Le baron de Retz n'était pas d'assez haute lignée.

Attablé au banquet des noces, son mari ne la quittait pas du regard. L'amour ne s'accordait pas avec lui. Comment son destin qui aurait dû être magnifique allait-il sombrer dans le lit de ce vieillard répugnant ? Elle en frémit de dégoût. À moins qu'il ne mourût par quelque heureux coup du sort, elle n'avait aucun moyen de lui échapper. Elle rejeta aussitôt cette pensée coupable.

Par cette chaleur, elle transpirait dans sa robe. Elle lissa le crêpe de sa tenue de cérémonie, un tissu de prix choisi par sa mère avec soin. Elle détestait cette teinte mordorée qui chatoyait au soleil. À mesure que la journée avançait, les odeurs de sueur menaçaient de la faire défaillir.

Visiblement soulagée d'avoir marié sa fille, sa mère riait à chaque lampée.

*Pourquoi cette femme m'a-t-elle si bien éduquée à la culture et à la science si c'est pour m'unir à un homme inculte ?*

Depuis qu'enfant, elle avait observé un vétérinaire soigner un chien de chasse, Claudine s'était passionnée pour les sciences de toutes sortes. Sa mère l'avait encouragée à satisfaire cet appétit du même mot qu'elle lui répétait à l'envi : « Ose, ma fille ! » Claudine mesurait la chance qui lui avait été offerte. Et aujourd'hui, ce temps-là s'achevait.

— Vous ai-je raconté comment j'ai obtenu votre main, ma petite ?

Claudine secoua la tête, incapable de desserrer la mâchoire. L'haleine de pourriture de son vieil époux lui donnait la nausée. Elle s'efforçait de ne pas fixer ses dents noires et déchaussées pendant qu'il parlait.

— J'étais convié à une audience du roi comme d'autres soldats vaillants qui combattirent en son nom et auxquels il allait bailler quelques récompenses : terres, titres, charges avec rente annuelle. Madame Diane de Poitiers se tenait familièrement aux côtés du roi. Je l'entendais raconter les dernières railleries de la cour à propos de la reine. Elle feignait de s'en offusquer, mais ne trompait personne. Quand je m'avançai, c'est elle-même qui dit : « Monsieur le baron, que nous vaut le plaisir de vous recevoir en audience ? »

Claudine imagina le baron, avec sa fraise mal entretenue et son menton fuyant qui lui donnait un air de fouine, se plier en une révérence crispée qui devait faire peine à voir. Pour un peu, on l'eût achevé comme un cheval boiteux.

— Je répondis fort humblement : « Sire, si Votre Majesté me fait l'honneur de se rappeler les campagnes que j'ai menées en ma jeunesse auprès de votre père, le grand roi François Ier – paix à son âme –, hélas, ma vie en ménage n'est point aussi heureuse. Je viens de perdre ma tendre épouse, Diane, morte en couches. » Ce disant, je me suis penché vers la favorite qui porte le même prénom. « L'enfant n'a point survécu, Sire, de sorte qu'à mon âge vénérable, me voilà toujours sans descendance. C'est pourquoi je viens requérir de Votre Majesté la permission d'un nouveau mariage. » Le croyez-vous ? Le roi l'a aussitôt permis !

Il faisait pitié à Claudine de l'entendre se vanter de son âge « vénérable » de soixante-quatre ans. Elle se faisait elle-même encore davantage pitié.

— J'ai dit au roi que j'avais besoin de son assentiment pour le choix de mon épouse.

— Vraiment ? dit Claudine.

Le baron paraissait de plus en plus excité par son propre récit.

— J'ai senti l'intérêt de la duchesse quand le roi m'a demandé qui était l'heureuse élue.

— L'heureuse élue…

Le baron posa une main moite sur le bras de Claudine.

— Oui, ma petite. Vous mesurez votre chance, n'est-ce pas ?

Claudine esquissa un sourire en retirant son bras.

— Je lui répondis que je voulais la prendre parmi

les demoiselles d'honneur de Sa Majesté la reine, continua-t-il. Vous auriez vu la favorite !

Évidemment, tout ce qui touchait à la reine lui paraissait digne d'intérêt.

— « Il s'agit de Mlle Claudine de Clermont, Sire », lâcha le baron en un souffle.

Il sembla à Claudine que le menton du baron de Retz reculait davantage à avouer son nom. Celui qui était désormais son mari se pencha, l'haleine avinée :

— Saviez-vous que j'avais des vues sur votre mère en son jeune temps, ma mie ? Le roi m'aurait accordé sa main, mais à choisir, je lui dis que je préférais la fille !

Il s'esclaffa, bouche grande ouverte.

Oubliant son dégoût, Claudine se tourna vers lui :

— Mais vous pourriez être mon grand-père, baron !

— Sans doute, madame. C'est pour cette raison que j'ai pressé le roi de hâter nos noces.

Claudine décela dans l'œil du vieil homme un éclat égrillard. Diane de Poitiers elle-même avait épousé un ancêtre en sa tendre jeunesse. Claudine imaginait fort bien le plaisir de la favorite à se représenter une petite demoiselle d'honneur de la reine entre les bras secs de ce vieux paillard. Quelle noirceur son âme recelait-elle pour souhaiter que d'autres jeunes filles connussent le sort qu'elle avait subi ?

Le baron de Retz serra le bras de Claudine.

— Un ancien soldat qui a si bien servi la Couronne mérite d'être récompensé comme il se doit, ma petite. Le roi a conclu par ces mots : « Prenez la fille, elle est à vous ! »

En riant, il porta la main de la jeune épousée à sa

bouche et la baisa. Un frisson d'écœurement la secoua des pieds à la tête.

Les violes suivaient mal le rythme des tambourins. Claudine rêvait de fracasser tous ces instruments pour les transformer en bois de chauffage. La colère la faisait bouillir. Elle ne savait comment s'en débarrasser. Où la vomir ? À qui la rendre ? À sa mère qui lui avait caché le secret de sa naissance, scellant ainsi son destin de jeune épousée ? À son mari qui affichait cette mine réjouie du chasseur ayant attrapé une proie sans trop se fatiguer ? La musique nuptiale devenait une effroyable cacophonie. Les rondes et les danses ne lui inspiraient que haine et répulsion. Pourquoi ne pouvait-elle profiter de ces ultimes moments de fête ? Elle tenta de se concentrer à nouveau sur la musique. Mais elle ne l'entendait que comme un mauvais tour que son époux lui jouait avant de l'enterrer au fond de son château où sa jalousie tiendrait lieu d'amour.

*

Fière, Claudine ne montra pas sa peur ni son aversion quand il lui fallut se retrouver seule avec son mari. Elle demeurait droite au milieu de la chambre dans sa robe à peine froissée.

— Je vois dans vos yeux que vous avez été éduquée comme une vilaine orgueilleuse.

— Monsieur, l'orgueil est un péché et jamais je ne…

— Tais-toi quand je parle, femme ! fit-il en faisant siffler sa cravache dans l'air.

Claudine sursauta. Elle n'avait pas remarqué l'instrument jusqu'alors et se demanda avec inquiétude pour quel usage il l'avait montée dans la chambre nuptiale. Surprise par la verdeur de ce langage autant que par l'apparition de la cravache, elle préféra obéir.

— Toute une éducation à reprendre, maugréa le baron de Retz.

Claudine voulut protester qu'il n'aurait rien à lui reprocher, mais elle se tut.

— Vous souvenez-vous, madame de Retz, dit-il en détachant bien les syllabes, des mots que vous avez prononcés devant tous et devant Dieu ?

Elle allait répondre, mais il reprit :

— « Vous devez respect et obéissance à celui qui vous fait l'honneur de vous prendre pour épouse et qui devient désormais… »

Il brandit sa cravache pour l'inviter à terminer sa phrase.

— « … votre seigneur et maître », murmura-t-elle, les dents serrées.

Il fit un mouvement pour abattre la cravache sur elle, mais Claudine recula, et il manqua tomber en avant. Elle eut envie de rire, les nerfs à vif. Il se retourna, la figure rubiconde de colère.

— Cela te fait rire, oiseau sans cervelle !

— Non, monsieur, point s'en faut. Je vous le jure.

— Viens par ici, que je t'apprenne les bonnes manières !

Il lui attrapa les cheveux, la tira vers le lit où il l'obligea à s'agenouiller. Il la maintint par la chevelure le visage enfoncé dans la courtepointe de soie, souleva sa robe de dentelle et lui administra de sa cravache une correction, sur les fesses nues comme on le faisait aux enfants. Les cris de Claudine étaient étouffés par le tissu qu'elle mordait. Il l'empêchait de se relever, l'écrasant d'un genou sur le dos. Elle hoquetait, à moitié asphyxiée par ses sanglots et l'air qui lui manquait. Le supplice semblait ne jamais vouloir cesser. Elle cherchait quelle faute elle avait pu commettre pour mériter pareil traitement. Elle avait l'impression qu'elle allait mourir, étouffée par le poids de l'homme qui la martyrisait.

Soudain, la torture prit fin, il la lâcha, haletant comme un vieux canasson à bout de forces. Elle se recroquevilla sur le lit, la vue brouillée par les larmes. Mais il ne lui laissa guère de répit. Il lui arracha sa magnifique robe de mariée, la déchirant sans scrupule. Lui s'était déjà dévêtu, Claudine détourna la tête dans un réflexe pour éviter le spectacle de ces chairs flasques et fripées. Il la saisit par les chevilles, lui écarta les jambes brutalement et se laissa tomber sur elle de tout son poids. Elle en eut le souffle coupé. La douleur de ses fesses fouettées se rappela à elle. Elle essaya de protester, mais en fut incapable. Avant même qu'elle eût compris ce qu'il faisait, elle se sentit transpercée. Elle poussa un cri. À travers ses larmes, elle voyait son bourreau la regarder d'un air satisfait, avec des yeux de bête. Il écrasa ses seins de ses grosses mains, y enfonçant ses ongles. Puis il se mit à bouger.

*Que lui arrive-t-il ?*

Il accéléra, comme pris d'une crise frénétique, la secouant et chaque assaut était une souffrance indicible. Claudine se demanda s'il n'était pas pris d'un accès de folie à s'agiter ainsi sur elle.

— Vous me… faites… mal…, parvint-elle à articuler.

— Tais-toi, tu es à moi, maintenant ! Tu entends !

Il plaqua une main sur sa bouche et l'autre sur sa gorge. Claudine se raidit. Pour la première fois de sa vie, elle comprit qu'elle était à la merci d'un homme, qu'il pourrait la tuer en un instant si tel était son désir. Et cet homme était son mari.

Elle avait du mal à respirer, mais ne cherchait plus à résister. Elle voulait juste que cela cesse. Que sa vie même cesse s'il le fallait. Mais que cela cesse. L'esprit confus, elle ne parvenait pas à prier. Aucun mot de réconfort ne se frayait un chemin dans sa tête. Aucune pensée. Elle voulait juste que cela cesse.

— J'ai mal, murmura-t-elle.

— Ne t'inquiète pas, c'est presque fini.

Elle ignorait ce qu'il voulait dire. Il se secoua encore plus violemment contre elle. Elle avait l'impression d'avoir la peau râpée, brûlée, en sang. Brusquement, il se figea et poussa un cri rauque qui n'avait rien d'humain.

*Il se meurt !*

Il s'écroula d'un coup sur elle. Paniquée, Claudine essaya de se dégager, mais il était trop lourd. Elle allait mourir à son tour, étouffée. Soudain, un reniflement de taureau remua la carcasse de son mari. Il était vivant. Claudine se sentit soulagée. Tout aussitôt, un sentiment nouveau gonfla dans son cœur jusqu'à envahir sa poitrine et son être entier : une haine qui appelait le sang.

Le baron releva sa grosse tête trempée de sueur et sourit mollement avec un regard vide.

— Ça y est, ma mie, je vous ai élevée au rang de femme.

## François de Guise

— Pourquoi fait-il toujours si froid dans ces salles d'armes ? chuchota le cardinal de Lorraine en serrant sa pelisse autour de ses épaules. Enfin, puisque je dois vous parler, je suis bien forcé de me rendre où vous vous trouvez.

Le duc de Guise dévisagea son cadet avec amusement. Même en plein été, Charles était capable de se plaindre du froid. François s'assit dans un fauteuil pendant qu'un domestique lui ôtait ses cuissardes, ainsi que sa cotte de mailles légère. Ses muscles étaient douloureux après cet entraînement lors duquel son maître d'armes ne l'avait point ménagé. La fatigue aurait terrassé un autre que lui, mais elle ne l'entamait guère. Il était une force de la nature, un chêne que rien ne pouvait abattre.

— Vous arrivez à point nommé, Henri va me succéder à l'entraînement, et avec un hôte de marque.

Le fils aîné du duc de Guise, Henri, sautillait sur place, prêt à en découdre avec le maître d'armes. Celui-ci s'avança d'un pas martial vers le centre de la salle. Les murs mêmes semblaient trembler à son approche. C'était le capitaine des gardes du roi en personne, le comte de Montgomery. Le duc de Guise l'avait convié à évaluer l'habileté de son fils. Montgomery s'inclina devant le cardinal de Lorraine, puis encore plus respectueusement devant le duc de Guise. Montgomery et Guise partageaient la même taille imposante, mais le comte dégageait une beauté magnétique alors que le duc effrayait par son allure de géant blond à la joue balafrée d'une longue cicatrice gagnée sur le champ de bataille contre les Anglais.

— Monseigneur, c'est un honneur d'entraîner le fils du héros de Calais[1].

Le duc fit un pas en avant et, avec simplicité, donna une accolade virile au capitaine.

— Comte, l'honneur est pour moi de saluer celui qui a sauvé le roi de la main d'un hérétique.

Les deux hommes se lâchèrent et se toisèrent avec une admiration réciproque.

— Je n'ai fait que mon devoir, monseigneur. Mais vous m'honorez de vous rappeler un fait déjà vieux de deux ans.

— Depuis, grâce à vous, aucun de ces diables n'a approché le souverain.

Le duc se tourna vers son fils. Un sourire de joie illumina le visage d'Henri de Guise, fier de se mesurer à un capitaine aussi vaillant que le comte de Montgomery. Son père vit sa poitrine se soulever avec orgueil. Il s'en félicita.

Le petit Henri de Guise était le portrait de son père, aussi bien physiquement que moralement. Petit

---

1. Le duc de Guise venait de reprendre Calais à l'Angleterre qui occupait le port depuis 1347 et la guerre de Cent Ans.

était d'ailleurs un adjectif qui ne le caractérisait guère. Âgé de neuf ans, il en paraissait douze. Il maniait déjà l'épée mieux que tous les enfants de son âge et chevauchait sans peine une journée entière. Il avait le tempérament inflexible et ne cédait sur rien, comme son père. Henri vouait une admiration éperdue à son géniteur. Il était impatient que celui-ci l'emmenât sur les champs de bataille. Mais le duc de Guise entendait le préserver et attendre que son fils fût suffisamment aguerri pour prendre de tels risques. Il n'avait pas encore acquis mesure et sagesse. Il fonçait comme ces jeunes chiens qui se lançaient à toute allure à travers la forêt avant même d'avoir flairé la piste du gibier. Avec le temps, il apprendrait et ferait le bonheur de son père.

François recula pour rejoindre son frère Charles qui observait la scène sans impatience.

Le jeune Henri attendit que le comte de Montgomery sortît l'épée de son fourreau pour l'imiter, d'un mouvement noble et élégant.

— En garde, monsieur, dit le comte.

Henri salua Montgomery. Les lames s'entrechoquèrent. Le garçon ne tenait pas en place, tournant autour du comte comme une mouche, mais en un geste, Montgomery enroula sa lame autour de l'épée du garçonnet et l'envoya à l'autre bout de la salle. Henri se renfrogna, dépité.

— Vous montrez trop votre fougue, monsieur, commenta Montgomery. Gardez vos nerfs pour vous, ne dévoilez rien à l'adversaire.

— Comme en politique, ajouta le duc de Guise.

— Oui, père, répondit Henri en ramassant son épée.

La joute reprit. Le cardinal vint se planter devant le duc. Celui-ci se décala pour ne rien perdre du duel. Du poignet, il mimait les gestes de son fils comme pour l'encourager.

— Eh bien, Charles, parlez, lâcha-t-il d'une voix distraite.

François de Guise le savait, son frère exigeait que, dès qu'il ouvrait la bouche, chacun interrompît toute activité séance tenante ; mais le duc en était incapable, il ne supportait point l'inaction. Son fils prenait un chemin similaire.

— J'eusse préféré m'entretenir en privé avec vous, mon frère, murmura le cardinal.

— Cessez avec votre air de conspirateur et parlez.

Le cardinal soupira.

— Il s'agit de notre nièce Marie.

— La future reine de France, dit François avec un sourire de satisfaction.

Sa cicatrice effilée se creusa le long de sa joue.

— Elle-même, confirma Charles de Lorraine.

Montgomery fit reculer le jeune Henri dans une attaque particulièrement rapide. Brouillon, le garçon peinait à soutenir l'exigence du combat. À nouveau, il perdit sa lame.

— Ramassez votre épée, Henri, ordonna sèchement le duc.

— Oui, père.

L'enfant obéit, le visage contrarié. L'exercice était difficile, mais il était tenace, et son père ne le laisserait pas terminer sa leçon d'armes s'il se révélait incapable de le satisfaire.

— Restez concentré sur votre adversaire, aiguisez

votre esprit aussi bien que votre lame, mon fils. Et vous en aurez besoin, croyez-moi.

Henri reprit l'initiative, trouvant un rythme, sourcils froncés. Pivotant d'un quart de tour, il évita le coup de Montgomery.

Heureux du spectacle, le duc de Guise s'adressa à son frère sans le regarder :

— Eh bien, qu'y a-t-il avec Marie ?

— Voici un an qu'elle est mariée et toujours rien.

— Je ne le sais que trop, la cour ne bruisse que de cela, répondit le duc, contrarié.

— Croyez-vous que le dauphin connaisse son affaire ? Dieu nous garde qu'il soit comme son nigaud de père.

— Il est vrai qu'il a fallu dix ans au roi pour engrosser la reine.

— Et encore, parce qu'un médecin lui a expliqué comment faire ! Tout un chacun y allait de ses bons conseils.

— Le malheureux a un vit tord, ricana le duc de Guise.

— D'après mes informatrices, le dauphin n'est point aussi mal membré. Il est de constitution ordinaire, mais suffisante.

— Notre nièce n'est point experte en la matière et c'est heureux.

— Sans doute, mon frère, mais il y va de notre avenir. Il lui faut un héritier.

Le duc décocha un regard noir à son frère.

— Croyez-vous que je ne le sache point ?

— Vous devez lui parler, elle n'écoute que vous,

François. Marie devrait y mettre davantage d'enthousiasme.

Le duc passa la main dans sa barbe.

— C'est encore une enfant si innocente, je ne veux pas la brusquer.

— Elle sait pourtant déjà comment faire fondre votre cœur endurci, vous êtes son oncle préféré. Votre mine s'adoucit en sa seule présence.

— Ne seriez-vous point jaloux, par hasard ?

— Que nenni, je vous laisse à ses caprices. Les affaires de la cour m'occupent suffisamment.

— Avouez que sa candeur était désarmante quand nous lui avons montré notre carte du royaume des Guise qui irait de l'Écosse à la France, en passant par l'Angleterre.

Le cardinal de Lorraine scruta d'un œil d'aigle la salle voûtée de leur château. Seuls le capitaine et le jeune Henri se disputaient l'espace à grands coups de lame, devant le regard admiratif des écuyers.

— Craignez-vous que l'on nous espionne, Charles ? Allons, nous sommes chez nous. Et les seuls espions qui se trouveraient ici seraient les vôtres.

— Certes, certes, fit le cardinal d'une voix basse.

Le duc de Guise ne partageait pas les inquiétudes de son frère. Le mariage de Marie Stuart avec le dauphin n'était que la première pierre de leur vaste plan. Leur nièce s'y était conformée avec joie, rêvant à la couronne de France en sus de celle d'Écosse qu'elle portait déjà sur la tête. Se retrouver reine dès le berceau lui avait donné une assurance grandissante avec les années. Les Guise se félicitaient que ni l'Angleterre ni l'Écosse n'excluent les femmes de la succession, contrairement à la France.

— Je vais lui parler de son devoir conjugal, mais ne comptez pas sur moi pour entrer dans le détail de l'anatomie masculine.

— En ce cas, peut-être pourriez-vous envoyer à Marie un conseiller en la matière ?

François toisa son frère avec curiosité.

— Pourquoi pas un précepteur, tant que vous y êtes, Charles ! Non, mieux vaut en toucher un mot à son médecin personnel.

— Mais c'est aussi le médecin du roi !

— Et après ?

— Toute la cour sera au fait de notre entreprise. La reine s'en inquiète déjà suffisamment.

— Et ses femmes, à quoi servent-elles sinon à lui apprendre à se saisir du sujet ?

— Sans doute, mais elles restent dans la théorie. Marie a besoin de *praxis*. Non, un conseiller de notre maison me paraît tout indiqué. J'ai pensé à votre secrétaire particulier, Florimond Robertet, il est plutôt bien fait de sa personne.

Le duc de Guise sourit.

— Et galant homme, il est vrai. Je vais y réfléchir.

Choisissant ce moment pour interrompre le combat, il fit un geste vers Montgomery qui leva son épée.

— Alors, comte, que pensez-vous de mon fils ?

En nage, Henri s'inclina devant le comte qui le salua et chacun rangea son épée dans son fourreau.

— C'est une fine lame que nul ne saurait briser, monseigneur.

Le duc se rengorgea, fier.

— Henri, je suis content de vous.

Des écuyers aidèrent le comte de Montgomery et Henri de Guise à se débarrasser de leur cotte de mailles tandis que d'autres leur apportaient des bassines d'eau. Henri y plongea un linge et se rafraîchit le visage. Le duc de Guise s'amusa de la mine rouge de son fils en remarquant que Montgomery n'était pas même essoufflé.

— Mon fils n'a-t-il point déjà l'étoffe d'un héros, comte ?

— Sans doute, monseigneur. Il est le digne héritier de son père.

Le duc observa son aîné.

— Oui et il épousera une fille de roi.

Henri se rapprocha à cette promesse.

— Margot, père ?

François n'ignorait pas le penchant de son fils pour la plus jeune princesse de Valois. Si cette union servait sa famille, il ne s'y opposerait pas. Son fils manquait de patience, débordant d'impétuosité. Cela passerait à mesure qu'il grandirait. Le duc pouvait dès à présent lui obtenir la main de Margot. François pouvait tout obtenir du roi. Il était en position de force après sa victoire à Calais. Dans tout le royaume, on le célébrait en héros, sauf les huguenots évidemment qui rêvaient d'une France hérétique à l'image de l'Angleterre. Dieu l'avait soutenu pour vaincre les Anglais à Calais, preuve s'il en était qu'il était un rempart à l'hérésie, le bras armé du divin pour écraser les réformés. Et, si Henri épousait la petite Margot, ce serait un pas de plus vers le trône. Mais le duc de Guise avait des vues plus élevées encore pour sa lignée. Il attendait son heure.

— Il est encore trop tôt, Henri. Je déciderai et soyez certain que je choisirai l'alliance qui servira au mieux nos intérêts.

François vit son fils se gonfler d'espérance à ces mots. Henri était sa seule faiblesse. Pour lui, il était prêt à tout.

# Louise

Louise contourna les marronniers au fond des jardins du Louvre. Un carré de verdure était dissimulé aux regards par une rangée de buis à hauteur d'homme. Un homme de la stature de Montgomery.

*Pourquoi ne puis-je m'empêcher de songer à lui ?*

Elle avait espéré que son mariage avec une jeune fille innocente dont il pouvait disposer à sa guise tempérerait ses ardeurs. Mais il n'en était rien. Certaine qu'elle ne pourrait jamais se débarrasser de lui ni l'oublier, elle en concevait une sourde inquiétude. Retrouver la reine la distrairait.

Les fleurs de lys blancs exhalaient leur lourd parfum suave. Un pin ombrageait le lieu pour que la souveraine pût s'y recueillir en toutes saisons. Catherine de Médicis avait fait poser un banc et un prie-Dieu en marbre d'Italie, son pays natal. La reine s'y tenait agenouillée, les mains jointes, tête baissée. En entrant dans le modeste jardin, un sentiment de quiétude envahit Louise, déliant son corps des tourments qui la hantaient un instant plus tôt. Le lieu était si apaisant et si enchanteur, à l'écart du bruit et de la foule, qu'il ressemblait à un petit paradis. L'on aurait pu s'y prélasser en toute insouciance, nonobstant ces pierres alignées les unes à côté des autres.

Trois tombes.

Celles des enfants de Catherine morts en bas âge. Deux, récentes, abritaient les petits corps des jumelles mortes lors de l'accouchement à peine trois ans auparavant. L'épreuve avait été si terrible que la reine avait condamné la porte de sa chambre à son époux. Avec sept enfants vivants, dont quatre fils, elle estimait avoir rempli son devoir de « reine pondeuse », comme elle en plaisantait elle-même. Mais Louise ne s'y trompait pas. Le chagrin de la reine restait une plaie à vif.

Louise s'installa aux côtés de la souveraine, priant avec elle, mécaniquement. Elle ferma les yeux pour chasser l'image de Montgomery qui s'imposait encore et toujours. Elle se projeta dans sa prochaine vie, paisible, au couvent. Peut-être aurait-elle la chance d'y recevoir des visites de la reine en souvenir de ses bons et loyaux services.

Quand Catherine eut fini et se signa, Louise prit la parole.

— Madame, le roi a terminé son Conseil.

Un bruissement d'étoffe accueillit cette nouvelle.

— Qui étaient les participants ?

— Les Guise et le connétable.

— Ce vieux croulant ! Il ne doit sa faveur perpétuelle qu'à Diane, dit la reine avec mépris. Et mon fils ?

— Il s'est déclaré souffrant.

La souveraine soupira. À quinze ans, François, son fils aîné, était majeur et devait participer au Conseil du roi en tant que dauphin, mais répugnait à se soumettre à cet apprentissage. Après tout, son père, âgé d'à peine quarante ans, était en pleine santé.

Louise savait la reine préoccupée et impuissante. Le jeune François n'écoutait que son épouse Marie Stuart devant laquelle il était en adoration. Et Marie Stuart n'écoutait que ses oncles de Guise.

— Quel était le sujet du Conseil ?

— La préparation des festivités pour la paix, madame. Et, en particulier, la question de savoir s'il faut inviter les princes du sang… de la RPR.

La reine fit crisser son chapelet entre ses doigts. Fervente catholique, elle n'aimait pas que l'on dise tout haut le nom de ce nouveau courant. L'acronyme RPR pour désigner la Religion Prétendument Réformée s'était imposé à la cour. Quand il s'agissait des princes du sang, il arrivait que l'on parle de « ceux de la religion », le reste demeurant sous-entendu. Dès que l'on pouvait s'exprimer en toute liberté, ils étaient traités d'hérétiques et voués aux gémonies. La conversion de nobles du plus haut rang à la Réforme était une épine dans le pied du royaume. Elle s'élargissait de jour en jour. Même François Ier n'avait pas réussi à l'extirper, et sa propre sœur avait embrassé la nouvelle religion.

À son avènement, Henri II avait ordonné l'exil de cette embarrassante tante. Fatale erreur : Marguerite avait créé sa propre cour d'Angoulême et enrôlé encore plus de nobles. À présent, toute une branche de la famille, celle des Bourbons, était acquise à la Réforme : les deux frères Antoine de Navarre et Louis de Condé, princes du sang, en étaient les chefs de file.

— Évidemment, il faut les inviter, trancha Catherine. Il vaut toujours mieux avoir ses ennemis près de soi.

— Voilà ce que le roi a fait valoir contre l'avis des Guise.

— Donc ils viendront ?

— Oui, madame.

— Parfait. Il ne me reste plus qu'à le convaincre de renoncer au tournoi.

Catherine de Médicis paraissait bien confiante alors que son époux tenait Nostradamus pour un charlatan.

La reine s'appuya sur le prie-Dieu pour se relever. Louise l'aida. Depuis l'accouchement des jumelles, la souveraine souffrait de douleurs dans le dos qu'elle endurait, dents serrées. Après dix grossesses, ce n'était guère étonnant. Louise se félicita de sa décision de ne jamais être mère. Elle tenait trop à sa vie et à sa liberté pour prendre le risque de mourir en couches, ou pire, d'avoir un tendron à élever et à placer sur l'échiquier de la cour, où chaque case pouvait se dérober à tout instant.

## Madeleine

Madeleine n'osait pas entrer dans la boutique du prêteur sur gages. Dissimulée au coin de la ruelle, elle attendit qu'il n'y eût plus personne à l'intérieur.

Sur le chemin, elle s'était crue courageuse, mais à présent, l'humiliation menaçait sa frêle détermination. Posant la main sur son ventre vide, elle espéra y puiser la force qui lui manquait. Les visites quotidiennes de l'huissier lui devenaient insupportables. Pierre et elle avaient péniblement déchiffré les ordonnances dont le jargon juridique leur restait incompréhensible, mais avaient parfaitement mémorisé les montants réclamés, tracés en chiffres comme en lettres d'une plume inflexible. Madeleine maudissait la signature orgueilleuse de leur père, certain de ne jamais payer son dû grâce à ses relations, lesquelles croupissaient désormais à la Bastille en attendant le bûcher. Elle réprima un frisson à cette idée.

À présent, non seulement ils avaient besoin d'argent pour régler les dettes, mais surtout ils n'en avaient plus pour manger. Et si elle se sentait harcelée par ses créanciers, elle l'était plus encore par la faim. La faim. Avec le temps, elle ne craignait plus tant l'expulsion de leur logis que la mort par inanition. Naïvement, elle espérait que s'ils restaient à l'intérieur de leur maison, on ne pourrait les en chasser. Pierre et elle s'étaient entendus pour ne jamais la laisser vide. Quant à leur mère, elle s'évanouissait chaque fois qu'elle entendait des pas dans la rue.

Madeleine songeait à se marier pour résoudre une fois pour toutes leurs soucis financiers, mais qui voudrait d'une orpheline de seize ans sans le sou ? Son titre de noblesse ne lui valait pas même le respect des riches artisans attachés à la Couronne, orfèvres ou tailleurs.

Elle avait rendu visite au médecin huguenot du quartier dans l'espoir que leurs coreligionnaires leur viendraient en aide. La solidarité demeurait un ciment solide pour les réformés, mais depuis l'arrestation d'Anne du Bourg en pleine séance du Parlement, les huguenots faisaient profil bas. Aucun ne prendrait de risques pour aider une veuve et ses orphelins. Aussi le médecin l'avait-il renvoyée avec un message sibyllin : « Votre mal exige un repos complet pour un parfait rétablissement. » Attendre des jours meilleurs ? Non, elle ne le pouvait pas, leurs ventres vides non plus.

Bien que Pierre, à treize ans, fût en âge de travailler, Madeleine le lui interdisait formellement. La mort de leur père avait privé le garçon de la charge de magistrat qui aurait dû lui revenir, il devait donc étudier pour devenir clerc. Mais les études coûtaient cher. Madeleine revenait toujours au même tourment qui n'en finissait pas de la faire souffrir : l'argent !

Madeleine devait trouver un moyen. Elle n'en trouvait pas et ne parvenait pas à réfléchir le ventre vide.

Et sa mère qui ne servait à rien, à pleurer du matin

au soir. Et son frère qui délaissait ses lectures pour jouer dans la cour, en chassant les rats à coups de cailloux. « Peut-être qu'un jour, tu seras bien heureuse que je sache les attraper pour les mettre au menu ! »

Ce matin-là, elle sortit de son corsage sa chaîne avec sa médaille de naissance. Le médaillon représentait un « M » décoré d'une rose en or dont le cœur était un minuscule rubis. Un précieux bijou de famille hérité de sa grand-mère adorée dont elle portait le prénom.

*M comme Madeleine, mais aussi comme Maudit sois-tu, père, de nous avoir abandonnés sans un sou qui vaille !*

Elle ne pouvait s'empêcher de lui en vouloir. Pour chasser ses idées noires, elle se concentra sur l'avenir. Commencer par gager sa médaille, ensuite elle verrait. Il lui fallut plusieurs nuits blanches à serrer le pendentif dans sa main avant de parvenir à se persuader que ce bijou n'était rien. Un objet inutile puisqu'il ne pouvait remplir les estomacs.

C'est ainsi qu'elle se retrouva devant la boutique du prêteur sur gages. Forte de sa résolution, Madeleine s'avança d'un pas déterminé vers l'échoppe. Elle poussa la porte et trébucha sur la marche de la boutique. Elle se raccrocha à une pile de livres qui manquèrent de tomber.

— Peste Dieu, malheureuse ! s'écria une voix furieuse.

Madeleine rétablit son équilibre et replaça les ouvrages avec soin. Devant elle, un grand échalas à la chemise d'un blanc poussiéreux qui lui tombait à mi-cuisses caressa les livres comme si elle les avait souillés.

— Je vous présente mes excuses, monsieur. Mais aussi, cette marche…

L'usurier sortit une paire de lunettes de sa manche et les posa sur l'arête de son nez. Il examina la jeune fille de haut en bas, laquelle en fit autant.

— Plaît-il, mademoiselle ?

— J'ai là un bijou de grande valeur, monsieur.

Il se dirigea vers son comptoir crasseux.

— Montrez donc.

Madeleine passa les mains derrière sa nuque pour détacher le médaillon. Voyant qu'elle n'y parvenait pas, l'homme la contourna :

— Laissez-moi faire.

Avant qu'elle pût protester, elle sentit des mains sèches se poser sur sa peau. Des ongles l'égratignèrent au passage.

— Voilà, fit-il.

Le cœur serré, Madeleine le vit retourner derrière son établi, la précieuse médaille avalée dans sa main flétrie. Il sortit un instrument oculaire et examina longuement le bijou avec une précision de rapace.

— En avez-vous fini, monsieur ?

Il se redressa en une grimace révélant des dents jaunies. Madeleine sourit et battit des paupières comme elle faisait quand elle se sentait embarrassée.

— Quinze sols. Et cent vingt pour cent d'intérêt.

— Quinze sols ! Mais c'est à peine…

Elle n'acheva pas sa phrase. Dix sols permettaient de manger juste une semaine. C'était ce que son père répétait quand sa mère voulait acheter du tissu pour s'y tailler une nouvelle robe. La seule dépense sur laquelle il cédait était les livres, et encore les choisissait-il scrupuleusement : un en latin pour un en français afin de ne pas éveiller les soupçons des papistes.

— Monsieur, pour de l'or et une si belle pierre !

Il mordit dans la médaille. Madeleine ferma les yeux, dégoûtée.

— On vous aura trompée, ma petite. De l'or, il n'y en a guère. À peine de l'argent maquillé de cuivre.

— Ce n'est pas possible !

— Je suis commissaire-priseur assermenté. Prétendez-vous que je ne connais pas mon métier, mademoiselle ? Sortez, je vous prie, sur-le-champ !

— Non, non, monsieur… Je suis surprise, voilà tout.

Chancelante, Madeleine se retint au comptoir qui la révulsait un instant plus tôt.

Le notable la fixa d'un œil soupçonneux :

— Est-ce que je n'aurais pas affaire à une petite voleuse, par hasard ?

Madeleine se rengorgea :

— Monsieur, je ne vous permets pas ! Cette médaille me vient de ma naissance…

— Vos parents vous savent-ils ici ?

— Ce sont eux qui m'envoient, mentit Madeleine avec assurance.

— Fort bien, fort bien, disons que je vous crois sur parole, ma petite, se radoucit l'usurier. Cela ne change rien à l'affaire, j'en ai peur.

— Mais le rubis ?

Le bourgeois étira le fil de sa bouche.

— Un rubis, ma pauvre enfant ! Tout juste un grenat, et encore, mal taillé.

Madeleine ne connaissait rien aux pierres précieuses, mais l'éclat de son bijou lui avait toujours paru digne des joyaux de la Couronne. Était-ce son attachement à cette médaille qui la lui rendait si précieuse ?

— Si vous voulez, je vous l'achète pour dix-huit sols, fit-il.

À n'en point douter, il voyait bien dans quel état elle se trouvait. Humiliée d'être obligée de gager son bijou, elle apprenait que c'était un faux qui ne valait presque rien.

Une fois l'argent englouti dans leurs prochains repas, comment feraient-ils pour rembourser le prêt de l'usurier ? Prise de vertige autant par la faim que par la désillusion, elle tenta son va-tout :

— Vingt sols et je vous le cède.

— Fort bien.

Madeleine fut agréablement surprise qu'il acceptât. Le commissaire-priseur fit disparaître le bijou avec la dextérité d'un magicien et déposa les pièces sur le comptoir en les dénombrant soigneusement une à une. Au moins aurait-elle de quoi nourrir sa famille pendant presque deux semaines.

La voyant mettre les sous dans les poches de son jupon, l'usurier sortit une bourse en toile usée jusqu'à la corde.

— Tenez, ma petite, cadeau.

Madeleine y glissa les pièces avec d'infinies précautions.

— Merci, monsieur.

Elle sortit de l'échoppe, le cœur léger à l'idée du festin qu'elle préparerait ce soir, mais se ravisa aussitôt. Il ne fallait pas tout dépenser en une seule fois. L'argent et les comptes étaient une affaire d'homme dont elle ne s'était jamais occupée. Aussi n'avait-elle aucune idée du nombre de pièces à garder par-devers elle.

*Vingt sols…*

Avec simplicité, elle se dit qu'elle ne devrait pas dépenser plus d'un sol par jour. Mais que pouvait-on acheter avec un sol au marché ?

Certes, elle avait toujours accompagné sa mère, mais se contentait de porter le panier à provisions et de regarder les garçons de son âge qui le remplissaient en lui lançant des œillades.

On lui avait enseigné qu'il fallait savoir coudre, tenir une maison et obéir à son mari, probablement un jeune confrère de son père. Ce serait lui qui tiendrait les comptes et veillerait à lui donner le nécessaire pour les commissions. Oui, avant la mort de son père, l'avenir de Madeleine était simple et tout tracé. Sa mère lui répétait à l'envi que la modestie était la première qualité qu'un homme était en droit d'attendre de son épouse et, sur ce point, ses parents l'avaient fort bien éduquée. Elle se sentait si modeste que cela confinait à l'humilité. Maintenant que son père avait disparu, cette éducation, elle s'en rendait compte, ne lui était d'aucune utilité.

Elle devrait s'en ouvrir à Pierre, il s'y connaissait en chiffres. Non, c'était impossible car il lui faudrait alors avouer comment elle avait obtenu cet argent. Elle se débrouillerait toute seule.

Le panier au bout du bras, la bourse pleine contre sa cuisse, Madeleine salua d'un grand sourire les jardiniers du faubourg occupés à tailler les plants de haricots. Joyeuse, elle arriva sur la place du marché. Une guirlande de poivrons rouges séchait, suspendue à l'étal d'un épicier exotique. Madeleine se méfiait des plantes nouvelles rapportées d'Amérique, on disait que certaines étaient des poisons lents qui vous tuaient à petit feu. En outre, elles coûtaient une fortune. Aujourd'hui, elle mettrait le prix, mais uniquement pour des denrées que la reine avait rapportées d'Italie, comme l'artichaut ou la betterave, dont même les feuilles se mangeaient. Surtout, elle achèterait de la viande. Ignorant le marchand de topinambours, elle s'installa dans la file d'attente du boucher. Ce soir, elle leur ferait la surprise pour oublier les sauces épaisses où se noyaient les abats du tripier. En attendant son tour, elle imagina la recette : avec les légumes confits, elle cuirait les viandes délicates, dont le jus, une fois mijoté, semblable à du sirop de sucre, rendrait sa vermeille couleur.

— Vi-tri-er ! Vi-tri-er ! cria un colporteur lesté de larges glaces dans son dos.

Madeleine y aperçut son reflet et se trouva belle. Belle comme un psaume chanté au temple. Cette pensée lui serra le cœur. Depuis l'arrestation d'Anne du Bourg, les temples restaient portes closes. Le souvenir du cavalier blanc dominant la foule à la tête de sa soldatesque la fit frissonner.

Quand elle arriva devant le boucher, elle commanda, puis donna fièrement ses pièces. Le marchand mordit dedans par réflexe. Sa figure avenante se figea et se métamorphosa en un rictus rancunier.

— Holà, ma petite, on essaye de me voler ?

— Que dites-vous ? s'indigna Madeleine.

— Je dis que ces pièces sont fausses, voilà ce que je dis.

— C'est impossible !

Elle fouilla dans sa bourse et en sortit d'autres.

— Tenez !

Le marchand secoua la tête et déballa le paquet qu'il venait de préparer pour elle.

— Non, attendez ! C'est une erreur.

Déjà, il se tournait vers la bourgeoise derrière elle, qui toisa Madeleine d'un air pincé.

— Attendez ! Donnez-moi quelque chose, nous n'avons plus rien !

— Je la connais, elle ne vient jamais chez vous d'ordinaire, vous n'allez pas lui faire la charité tout de même ! protesta la femme.

— Je vous en prie, supplia Madeleine.

Le boucher se retourna, prit quelques méchants légumes et les lui jeta.

— Tiens, c'était pour les cochons. Maintenant, disparais, souillon !

Les yeux baissés, rouge de honte, Madeleine ramassa les pommes de terre en toute hâte et s'enfuit, effrayant les poules en liberté.

*

Elle arrêta sa course quand elle fut seule dans une ruelle, à l'écart de la foule, et regarda le contenu de son panier. La honte céda la place à la colère. Déterminée, elle fit demi-tour, se mit en marche à vive allure et arriva, essoufflée, jusqu'à l'échoppe du prêteur sur gages.

Le notable comptait ses pièces en débitant des chiffres que son commis reportait sur un registre, la langue coincée entre les dents. L'homme leva une tête étonnée quand elle entra. Elle vida les pièces restantes sur le comptoir.

— Vous m'avez payée en fausse monnaie.

L'usurier ajusta ses lunettes, le nez froncé. Il ne prit pas la peine de regarder l'argent.

— Ces pièces sont à vous, mademoiselle. Vous venez de les sortir de votre bourse.

Le commis, la lippe molle, opina du chef.

— Vous voyez, je dis vrai.

Madeleine se sentit perdue.

— Rendez-moi ma médaille.

— Quelle médaille ?

Elle regarda autour d'elle, ne sachant où poser les yeux sur les étagères où des objets de toutes sortes grimpaient jusqu'au plafond : vaisselle ébréchée, argenterie jaunie, plumes d'oie, écritoires, pourpoints de velours, épées aux armoiries martelées, fraises de dentelle, chandeliers, cordelières à rideaux, coffrets branlants.

— Où est-elle ? Rendez-la-moi !

— J'ignore de quoi vous parlez, mademoiselle.

— Vous m'avez acheté une médaille tantôt.

— Moi ? Vous faites erreur, je ne vous ai jamais vue, mademoiselle.

Le commis approuva encore.

Madeleine luttait pour retenir les larmes qui brûlaient ses paupières.

— Mais vous mentez !

L'usurier se rengorgea.

— Vous persistez à m'insulter ? Déjà, vous m'accusez du crime de fausse monnaie alors que je ne donne que des sous bien vaillants ici ! Je vous défie de prouver le contraire. Dehors, vilaine maraude, ou j'appelle les gens d'armes, et s'il le faut la garde du roi !

À cette menace, Madeleine frémit. Le capitaine en était le comte de Montgomery, celui-là même qui avait écroué Anne du Bourg sous ses yeux, celui-là même que son père avait désigné sur son lit de mort.

Sous le regard accusateur de l'usurier, elle fit un pas en arrière et quitta l'échoppe en toute hâte avant que l'escroc ne mît sa menace à exécution.

Abandonnant son panier, elle courut à perdre haleine pour combattre les sanglots qui secouaient son corps. Quand elle fut épuisée, elle se retrouva dans la rue de la Grande-Truanderie et ralentit l'allure.

Les yeux baissés pour ne pas se tordre les chevilles sur les pavés, elle marcha sans but. Elle marcha jusqu'à ce que ses mollets lui fassent mal. Elle marcha jusqu'à ce que ses larmes sèchent.

Quand elle leva la tête, elle comprit où ses pas l'avaient conduite en aveugle : vers l'enfer, le seul destin qui lui restait désormais, à deux pas de la rue Saint-Denis, dans la rue Tirevit, la bien nommée. Autour d'elle, des femmes aux cheveux rouges, trop fardées pour être honnêtes, tenaient les murs de leurs silhouettes déhanchées. Leurs jupes dévoilaient leurs jambes jusqu'aux genoux. Madeleine baissa la tête, écrasée de honte devant pareil spectacle. Des éclats de voix et de rire résonnaient autour d'elle. Ses larmes se remirent à couler. Elle pensa à son frère pour se donner du courage. Non, elle ne devait pas penser à lui, sinon, elle ne trouverait pas la force de faire ce qu'il y avait à faire. On la regardait avec insistance. Des matrones l'insultèrent en lui jetant des cailloux.

Non, elle ne pouvait pas. En plus, elle avait mal aux pieds. Elle s'éloigna, se laissa glisser derrière un pilier, se recroquevilla et mit la tête sur ses genoux, les épaules secouées par les sanglots. Elle songea aux lettres qu'elle avait jetées dans la Seine et imagina son corps tomber ainsi, en voletant comme une plume avant de se poser sur l'eau et de disparaître dans les profondeurs, là où plus rien n'existerait, ni l'argent qui manque, ni l'humiliation, ni la mort de son père, ni la chasse aux hérétiques. C'était si simple. Il suffisait de suivre la rue jusqu'au fleuve, puis de descendre jusqu'à la grève. La nuit approchait. On ne la verrait pas. Il faisait chaud, l'eau la rafraîchirait dans un premier temps. Elle trouverait la hardiesse d'avancer encore. La pente se ferait plus raide, elle glisserait, ses jupes alourdies par l'eau l'entraîneraient vers le fond. Elle essaierait de se débattre par instinct, mais les courants l'avaleraient. Elle espérait que ce serait rapide. Et puis, il n'y aurait plus rien. Cette pensée se déposa en elle comme un baume. Il lui sembla mieux respirer. Oui, il existait un moyen de mettre un terme à ses souffrances et elle venait de le trouver. Elle se sentit soulagée. Dieu était prêt à la recevoir, ce serait à elle de décider du moment.

À présent, elle put laisser l'image de Pierre s'imposer à son esprit, son sourire de gamin rieur. Pour lui, elle se relèverait et survivrait.

# Isabeau

Isabeau se précipita à la rencontre du courrier, son chat sur les talons. C'était si rare qu'il s'arrêtât au château ! Le cavalier ouvrit sa sacoche de cuir fatigué et lui tendit un rouleau. En hâte, elle grimpa la tour du donjon jusqu'à la chambre de sa mère qu'elle trouva assise à la fenêtre, brodant du fil d'or sur une robe.

— Mère, voyez, vous avez du courrier !

La baronne de Limeuil la regarda avec un sourire en coin.

— Je crois que ce courrier est aussi pour vous, ma chère fille.

— Pour moi ?

Sa mère se leva, se dirigea vers la table de couture et y posa son ouvrage.

D'un geste, elle l'invita à découvrir le document. Isabeau en brisa fébrilement le cachet et le déroula sur le coffre à vêtements au pied du lit, dévoilant des dessins de robes, de chapeaux, de fraises, de souliers, de jupons. Son chat monta sur le coffre avec l'intention de fouler ce magnifique papier, mais Isabeau le prit dans ses bras avant qu'il pût mettre son plan à exécution.

Elle leva un visage intrigué vers sa mère qui lui sourit en retour.

— Vous voulez des toilettes à la dernière mode, n'est-ce pas ? Eh bien, voici ce que l'on porte à la cour, ma chère fille.

— Oh, merci, mère !

Depuis l'annonce de l'invitation pour Paris, Isabeau avait passé des semaines à inventorier ses toilettes. Aucune ne lui paraissait digne de l'événement. Sa mère en était convenue, et s'était mise à les accommoder de fils d'or et de rubans. Mais jamais Isabeau n'eût imaginé qu'elle parviendrait à convaincre son père de débourser un sou pour lui en commander de nouvelles.

Posant le chat à terre, elle s'agenouilla pour étudier en détail les tenues. Les fraises bouillonnaient de dentelles. Des perles à rangs multiples ornaient les robes de velours.

— Il fera chaud, donc nous remplacerons le velours par du satin et de la soie, décida Isabeau.

Les vertugadins s'étaient élargis pour arrondir encore davantage les hanches des dames sous les jupes. Ils se nouaient autour de la taille au-dessus de curieux hauts-de-chausses en dentelle qui se portaient sous les jupons. Isabeau fronça les sourcils.

— La reine Catherine de Médicis les a dénommés « caleçons », expliqua sa mère.

— À quoi cela sert-il ?

— Elle les porte sous ses jupes pour monter en amazone. Et cet habit qu'elle a imaginé permet de dissimuler les jambes des dames et leurs parties plus… intimes.

— Je dois en porter aussi, alors.

— Je vous l'interdis, Isabeau ! Ce ne sont pas des vêtements pour les jeunes filles.

— Mais si la reine de France le fait, mère ?

— La reine peut tout se permettre, elle est la reine. D'ailleurs, ce ne sont point des sujets dont une mère peut discuter avec sa fille, voyons ! Vous devrez être à la hauteur de la réputation de notre famille.

— Notre réputation à Paris ? Mais nul ne nous connaît à la cour.

— Justement, Isabeau, il ne s'agira point de s'y faire remarquer. N'oubliez pas qu'au retour de Paris, nous vous marierons…

Sa mère mit un mouchoir sur sa bouche. Isabeau se tut, le souffle coupé. La nouvelle lui fit l'effet d'un couteau planté dans le dos. Ce prétendant-là devait être sérieux pour qu'on ne lui en eût rien dit. Elle se demanda si ses parents avaient eu l'intention de l'en informer avant le départ pour Paris. En tout cas, maintenant, elle savait.

— De qui s'agit-il, mère ?

— Vous le saurez bien assez tôt, Isabeau.

Isabeau s'imagina un époux du cru, peut-être le voisin de leurs terres. Non ! Elle ne pouvait s'imaginer rester ici, elle méritait mieux que de demeurer en Périgord toute sa vie. Elle devait se faire remarquer à Paris, au contraire des recommandations maternelles. Elle refusait d'enterrer ses rêves de gentilshommes bien nés, jeunes, beaux et fortunés qui peuplaient la cour. Elle réviserait les arbres généalogiques des grandes familles, comme celle des Guise, oncles de Marie Stuart. Elle devrait même étudier celui des Bourbons, bien qu'il fût évidemment hors de question qu'elle épousât un hérétique. Mais ils étaient princes du sang, donc elle ne pouvait se permettre le moindre impair et se devait de les connaître pour assurer son projet de choisir son mari, comme elle choisissait ses robes.

— Quels modèles vous plaisent, ma fille ? S'ils ne conviennent pas à votre statut de demoiselle, nous les ajusterons pour qu'ils siéent à votre innocence.

— Oui, mère, dit Isabeau de sa voix de petite fille sage.

Elle n'en pensait pas moins. Ce voyage serait l'ultime occasion de rencontrer un meilleur parti que celui que ses parents lui préparaient. Elle devrait être la plus belle, belle comme une reine. Pour cela, elle confierait la confection des robes à la gouvernante, et coudrait elle-même ces fameux caleçons de la reine en prenant le tissu de ses propres jupons. Sa mère n'en saurait rien. Toutes les dames de la cour devaient en porter. Elle soupira de son ignorance. Qu'importe ! Avec ses nouvelles tenues, elle ferait illusion.

Elle trouverait son époux à Paris, elle en était certaine. Son cœur se gonflait d'excitation dans sa poitrine.

## Madeleine

Ce soir-là, Madeleine retourna rue Tirevit, trop tard pour rentrer avant la tournée du guet qui pourrait lui attirer des ennuis, une amende ou la prison. Un moyen comme un autre de ne pas reculer.

Elle leva les yeux et osa cette fois regarder les femmes. Les gourgandines n'étaient pas forcément belles, mais elles se montraient, gorges nues, maquillées comme des actrices, à jouer la comédie d'une vie que Madeleine ignorait. Elle se sentait en pays étranger. Sans rien en connaître, ce monde-là la fascinait tout autant que les ors cachés derrière les murailles du Louvre.

Captivée par les robes extravagantes et les corps qu'elles découvraient plus qu'elles ne les habillaient, autant que par les mains des passants qui les tâtaient, Madeleine suivait le manège des unes et des autres. Les regards qu'elle croisait lui apprirent à quel point son allure sage tranchait avec les fanfreluches colorées des demoiselles qui lui envoyaient des œillades hostiles.

Un homme s'approcha d'elle. Il était curieusement vêtu d'un pourpoint précieux sur un haut-de-chausses en guenilles. Il la toisa de la tête aux pieds, puis remonta vers son visage. Il l'attrapa par le menton.

— Tu t'es perdue, petite ? Que fais-tu ici ?

*Comme les autres femmes, quoi d'autre, voyons !*

*Mais comment le fait-on ? Combien dois-je demander ?*

Elle se dégagea et bomba la poitrine, les yeux secs.

— Je suis vénale, dit-elle.

— Hein ?

— Je suis vénale, répéta-t-elle d'une voix plus basse.

Il balaya l'air de son bras.

— Quelle fille ne l'est pas ici ? Tu m'as bien regardé ? Crois-tu vraiment que j'aie besoin de payer pour obtenir les faveurs d'une souillon comme toi ? Toutes les ribaudes se couchent pour moi gratis. Ici, c'est à moi qu'on donne la bille.

Une femme s'avança et cracha à ses pieds une insulte. L'homme chassa l'intruse.

— Laisse, je m'en charge ! fit-il.

Madeleine sentit les larmes couler sur ses joues. Elle se détourna. Oui, qui voudrait d'elle ? Même pour cela.

— Tu pleures ? Ah non, ça fait fuir les clients.

Il lui prit le bras.

— Viens, je vais t'aider à démarrer ici. Tu as l'air perdue, ma pauvre petite.

Madeleine se sentit soulagée à son ton radouci. Il serait peut-être accommodant.

— Viens, répéta-t-il, il faut que je t'examine.

Elle battit des paupières.

— Êtes-vous médecin ?

Il éclata de rire.

— En quelque sorte. C'est moi qui sais ce que vaut une fille.

— Vous me direz combien je vaux ?

— Oui…

Elle se voulut rassurée, même si son instinct la poussait à fuir. Une part d'elle se recroquevillait à l'intérieur de son corps devant le regard soudain trop insistant de l'inconnu.

Il l'entraîna dans un recoin, la coucha sur une banquette placée là bien à propos et commença à la palper sans vergogne.

— Arrête de remuer, je ne vais pas y arriver, dit-il.

Nerveuse, elle ne pouvait réprimer son agitation.

Il lui attrapa les poignets d'une main et descendit brutalement son corsage de l'autre, l'écrasant de tout son poids. Elle avait envie de le repousser, mais était immobilisée.

Soudain, elle se sentit libérée. L'homme poussa un juron. Madeleine se redressa.

Un vieillard d'au moins quarante-cinq ans avait jeté l'importun à terre. Élégant et sobre, il la couvait des yeux comme un père.

— Qui êtes-vous ? Que voulez-vous ? protesta-t-elle.

— Combien vous a-t-il donné, jeune fille ? dit-il simplement.

Madeleine ne comprenait pas.

— Rien, il allait me dire justement…

L'autre se relevait en fulminant. Les yeux du vieil homme jetèrent des éclairs. Il sortit une pièce d'or et la lança par terre.

— Tiens et disparais à présent ! ordonna-t-il à l'homme.

Celui-ci ramassa la pièce et s'enfuit sans demander son reste.

Madeleine regarda l'intrus, ébahie :

— Mais que faites-vous ?

Il s'avança, ôta sa cape et la lui passa sur les épaules.

— Vous n'êtes pas de ce monde, mademoiselle. Comment vous êtes-vous retrouvée ici ?

Sa question sonnait comme un reproche.

— Laissez-moi, fit-elle. Je ne veux pas de votre manteau.

— Vous voulez de mon argent, n'est-ce pas ? l'interrogea-t-il d'une voix douce.

Elle hocha la tête, intimidée par ses bonnes manières.

— Vous l'aurez, rassurez-vous. Mais ne restons pas ici, reprit-il.

— Où m'emmenez-vous ?

— Chez moi, répondit-il avec un sourire énigmatique.

Elle se laissa conduire jusqu'à un coche qui attendait. La voiture arborait des armoiries dorées à l'or fin.

Avec un plaisir non dissimulé, Madeleine s'enfonça dans le velours du siège, le visage tourné vers le ciel où ondoyaient les flammèches du crépuscule finissant. L'homme la fixait, l'air concentré, comme si elle lui inspirait une profonde réflexion. On descendit jusqu'à Notre-Dame, on se fraya un chemin dans la foule des amuseurs de rue, des jongleurs, des danseuses pieds nus et des curieux. Ce quartier populaire où les puanteurs de poissons avariés et de viandes faisandées collaient aux vêtements la dégoûtait. On continua le long du fleuve jusqu'au palais. On ralentit devant la forteresse pour montrer patte blanche. Madeleine se redressa, incrédule. La conduisait-il vraiment là où elle le pensait ?

Au Louvre…

La porte monumentale s'ouvrit devant eux à mesure que le pont-levis s'abaissait. Les dernières lueurs du soleil illuminaient d'un feu royal les augustes vitres du palais. Enfin, le coche s'arrêta et l'homme descendit. Comme un gentilhomme avec une vraie dame, il lui tendit la main pour l'aider. Elle en frémit de bonheur. Jamais on ne l'avait traitée ainsi. Les pavés étaient si propres que l'on aurait pu s'y asseoir et y manger. Madeleine sentait les battements de son cœur accélérer.

Sans la lâcher, l'inconnu s'arrêta à hauteur du guichet pour gens de pied. Le garde le reconnut et leur livra passage. La jeune fille leva des yeux émerveillés vers la voûte qui les surplombait. Leurs pas résonnaient, traversant une cour en travaux magnifiquement ornementée. Le ciel argenté les recouvrait de sa clarté d'été. L'homme entraîna Madeleine dans un vaste escalier, puis dans un autre, plus étroit. Enfin, quand ils arrivèrent sur un palier débouchant sur une unique porte ouvragée, il sortit une grosse clef et l'enfonça dans la serrure, invitant Madeleine à entrer.

Les immenses fenêtres à larges croisées dévoilaient une vue splendide sur la Seine éclairée par la lune. Près de la cheminée, un chaudron contenant un liquide ocre était posé sur une table en chêne où se côtoyaient des poudres de couleurs différentes. Le portrait inachevé d'une dame noble au visage austère la regarda droit dans les yeux.

— Je vous présente Sa Majesté la reine, dit l'homme en désignant le tableau.

Elle se tourna vers lui, interloquée.

— François Clouet, peintre officiel du roi, pour vous servir, mademoiselle, expliqua le peintre en la saluant d'un geste ample.

Il la vouvoyait, il l'appelait « Mademoiselle ».

— Madeleine, répondit-elle avec une révérence maladroite.

Les yeux rivés sur le tableau, elle avança en oblique, comme aimantée, évitant le regard de la reine.

— Elle a l'air… sévère.

— Le métier de reine n'est pas de tout repos.

— Vraiment ?

Elle se détourna pour contempler les dizaines de portraits esquissés sur de grands feuillets. Hommes, femmes, enfants, de tous âges, mais tous de la haute noblesse comme en attestait leur mise. Le peintre s'approcha d'elle.

— Que faisiez-vous rue Tirevit, mademoiselle ?

Resserrant sur sa gorge sa robe à demi déchirée, elle coula un regard entendu vers lui.

— Vous le savez bien, monsieur.

— Ah oui, bien sûr. Combien vous avait promis le coquin de Saint-Denis ?

Elle redressa le menton, réfléchit à toute allure.

— Quatre sols, mentit-elle.

Il sortit sa bourse et compta des pièces qu'il posa sur la table.

— En voici huit. Je vous en donnerai autant chaque fois que vous viendrez chez moi.

Madeleine n'en croyait pas ses oreilles.

— Prenez, vous dis-je.

Elle se demanda ce qu'elle devrait faire pour les

mériter. En attendant, elle fourra les pièces soigneusement dans sa poche. Il ne la quittait pas des yeux.

— Déshabillez-vous, Madeleine.

Elle prit une profonde inspiration. C'était le moment.

Elle jeta un coup d'œil autour d'elle. Au moins, le cadre était plus confortable que la banquette en pierre du quartier Saint-Denis. L'homme était vieux mais paraissait propre.

*Pourvu qu'il soit doux.*

Nue, elle gardait les bras serrés le long de son corps, yeux baissés. Elle se sentait devenir écarlate. La sueur, celle de la peur, coula sur ses flancs.

— Installez-vous, demanda-t-il en montrant un lit de repos recouvert d'un drap de velours rouge.

Raide, Madeleine s'assit.

Le peintre ouvrit une malle cloutée de ferronneries vermeilles. Il se pencha et en sortit de larges pièces de tissu de toutes les couleurs, du mordoré au vert émeraude. Un régal pour les yeux. Elle s'avança, mais il claqua des doigts sans même un regard vers elle.

— Restez où vous êtes.

Elle obéit, tendue, craignant qu'il ne la jetât dehors dans le plus simple appareil si elle ne lui obéissait pas. Il choisit plusieurs morceaux qui ressemblaient à des rideaux.

— Allongez-vous là, ordonna-t-il.

Madeleine s'exécuta et se mit à plat ventre sur la bergère. Il passa derrière elle et entreprit de disposer avec soin les différents drapés. Elle tira un pan pour couvrir sa nudité, mais il l'éloigna hors de portée.

Ce n'était donc pas pour dissimuler son corps qu'il avait sorti ces merveilles.

Il arrangea les tissus en fonction de leur matière, le velours sur le cachemire, puis l'organza, le satin et enfin la soie. Le tout dans un dégradé de rouges, du carmin au vermillon. Elle n'avait qu'une envie : se lover au creux de ce nid de couleurs.

— Installez-vous sur le côté, je vous prie.

Une fois qu'elle fut en place, l'homme la détailla de la tête aux pieds, sans vergogne, puis s'avança pour déplacer sa chevelure blond vénitien, dévoiler sa poitrine et dérouler la cascade de ses longues mèches jusqu'à l'arrondi de ses fesses. Il lui prit l'avant-bras et posa son poignet au creux de sa taille fine, ses doigts suspendus comme des ailes d'oiseau au-dessus de son nombril.

— Magnifique, votre couleur de cheveux est naturelle.

Elle se sentit rougir.

À grandes enjambées, il gagna l'autre bout de la pièce et s'assit derrière une toile.

— Ne bougez pas.

— Faites-vous un portrait de moi, monsieur ?

— Pourquoi se limiter à peindre le visage quand la nature vous a rendue parfaite tout entière ?

Il accompagna ses mots d'un geste enveloppant le corps de la jeune fille.

— Je vous paierai, mais je ne vous toucherai qu'avec les yeux, mademoiselle.

Madeleine ouvrit la bouche de surprise.

— Parfait, restez ainsi, lèvres entr'ouvertes. Détendez-vous, j'aime prendre mon temps. Tournez-vous davantage vers moi. Voilà ! Et laissez-vous aller.

Madeleine obéit, se cala contre les coussins mœlleux.

— Vous pouvez fermer les yeux à présent.

Madeleine ne se fit pas prier, reposant ses cils sur ses joues. L'épuisement de la journée et des jours précédents la gagna. En quelques instants, elle sombra dans le sommeil, inconsciente du regard intense du peintre sur le détail de ses courbes.

# Claudine

Claudine avala les framboises qu'elle venait de cueillir près de la fontaine.

— Oh, vous vous êtes salie, ma poupée !

Une grosse main velue se posa sur sa poitrine où une goutte rouge sang perlait.

Le baron la regardait comme s'il voulait la croquer. Il lissa son corsage sans gêne.

— Quel dommage, vous allez devoir vous déshabiller.

— Laissez-moi, monsieur.

Quand il ôta sa paume, elle avait l'impression d'avoir été touchée par des orties.

Il la dévisagea, l'air renfrogné.

— Vous laisser, je ne fais que cela, madame ! Je ne vous ai presque pas touchée depuis notre nuit de noces. Si encore vous étiez grosse ! Mais vous n'avez même pas cette excuse. J'ai beau vous tâter les mamelles, vous restez aussi plate que notre Terre.

Claudine se retint de lui apprendre que la Terre était ronde : il ne la croirait pas.

— Je suis navrée, monsieur, de me trouver si souvent souffrante.

Il lâcha un soupir excédé.

— Vous avez pourtant l'air d'une fille bien saine. Ne serait-ce pas l'air de Paris qui vous manque, par malheur ?

Claudine saisit l'occasion au vol. Une mélancolie s'était emparée d'elle depuis son mariage. Elle se languissait de Paris, de la cour, de sa mère. Il lui tardait de la revoir et de la questionner sur son père.

— Précisément, monsieur, je le crains.

— Vraiment ?

Sa requête pouvait enfin être acceptée pourvu qu'elle sût le manœuvrer. Elle s'approcha et leva ses yeux de biche vers lui.

— J'ai une faveur à vous demander, monsieur.

— Il fait trop chaud, se plaignit-il en essuyant la sueur sur son cou.

Il l'entraîna vers le rebord de la fontaine, à l'ombre du marronnier et la prit sur ses genoux. Elle se sentait à sa merci entre ses pattes d'ours aussi mielleux que féroce. Le parfum de lavande dont il s'aspergeait à outrance ne masquait guère l'odeur de sa transpiration.

— Vous paraissez soucieuse, ma caille.

— La date du tournoi approche. J'ai promis à la reine dauphine que je viendrais.

— Maintenant que je vous ai, je n'ai plus de raison de me rendre à la cour, même pour des noces royales. Et vous savez bien que je n'aime pas voyager.

— Mais moi, je peux, dit-elle innocemment.

— Et alors, ma petite ?

Il prétendait ne pas comprendre.

— Permettez-moi d'y assister, monsieur. Mon amie Marie me manque tant.

Il soupira, prit un peu d'eau de la fontaine au creux de sa paume et mouilla la tache de framboise sur le corsage de Claudine. Un sourire en biais, ses doigts explorèrent le tissu trempé qui collait à la poitrine de son épouse, jusqu'à pincer la pointe de ses seins. Elle se crispa, ce qui le fit sourire davantage.

— Comme c'est charmant, on dirait des baies mûres. Ça donne envie de les croquer ! dit-il en faisant claquer sa mâchoire.

La jeune femme serra les dents. Le goût acide des fruits rouges lui brûlait la gorge, son regard erra vers le bassin, en contrebas de la fontaine. Par instants, le satin de l'eau se plissait au passage d'une carpe.

Elle se tourna vers le baron, décidée :

— Je veux y aller !

— Ne faites pas l'enfant, allons.

Il la serra dans ses bras, posant sa large paume sur son crâne.

— Allons, mon petit, venez, ajouta-t-il.

Il s'allongea contre le tronc d'arbre abattu et la coucha à ses côtés. Tendue comme une arbalète, elle guettait chacun de ses gestes. Au tournoi, elle reverrait sa mère et lui extorquerait l'identité de son vrai père. Et elle trouverait enfin l'occasion de s'isoler, alors qu'ici le baron ne la quittait pas d'une semelle. Mais pour cela, son mari devait l'autoriser à s'y rendre seule.

Étendu de tout son long, le baron de Retz somnolait à demi.

— Mon ami, je vous en prie, laissez-moi aller à Paris.

Il souleva une paupière graisseuse.

— Vous qui êtes de constitution si fragile, vous n'êtes pas de nature à supporter un tel voyage.

Elle se mordit la lèvre.

— L'été me revigore, je me sens bien mieux depuis que le soleil est revenu.

Il prit la main de sa jeune épouse et la posa entre ses cuisses épaisses.

— Si vous consentez à jouer avec moi, je vous laisserai aller aux noces.

Le cœur de Claudine battait trop fort, mais elle ne pouvait plus reculer malgré son dégoût.

— J'y consens, monsieur.

— Plus de migraine, plus d'indisposition ?

Elle prit une profonde inspiration.

— Non, monsieur.

— Vous serez une bonne petite fille obéissante ?

— Oui, monsieur.

— Autant que je le voudrai ?

Elle voulut retirer sa main, mais il serra davantage.

— Oui, monsieur, autant que vous le voudrez.

Il desserra sa poigne.

— Vous êtes une petite friponne. Vous faites ce que vous voulez de moi, ma caille.

Il sourit largement, les narines dilatées, et ajouta :

— C'est d'accord pour Paris et même que je vous accompagnerai.

*Oh non !*

— Quelle joie, mon ami !

Les doigts du baron tournaient autour du sein de Claudine.

— Nous allons jouer ensemble dans ma chambre. Toutes les nuits que Dieu fait. Vous savez à quel point je suis impatient que vous me donniez un fils, mon poussin. Au retour, je vous garderai pour moi seul et je ne vous lâcherai pas tant que je ne vous aurai pas engrossée. Après, ce sera fini, vous n'aurez plus besoin de paraître nulle part. Jamais.

Sa grosse main dénuda tout à fait la poitrine de la jeune femme.

— Mon enfant, votre fraîcheur me redonne vigueur et jeunesse. Certes, il faut que je vous éduque à mon goût, mais c'est le lot de tous les maris. Les femmes sont comme de petits animaux sauvages à qui il faut apprendre la docilité et l'obéissance.

De la tête aux pieds, Claudine sentit sa peau frémir comme celle d'un cheval cherchant à fuir un taon.

Les huit sols que lui baillait François Clouet pour les séances de pose suffisaient à peine pour la nécessité qu'elle en avait. Plus de la moitié servait à tenir l'huissier à distance. Le reste était consacré à l'entretien du linge et à remplir le garde-manger. Elle ne gagnait pas assez pour que Pierre pût acheter des livres d'étude, et encore moins continuer ses cours.

À lui comme à sa mère, elle prétendit avoir trouvé une place de femme de chambre chez un peintre de la cour. Femme de chambre ! Malgré le prestige du lieu, Mme de L'Estoile en fut humiliée, mais elle l'eût été bien davantage si Madeleine lui avait dit la vérité.

En attendant, la jeune fille vivait dans la crainte d'être chassée par le peintre s'il se lassait de la peindre ou, pire, s'il apprenait qu'elle était réformée. Elle préférait ne pas y penser, incapable de se projeter au-delà du lendemain.

Fascinée par le talent de François Clouet, elle obtint de l'artiste d'arriver plus tôt juste pour le voir à l'œuvre. À travers les tableaux, elle découvrait la vie à la cour. Elle avait l'impression de pénétrer en privilégiée dans l'intimité de la famille royale.

Après ses séances de pose avec ses glorieux modèles, le peintre revenait peaufiner ses toiles devant Madeleine. Il racontait des anecdotes en travaillant et elle finit par les connaître tous : la reine Catherine de Médicis, dont François Clouet était le protégé ; le roi Henri II, sa favorite Diane de Poitiers, belle comme une déesse malgré ses soixante ans dont elle se vantait. Madeleine se doutait que le peintre la rajeunissait et elle rêvait de la voir en chair et en os pour se faire sa propre idée. Elle connaissait aussi les sept enfants du couple royal : depuis François, le dauphin de quinze ans, jusqu'à Hercule, le petit dernier de quatre ans, encore plus laid que son aîné, à cause de la vérole à laquelle il avait survécu, mais qui l'avait défiguré et dont François Clouet atténuait avec talent les effets sur ses œuvres. Madeleine enviait l'épouse du dauphin, Marie Stuart, qui avait son âge et rayonnait d'une élégance et d'une beauté exceptionnelles. Chaque fois que ce sentiment coupable lui mordait le cœur, elle se récitait le verset 12 du psaume 51 pour le chasser de son esprit : « *Ô Dieu, crée en moi un cœur pur !* »

Un jour, elle s'émerveilla de la manière dont il avait reproduit la délicatesse des traits de Diane de Poitiers.

— Vous pourriez découvrir l'original, ma chère.

— Comment cela ?

— On cherche des servantes pour les festivités du tournoi. Je pourrais vous recommander. Ainsi, vous verriez tous les invités, et pas seulement la favorite, expliqua-t-il en désignant la galerie de portraits.

— Oh, ce serait merveilleux !

— Et les gages sont de deux livres la journée.

Madeleine le regarda, soupçonneuse.

— Que devrai-je faire pour mériter votre recommandation, monsieur ?

— Il m'arrive d'avoir certaines commandes singulières, voyez-vous.

— Vraiment ?

— Si vous y consentiez...

— Dites-m'en davantage, monsieur.

Il sourit.

— Vous avez dû remarquer que je n'ai guère le discours facile. J'ai appris à dessiner avant de savoir parler. Cela me fut aisé, il me suffisait d'observer mon père, déjà peintre officiel de notre bon roi François I^er^, et copier ses gestes me parut naturel. Mon père s'en émerveilla et décida que je prendrais sa suite.

— Et vous vous êtes révélé encore plus doué que lui, dit-elle pour le flatter.

— Oui, l'on prétend que je parviens à saisir l'âme de mes sujets à travers leurs portraits. Je vais vous faire une confidence, Madeleine : quand la reine m'a pris sous sa protection, elle m'a alloué deux cents livres tournois de gages à l'année.

Madeleine ouvrit la bouche en un O muet.

— Et elle m'a accordé de loger au Louvre et d'y installer mon atelier. Mais elle est très exigeante et attend de moi de réaliser des portraits de ses sept enfants à chaque âge de leur jeune vie. Contrairement à la pratique habituelle, elle me demande de les peindre dans leur vérité, de rendre l'émotion et l'expression exactes de ses enfants. Ayant perdu trois petits, la reine vit dans une inquiétude perpétuelle pour la santé de ses chers anges. C'est pourquoi elle les éloigne souvent de Paris et les envoie en Touraine, au château d'Amboise en particulier, pour l'air sain que l'on y respire. Mais mon rêve ultime est de peindre la reine Catherine de Médicis elle-même. Vous imaginez ! La reine de France nue allongée sur mon divan.

Madeleine, gênée, se détourna.

*Il devrait garder pour lui seul les détails de cette vision coupable.*

Il continua, exalté :

— Avec ses dix grossesses menées à terme, elle doit avoir un corps passionnant ! Des seins lourds et fanés, un ventre distendu, des marbrures blanches sur les cuisses et les fesses. Quel tableau j'en ferais ! Je préférerais peindre des femmes mûres, explorer les plis de leurs corps, comme je le ferais de drapés, bien plus intéressants que la lisse nudité d'une silhouette comme la vôtre. Mais la plupart des hommes ne comprennent rien à la beauté du temps qui passe.

*Voilà, il s'est lassé de me peindre. Il veut prendre une vieille peau pour modèle.*

— Pourquoi me raconter cela ?

— Parce que je ne saurais répondre à votre question qu'en vous faisant un dessin.

— Quelle sorte de dessin ?

Sans répondre, il s'éloigna d'elle et brossa en quelques gestes une esquisse, avant de la lui montrer. Madeleine eut un mouvement de surprise.

Il l'avait dessinée nue, mais cette fois dans une pose qu'elle n'avait jamais prise, une pose qu'une femme ne doit adopter qu'avec son mari, et encore !

— Comment avez-vous réussi… ?

Il haussa les épaules, toucha son crâne du doigt.

— Avant de les coucher à la pointe du crayon, je fabrique les images dans ma tête.

Il avait ignoré l'indignation de son ton pour ne garder que le sens de sa question.

Elle demanda, incrédule :

— Vous voudriez que je prenne cette pose-là ?

— Le voudriez-vous ?

*Non, évidemment.*

Mais si c'était à ce prix qu'elle obtiendrait une place pour servir au tournoi ? Deux livres par jour…

*Après tout, ma mère et mon frère n'en sauront rien.*

Il la dévisageait comme s'il cherchait à lire dans ses pensées.

Elle approuva de la tête.

— J'accepte, dit-elle.

— Alors, venez et laissez-moi faire.

Il s'approcha et la déshabilla avec méthode. Elle avait le ventre noué alors qu'elle s'était si souvent effeuillée pour lui. Mais là, c'était différent. Quand elle fut nue, elle cacha son intimité de ses mains. Il ne la regarda pas et lui tendit le bras, en gentilhomme. Il la guida vers le divan où il l'invita à s'allonger sur le dos. Le regard du peintre s'attarda sur l'or roux entre ses cuisses que sa main dissimulait à demi tandis que l'autre était posée en travers de ses seins. Il lui écarta doucement les jambes et déplaça ses mains pour exposer son intimité ainsi que sa poitrine. Puis il recula, satisfait.

— Parfait.

Il prit son pinceau, en trempa la pointe dans l'huile et commença son œuvre.

Madeleine avait pris l'habitude d'être ainsi manipulée comme une poupée de chiffon au gré des visions du peintre. Au début, cela ne fut pas si aisé mais, de sa voix calme, il prit le temps de l'apprivoiser. Ce fut surtout en voyant le résultat sur toile qu'elle comprit. En effet, elle ne se reconnaissait pas dans ces beautés qu'il peignait. C'était comme s'il voyait en elle une autre qu'elle n'était pas. Il paraissait percevoir à travers elle, ou au-delà d'elle, tout ce qu'elle pouvait représenter, tout ce qu'il imaginait : la déesse, la pécheresse, l'ange, la vierge. Mais là, la pose l'embarrassait au point de se sentir rougir de la tête aux pieds.

— Regardez-moi, ordonna-t-il.

Elle se força à lever les paupières.

C'était la première fois qu'il faisait une telle demande sur ce ton-là. D'ordinaire, elle devait baisser les yeux, ou les tourner vers un miroir ou encore une pomme. Elle le fixa dans le vide, sans ciller. Lui non plus semblait ne pas la discerner.

Imperceptiblement, elle devina que le regard du peintre se métamorphosait. Il clignait des paupières. Elle lut un trouble qu'elle ne lui connaissait pas. Il passa la main sur son front, y déposant une traînée de rouge et de blanc. Elle restait immobile comme il le lui avait appris. Mais elle percevait qu'il n'était pas dans son état ordinaire. Elle surprit une perle de sueur sur sa tempe. Elle s'inquiéta :

— Allez-vous bien, monsieur Clouet ?

Comme il ne répondait pas, elle se redressa.

— Non, reste allongée.

Il posa ses pinceaux, ôta sa blouse de peintre et s'avança vers elle.

Il semblait vouloir parler, mais restait muet, la bouche entrouverte.

Ses grandes mains s'approchèrent, passèrent au-dessus d'elle, comme s'il ne savait pas quoi faire de ses bras.

*Qu'attend-il de moi ?*

Elle esquissa un mouvement pour s'asseoir, mais il lui fit un signe de dénégation.

— Mets-toi sur le dos.

Il insista d'un geste devant son hésitation.

Elle obtempéra, interloquée.

— Laisse-toi faire comme lorsque je te fais prendre la pose.

Il fit glisser ses doigts rugueux constellés de peinture séchée sur ses chevilles en remontant vers les genoux. Elle frissonna.

*Que fait-il ?*

— As-tu déjà connu un homme, Madeleine ?

Le cœur de la jeune fille accéléra.

— Non, monsieur.

— Tu es très belle. Heureux celui qui te découvrira.

Elle retint sa respiration. Il poursuivit vers sa cuisse.

— Comptez-vous être celui-là ?

— Est-ce que tu le désires aussi ?

— Je ne sais pas, monsieur.

— Ne t'inquiète pas, je vais t'aider à prendre ta décision.

Il s'agenouilla à ses pieds et commença à les embrasser l'un après l'autre. Elle voulut les retirer, mais il la tenait par les chevilles.

— Je suis las de réaliser des portraits à tour de bras. Peindre des corps me repose autant que de peindre un paysage.

Son regard se perdit dans les courbes et les arrondis de Madeleine, tendue.

— Tu es si belle, tu es le premier modèle qui me tente tant.

Elle hésitait entre la sensation obscure à laquelle son corps voulait qu'elle s'abandonne, une sorte de frémissement qui ondulait le long de ses jambes jusqu'à la racine de ses cheveux, et l'impression nette et précise que c'était mal.

Il lui mordilla la pointe des orteils. Elle exhala un soupir. Il poursuivit en léchant sa plante des pieds.

— Tu as encore des petons d'enfant, s'extasia-t-il.

Il remonta sa langue sur l'os de ses chevilles, au creux de ses genoux et, avant qu'elle s'en fût aperçue, il l'embrassa au creux de l'aine. Elle se cabra.

— Laisse-toi faire, chuchota-t-il encore.

— Non, non, vous ne devez pas.

*C'est mal. C'est sale.*

Il ne l'écoutait pas et continuait son exploration. Elle ne parvenait pas à se détendre malgré les caresses qui lui procuraient des sortes d'agréables fourmillements.

Jamais plus elle ne pourrait poser comme madone.

*Qu'importe ! Marie n'était pas vierge ! Il faut être papiste pour le croire et je ne le suis pas.*

— Laisse-toi aller, Madeleine. Respire.

Elle ferma les yeux.

## Claudine

À l'autre bout de la tribune, Claudine aperçut une jeune fille rayonnante, qui semblait émerveillée par la fête royale. On avait démonté les pavés de la rue Saint-Antoine, la plus large artère de Paris, pour installer la lice du tournoi. Il fallait éviter d'y marcher sous peine de retrouver de la terre battue sur ses souliers et au bas de ses jupons. Des planches de bois avaient été installées pour que les gens de condition pussent se déplacer, mais on n'échappait guère à la poussière soulevée par les chevaux. Le terrain vague qui s'étendait du palais des Tournelles à la Bastille était métamorphosé par des arches triomphales de part et d'autre. L'hôtel des Tournelles abriterait la cour pendant la durée des festivités en lieu et place du Louvre, trop éloigné.

*Cette demoiselle paraît si heureuse qu'elle doit être amoureuse.*

L'inconnue tourna la tête vers Claudine, surprise, qui lui adressa un salut courtois. N'ayant visiblement pas l'habitude de vêtements d'apparat, elle s'engagea le long des allées d'un pas incertain. Avec sa fraise immense et sa tenue trop voyante en plus d'être démodée, elle sentait l'ostentation plus que l'élégance, d'autant qu'avec la chaleur qui régnait, elle devait étouffer. Elle était suivie par une dame ronde à la tenue tout aussi bigarrée.

— Que regardes-tu, Claudine ?

Sa mère lui souriait. Derrière elle, à l'ombre, le baron de Retz la surveillait sous ses sourcils grisonnants, courbé sur une canne. Impossible d'interroger sa mère tant qu'il serait dans les parages, pourtant elle devait absolument savoir qui était son vrai père.

— Rien, mère.

— Tu contemples la tribune royale, n'est-ce pas ?

Claudine opina du chef, alors qu'en réalité, elle évitait de croiser le regard de ses amies d'autrefois, du temps de sa liberté, surtout celui de Marie Stuart. Depuis son mariage avec le baron, et surtout depuis la révélation de sa naissance, elle s'était éloignée de la dauphine. À son grand désarroi, la princesse ne prenait pas de ses nouvelles. Elle s'était crue son amie, mais avait été remplacée avec une parfaite indifférence. Le balcon où se tenait le trône de la reine Catherine de Médicis, ainsi que les sièges des princes et princesses, était adossé au palais des Tournelles, protégé du soleil par de larges tentures d'or.

Claudine recula à l'intérieur de la tribune avant d'être vue.

— J'ai reçu une lettre de votre cousin Brantôme, il se plaint que vous ne lui répondiez pas. Vous manquez à vos devoirs, ma petite fille.

*Mon cousin Brantôme m'a écrit ! Comment lui*

*répondrais-je alors que mon mari garde mon courrier par-devers lui ?*

— Voici son pli, poursuivit sa mère sous l'œil méfiant du baron de Retz.

Claudine s'en empara avant qu'il n'ait l'occasion d'intervenir.

— Merci, mère. Je réparerai cet oubli, rassurez-vous.

— Je vais m'abriter à l'ombre avec votre époux. Nous rejoignez-vous ?

— Oui, je lis cette lettre et je viens, mère.

Glissant imperceptiblement sur les planches, Claudine s'éloigna et commença sa lecture, sous une arche romaine en plâtre d'où cascadaient des gerbes de lierre et des brassées de roses.

*Ma chère Claudine,*

*J'ai appris par votre mère que vous êtes maintenant mariée, petite cachottière ! Félicitations ! Si je n'étais en Italie, j'en aurais pris ombrage. Mais comment être gagné de mélancolie dans le pays merveilleux de notre reine bien-aimée ? Je suis surtout fort marri que le roi ne m'ait point attendu pour perdre la guerre contre l'Espagne. J'ai la faiblesse de croire que le cours de l'Histoire en eût été changé. Vous devrez encore patienter avant que je vous rende hommage en chair et en os, car, même si je crevais dix chevaux jusqu'à Paris, je ne parviendrais pas à temps pour les noces de la fille du roi avec cet excellent Philippe II. Je profite de l'air de la Toscane avant que mes pas ne me guident vers Venise – un détour, certes, mais que serait un voyage en Italie sans découvrir la cité des Doges dont l'on vante tant les mérites ? Il paraît que les dames y sont fort galantes.*

*Dans l'attente de vous raconter les détails de mon périple, soyez certaine que je reste,*

*Votre cousin préféré et serviteur dévoué,*
*Brantôme*

Claudine plia la missive, un sourire aux lèvres, emportée par une rêverie italienne qui lui mettait un peu de baume au cœur. Brantôme était un fripon, mais elle l'adorait.

— Mademoiselle ?

La jeune fille qu'elle observait tout à l'heure était juste devant elle, le regard interrogateur.

— Puis-je me permettre de vous demander si ma mère pourrait rejoindre la vôtre à l'ombre ? demanda-t-elle sans même se présenter. Il fait si chaud qu'elle va se trouver mal.

Interloquée par ses manières familières, Claudine répliqua, en une révérence appuyée :

— Madame la baronne de Retz, pour vous servir.

L'effrontée porta la main à sa bouche.

— Oh oui, veuillez m'excuser, madame. Isabeau de Limeuil, je suis votre servante, répondit-elle en une révérence instable.

Claudine lui sourit :

— Ma mère sera heureuse de partager son ombre avec madame votre mère, j'en suis certaine.

— Je ne m'étais pas trompée, vous vous ressemblez, mais vous êtes beaucoup plus belle, madame la baronne !

Claudine n'en revenait pas de la maladresse de l'inconnue.

Isabeau conduisit sa mère à l'abri du soleil, puis revint sous le lierre et se pencha pour chuchoter à Claudine :

— Avez-vous remarqué comme ce particulier vous regarde ? On dirait qu'il vous déshabille des yeux, n'a-t-il point honte ! Qui est-ce ?

Claudine ouvrit son éventail d'un coup sec.

— Mon… époux.

— Ce vieillard ! s'exclama Isabeau.

Claudine sourit. La franchise d'Isabeau confirma ce que son accent avait laissé subodorer : elle n'appartenait pas à la cour.

— D'où êtes-vous, mademoiselle ?

La jeune fille grimaça, embarrassée.

— Vous avez deviné que je n'étais point d'ici ?

Claudine posa une main affectueuse sur son poignet.

— Ce sera notre secret.

Isabeau lui adressa un regard lumineux.

— Je vous remercie, madame.

— Alors, parlez-moi de vous.

— Je viens de loin, une région que vous ne devez pas connaître. C'est à peine si moi-même je sais la situer dans le royaume !

— Essayez toujours.

— Du Périgord.

— Vraiment ? Détrompez-vous, ma chère, mon cousin Brantôme en est originaire. Et la première dame d'honneur de la reine, Louise de La Béraudière, en est aussi.

Le visage d'Isabeau se détendit, le regard rempli d'enthousiasme.

— Oh, quelle chance, madame, de vous rencontrer !

Évidemment que j'ai entendu parler de la famille de votre cousin. Pourrais-je vous demander l'honneur de me le présenter ?

Claudine remarqua qu'elle ne cherchait pas à connaître Louise, seul un gentilhomme bien né l'intéressait. Le jeu de cette oie blanche était si transparent qu'il faisait pitié.

— Je crains que ce ne soit impossible, ma chère.

Isabeau eut une moue déçue.

— Mon cousin est en voyage en Italie. Rome, Florence, Venise.

— Et qu'y fait-il ?

On ne posait pas de telles questions. Claudine se sentait à la fois choquée et amusée que la jeune fille ignorât autant les usages du monde. Cette nouvelle venue à la cour lui plaisait décidément.

— Il est parti guerroyer.

Isabeau fronça les sourcils.

— Mais je croyais la guerre finie : n'est-ce point précisément pour fêter la paix que se tiennent ces festivités ?

Claudine rit.

— En effet ! Mon cousin a le don de n'être jamais au bon endroit au bon moment. Il serait fort capable de manquer son propre enterrement !

Isabeau rit à son tour.

— Il me tarde de le connaître.

— Rassurez-vous, il est encore libre. Et vous, êtes-vous fiancée ?

Isabeau prit un air prétentieux.

— Eh bien, j'ai eu de nombreuses propositions, mais mes parents attendent un parti digne de notre famille.

— Un parti qui ait ses entrées à la cour, par exemple ?

— C'est une possibilité, répondit Isabeau avec une indifférence feinte.

— Venez, allons nous installer si nous ne voulons pas manquer l'entrée en lice du roi. Suivez-moi.

Les deux jeunes filles soulevèrent le lierre pour s'engager dans l'allée centrale. Soudain, Isabeau esquissa un mouvement de recul.

— Oh non, pas lui, dit-elle en se détournant.

L'air visiblement réjoui, un jeune homme à la calvitie naissante se mit en travers de leur chemin. Il se pencha bien bas pour saluer les jeunes filles.

— Mademoiselle de Limeuil, je crains que vous ne m'ayez oublié.

— En effet, monsieur, je ne me souviens point de vous, j'en ai peur.

— Michel de Montaigne, pour vous servir.

Claudine s'avança vers le gentilhomme.

— Vous êtes l'ami de M. de La Boétie, n'est-ce pas ?

Montaigne leva la tête avec étonnement.

— J'ai ce grand bonheur, en effet, madame.

— Il plairait beaucoup à la reine de vous voir davantage à la cour.

— La cour ne m'intéresse guère. Je n'y viens que pour la faire aux dames de qualité, comme Mlle de Limeuil.

— N'êtes-vous point voisins ? interrogea Claudine.

— Point du tout, intervint Isabeau, gênée. Madame, vous m'avez promis de ne pas rater la première joute du roi. Pardonnez-moi, monsieur.

Elle bâcla une révérence et s'éloigna.

Avant de la suivre, Claudine souffla à Montaigne :
— Monsieur, je crois qu'elle vous adore.
— Vraiment, madame ?
— Oui, c'est juste qu'elle ne le sait pas encore.

## Catherine de Médicis

Catherine de Médicis s'avança au milieu des pages qui s'écartèrent sur son chemin. Ses dames d'honneur restèrent en retrait, laissant passer les équipages du tournoi. Sous les tribunes, les jouteurs se préparaient.

La reine s'approcha, faisant fi du crottin qui souillait la terre battue. Un écuyer fixait les attaches des jambières d'acier du roi. Assise dans un fauteuil en X, Diane de Poitiers, coiffée d'un diadème en triple croissant de lune orné de diamants, croquait dans une grappe de raisin pendant qu'un serviteur agitait devant elle un éventail en plumes de paon.

— Madame, vous venez m'encourager ? demanda Henri à Catherine avec un sourire.

— Non point, monsieur, dit-elle en ouvrant son éventail d'un geste élégant. Je dois vous parler, seule à seul.

— Ce n'est guère le moment, madame.

— Sire, je ne vous le demanderais point si l'affaire ne regardait le royaume.

Henri eut un mouvement d'agacement en renvoyant les domestiques, puis il adressa un regard tendre à Diane.

— Il n'est rien que ces charmantes oreilles ne puissent entendre.

Catherine soupira, vaincue.

— Fort bien, dit-elle en croisant les bras. Je suis venue vous prévenir de ne point défier le destin et de renoncer à combattre aujourd'hui.

— Oh non, pas encore vos sottises de bonne femme ou d'astrologue !

— Ce ne sont point des sottises, monsieur.

Elle sortit de sa manche la prédiction de Nostradamus et la tendit solennellement au roi.

— Lisez ce quatrain par vous-même, Sire.

— Il faut être italienne pour croire à ces sornettes.

Henri s'empara du feuillet, le déchira en deux, puis en quatre avant de le jeter au sol. Catherine eut un élan pour l'en empêcher, mais se retint en apercevant le regard persifleur de Diane.

— *Henri, êtes-vous devenu fou ? Défier ainsi les lois de l'univers !* s'exclama la favorite en exagérant l'accent de la reine.

Le roi éclata de rire.

Catherine, ignorant ostensiblement sa rivale, se tourna vers Henri :

— Monsieur, j'ai vécu plus longtemps en France que dans mon pays natal. Comme moi, le peuple du royaume écoute ce que dit maître Michel de…

— Quoi, vous allez *encore* me parler de votre Nosterdamus ?

— Nostradamus.

— Qu'importe. Si le peuple l'écoute, voilà une bonne raison pour que le roi l'ignore.

— On le prétend même huguenot, peut-être juif, intervint Diane.

Henri pointa le doigt vers la poitrine de la reine.

— S'il n'a pas déjà rôti sur le bûcher comme ses maudites prédictions, c'est à vous qu'il le doit, madame.

— Il a prédit votre mort dans une joute, Sire. Alors, qu'importe que vous y croyiez ou non, ne vous battez pas, je vous en conjure.

— Allons ! C'est si je vous écoute que je risque de mourir… de honte ! s'exclama-t-il en riant, imité par Diane qui lui mit un grain de raisin dans la bouche.

— J'ai peur pour vous, Sire, dit la reine.

— Vous le savez, ce tournoi est une course en l'honneur des dames, reprit-il en léchant les doigts de Diane. Une simple joute à armes courtoises.

Catherine se rapprocha.

— Songez à vos enfants, Henri.

— Justement, je ne me montrerai pas lâche devant eux.

— Pensez au royaume, en ce cas !

— Je ne pense qu'à lui. C'est pourquoi Élisabeth épouse Philippe II et je vais me battre avec chacun des grands de la cour le jour de ses noces.

Diane s'enroula autour de lui.

— Henri, c'est toujours pour moi que vous vous battez à la fin, murmura-t-elle.

L'impuissance torturait Catherine. Diane, « la plus-que-reine », jamais ce surnom ne semblait plus à propos. Son règne ne cesserait-il donc qu'avec sa mort ? Catherine l'attendait avec impatience, mais les chevauchées matinales comme les bains glacés de la favorite semblaient l'entretenir au lieu de l'achever. La reine se consola en songeant que le temps jouait en sa faveur même si, pour ses soixante ans, Diane était dans une forme que Catherine lui enviait.

Fin prêt, d'un pas raidi par son armure, Henri II s'avança vers l'entrée des chevaliers pour monter en lice.

## Isabeau

— Le roi est le meilleur des jouteurs ! s'exclama Isabeau en battant des mains. Il gagne toutes ses parties si brillamment !

Claudine lui sourit. Debout dans les tribunes, elles avaient une vue imprenable sur le tournoi. L'armure des chevaliers brillait sous le soleil éclatant.

Un jeune homme se mit à rire à côté d'elles.

— Vous ne croyez pas ce que vous venez de dire ? fit-il, amusé.

Claudine se tourna vers lui :

— Laissez, monsieur, elle n'est point d'ici.

Isabeau se renfrogna, vexée. Visiblement, Claudine le connaissait, d'ailleurs elle semblait connaître toute la cour. Isabeau se sentit d'autant plus exclue de leur petit échange.

— Je sais reconnaître quand un jouteur gagne, insista-t-elle.

— Est-ce vraiment la première fois qu'elle voit le roi combattre ? demanda le jeune homme incrédule à Claudine.

*Pour qui se prend-il, à parler de moi comme si je n'étais pas là !*

— Oui, admit Claudine.

Le jeune homme se pencha vers elle :

— Alors, sachez, mademoiselle, que le roi gagne toujours.

— Parce qu'il est le meilleur, renchérit Isabeau, sûre de son fait.

— Parce qu'il est le roi, précisa son interlocuteur avec évidence.

— Cessez de vous moquer de mademoiselle, Florimond, ordonna Claudine, cela risque de ne point me plaire.

Le jeune homme s'inclina bien bas.

— Madame, Dieu me garde de vous déplaire. Mais aurais-je le bonheur d'être présenté à votre amie ?

Claudine minauda.

— Si elle le souhaite seulement.

Florimond, théâtral, s'agenouilla aux pieds d'Isabeau.

— Le souhaitez-vous, mademoiselle ? Mon cœur bat plus fort à cette idée.

— Que pensez-vous de ce damoiseau, ma chère ? Est-il à votre goût ? interrogea Claudine.

Confuse, Isabeau ouvrit la bouche, incapable de répliquer. Son regard se fixa sur le chiffre du jeune homme. Elle avait beau chercher, elle ne reconnaissait pas ces armoiries.

Claudine et Florimond rirent à l'unisson de son embarras.

— Elle est charmante, madame, dit Florimond à Claudine.

— *Elle* se nomme Isabeau de Limeuil, monsieur, intervint Isabeau d'une voix forte.

— Enchanté de vous rencontrer, mademoiselle de Limeuil, je suis Florimond Robertet.

*Quel nom ridicule ! Roturier en plus, aucun intérêt…*

Isabeau se détournait déjà quand il poursuivit :

— Florimond Robertet, baron d'Alluye, pour vous servir, mademoiselle, et trésorier de la maison la plus puissante de France après celle du roi, la maison de Guise.

— Vraiment ?

Elle n'avait aucune idée de ce qu'était la fonction de trésorier, mais il contenait le mot magique de « trésor ».

— J'ai l'honneur d'être le secrétaire particulier du duc de Guise.

Isabeau eut une mine admirative.

— Le vainqueur de Calais ?

— Lui-même, mademoiselle. Calais qu'il a rendue à la France après deux siècles d'occupation anglaise.

— Est-ce lui, dans ce bel uniforme, là-bas ?

— Non, là, c'est le comte de Montgomery, capitaine des gardes du roi. Le duc de Guise est en plein tournoi. Venez, allons le voir jouter.

— J'adore les jeux !

Florimond coula un regard équivoque vers Isabeau.

— Moi aussi, surtout quand l'adversaire est de si charmante compagnie.

Elle baissa la tête, rougissante, comme sa mère le lui avait appris.

« C'est ainsi que l'on attrape les hommes comme il faut. Votre époux aura bien le temps de découvrir votre mauvais caractère », lui répétait-elle.

— Les dames ne joutent pas, monsieur.

— Pourtant, elles ont des armes qui nous portent de délicieuses blessures.

— Florimond, intervint Claudine, cessez d'accaparer mademoiselle.

— C'est qu'une telle beauté ne peut qu'attirer tous les regards.

Isabeau se sentit devenir pivoine. Elle se tourna vers Claudine.

— Avec cette chaleur, je crois que je vais me sentir mal. Pouvez-vous me conduire à l'ombre ?

— Oui, suivez-moi.

Claudine pointa un doigt vers Florimond :

— Et vous, restez là !

Le jeune homme acquiesça d'un sourire.

Les demoiselles gagnèrent la fraîcheur des arcades où l'on servait vins et victuailles.

— Savez-vous, ma chère, que c'est notre reine de France qui rapporta la fourchette d'Italie ?

Claudine invita sa nouvelle amie à goûter les plats présentés par des servantes.

— Je l'ignorais, répondit Isabeau en piquant dans un friand aux pigeons.

— En vérité, c'est elle qui a introduit le raffinement à la cour, n'en déplaise à ses détracteurs. Son beau-père, notre bon roi François Ier, l'adorait. Il lui laissait faire ce qu'elle voulait et acceptait même de l'emmener à la chasse.

— Vraiment ?

— Oui, elle est excellente cavalière. C'est elle qui a inventé notre monte actuelle, en amazone.

— Comment faisait-on auparavant ?

— Oh, ma chère, c'était une hérésie. Ma mère m'a

montré : les dames devaient s'installer, assises sur un siège, en angle droit avec l'impossibilité de se tourner pour tenir les rênes. C'était un écuyer qui les tirait à leur place. La reine eut l'idée de cette selle qu'elle a fait fabriquer par son palefrenier. Et maintenant, les dames peuvent chevaucher seules.

Claudine rit, une main sur la bouche.

— Sauf qu'elle a fait tourner les têtes des gentilshommes de la cour.

— Pourquoi donc ?

— En chevauchant, ses jupons se soulevaient, dévoilant les parties qu'une dame réserve à son époux.

— Oh !

— Et voilà comment elle imagina les *calzones* que vous et moi portons aujourd'hui.

Isabeau resta songeuse. Sa mère avait raison quand elle lui avait parlé de ces « caleçons ». Elle n'avait jamais pensé que la vieille reine de quarante ans fût si inventive et si raffinée.

Soudain, elles reculèrent devant un fifrelin qui sautillait gaiement, ouvrant la marche à une joyeuse troupe. Isabeau imita Claudine quand celle-ci se fendit d'une profonde révérence au passage d'une dame d'un certain âge, aux boucles blondes, qui avançait d'un pas déterminé au milieu d'une cour empressée. Un jongleur et un acrobate fermaient la marche.

— Que la reine est belle ! fit Isabeau quand le dernier courtisan fut passé.

— Fi, elle la reine ? Que nenni ! C'est la duchesse Diane de Poitiers, la favorite du roi.

Isabeau se sentit rougir de honte.

— Regardez, la voici, la reine Catherine de Médicis, indiqua Claudine.

Isabeau se hissa sur la pointe des pieds pour mieux voir.

Dans la tribune royale, une dame richement parée d'une robe émeraude brodée de fleurs de lys grignotait des macarons les uns après les autres, seule au milieu d'une petite cour, le regard fixé sur la lice du tournoi.

À s'empiffrer sans vergogne, elle faisait pitié, à tel point qu'Isabeau conçut un certain embarras à être sa cousine, même au cinquième degré. Elle avait du mal à croire que la reine de France était si laide en comparaison de la favorite pourtant bien plus âgée.

Comment deux femmes aussi opposées pouvaient-elles cohabiter ? D'un côté, l'intelligence et la solitude, de l'autre la beauté et les faveurs. Finalement, elle en voulut moins à son père de la traiter de sotte. Si c'était pour devenir favorite royale, elle était toute disposée à garder sa cervelle de moineau. Le rire de Diane de Poitiers retentit à nouveau.

— Alors, c'est donc elle la fameuse favorite qui a mis le roi à ses pieds, murmura Isabeau.

— Vous ne l'aviez jamais vue ? Pourtant, tableaux et sculptures d'elle dans le plus simple appareil ornent tous les châteaux de France.

Isabeau dissimula sa gêne.

— Si, évidemment, mais jamais de si près. On dit qu'elle est plus âgée que le roi. Est-ce vrai ?

— Bien sûr ! Elle fut sa préceptrice. Elle lui a tout appris. Et quand je dis tout…

Isabeau rit sans savoir pourquoi, mais elle sentait que c'était ce que l'on attendait d'elle.

— Elle a fêté ses soixante ans.

— Soixante ans ! Mais c'est une antiquité ! Et elle ne s'en cache pas ?

— Au contraire ! Elle clame son âge à qui veut l'entendre. Et quand on la voit, qui l'en blâmerait ?

— C'est vrai qu'elle est belle ! Mais quel est son secret ?

— Regardez par là, le groupe de dames en robe émeraude, ce sont les dames d'honneur de la reine.

Isabeau soupira, incapable de dissimuler son envie.

— Leurs parures sont resplendissantes. Mais que suis-je supposée voir ?

— Voyez-vous celle qui a un visage d'ange avec des sourcils fins bien dessinés ?

— Et une chevelure d'or dénouée en boucles sur les épaules ?

— Celle-là même.

— Qui est-elle ?

— Louise de La Béraudière.

— Qui vient du Périgord, comme moi, nota Isabeau.

— Oui, bien qu'elle ne s'y rende guère. Elle était au service de Diane de Poitiers avant d'appartenir à la maison de la reine. Alors, si une femme ici connaît les secrets de beauté et de jeunesse de la favorite, c'est bien elle.

Isabeau pouffa.

— Dieu merci, je n'ai pas encore l'âge de cette sorte de soucis.

— Alors, hâtez-vous de vous trouver un mari qui vous gardera quand vous aurez la taille d'un tonneau et toutes les dents gâtées.

Claudine rit, dévoilant la rangée de perles qui illuminait son sourire.

Isabeau, point si sûre de l'état de ses dents, sourit bouche fermée, et demanda :

— Comment font-elles pour avoir des lèvres aussi rouges ?

— Elles mettent du fard à lèvres.

Isabeau leva les sourcils, interloquée.

— Je vais vous montrer, ma chère, lui dit-elle en l'entraînant près des coulisses où se préparaient comédiens, jongleurs et acrobates.

Claudine ouvrit son aumônière et en sortit une rondelle de terre brune. La tenant dans la paume de sa main, elle humecta son doigt et le passa sur l'objet. La pulpe de son index vira au rouge vif.

— Laissez-moi œuvrer, ordonna-t-elle à Isabeau.

Elle tapota la bouche de la jeune fille.

Du coin de l'œil, Isabeau remarqua une servante qui les observait, fascinée, tenant à bout de bras un plateau trop lourd pour elle. Elle eut envie de la renvoyer à sa tâche, mais comme la pauvrette n'aurait jamais l'occasion de porter pareil artifice féminin, elle pouvait bien la laisser assister au spectacle.

À bien la regarder, cette servante dénotait parmi les domestiques : on devait l'avoir engagée le matin même. Elle était si élancée qu'on ne lui avait pas trouvé de jupon à sa taille ; le sien dévoilait ses chevilles en une indécence presque vulgaire. Quant à sa poitrine comprimée dans son corsage, elle menaçait d'en jaillir à tout moment. Inconsciente de sa tenue, elle posa son plateau et ôta son bonnet pour rajuster sa coiffure. La sueur collait ses mèches sur son front et son cou.

— Que regardez-vous ? demanda Claudine.

— Oh, rien, juste une servante.

Claudine se retourna et vit la domestique enrouler son épaisse et longue chevelure pour refaire son chignon.

— Elle se montre en cheveux, sans honte aucune, voyez-vous cela ! s'exclama la baronne de Retz.

— En plus, ils sont beaux, jugea Isabeau.

— Oui, avec cette couleur rare, un blond vénitien dont Diane de Poitiers a lancé la mode à la cour. Elle ferait bien de les cacher, n'importe quelle dame en serait jalouse.

— Moi non ! dit Isabeau en fermant les yeux.

Claudine se reconcentra sur la bouche de la jeune fille, laquelle tanguait, les yeux clos, comme bercée par la caresse des doigts sur ses lèvres.

— Regardez-moi.

Isabeau obéit. Claudine recula pour admirer son œuvre et hocha la tête, satisfaite, avant de ranger son maquillage.

— Venez maintenant.

Lui prenant la main, Claudine la tira à sa suite. Isabeau souleva sa robe, ce qui ne l'empêcha pas de marcher dessus et de manquer tomber. Elle n'avait jamais porté de traîne et enviait toutes les dames qui tournoyaient et ondulaient avec agilité, en tenant à peine leurs jupes d'une main légère. Elle tentait de les imiter maladroitement, mais craignait de chuter à tout instant. Une matrone sortie de sa cuisine, empesée d'un jupon lourd de vieille graisse, n'aurait pas pire allure. Sa parure ne faisait pas davantage illusion que sa démarche.

Elle s'agrippait trop fort à la main de Claudine, mais si elle la lâchait, elle s'étalerait comme une gamine et deviendrait la risée de la cour pour toujours. Claudine s'arrêta brusquement. Isabeau la heurta, riant.

— J'ai cru que vous alliez continuer et que j'allais m'envoler avec vous au bout du monde.

— Ce serait un plaisir de vous conduire au bout du monde, dit une voix masculine à l'accent grave.

Isabeau tenta de retrouver une contenance. Claudine l'observait, les yeux espiègles, un demi-sourire au coin des lèvres. Un bel homme aux riches atours la dévisageait avec curiosité.

— À qui ai-je l'honneur, monsieur ? lança Isabeau, aussi hautaine qu'elle le put.

— Je suis le duc d'Aumale, pour vous servir, mademoiselle, répondit l'homme en un salut élégant.

— Monsieur le duc d'Aumale est un cousin du duc de Guise, souffla Claudine.

*Cousin, c'est encore mieux que trésorier !*

— L'honneur est pour moi, monsieur, je suis Isabeau de Limeuil, fit-elle avec une révérence.

— Monsieur le duc, nous ne nous attardons pas, je fais visiter la fête à mon amie.

— Permettez-moi, madame la baronne, de remplir cet office, dit-il en tendant son bras à Isabeau.

— Nous ne voudrions point abuser, insista Claudine.

Isabeau posa la main sur le poignet du duc d'Aumale.

— Vous êtes bien aimable, monsieur le duc, dit-elle en ignorant sa nouvelle amie.

— J'apprécie les demoiselles audacieuses, sourit le

duc en l'entraînant sous les arches. Vous êtes si jolie que la plus belle des roses pâlirait devant vous.

Isabeau soupira.

*Quelle banalité !*

Elle avait espéré mieux de la part d'un homme de son rang. Mais il lui répétait ce qu'elle entendait tous les jours si elle prenait la peine d'écouter tous ceux qui lui tournaient autour dans sa campagne.

*Je dois tant l'impressionner qu'il ne trouve plus ses mots.*

Rassurée à cette idée, elle suivit le duc sans se retourner.

# Louise

— J'espère que vous profitez de la fête, Louise, c'est votre dernière.

— Oui, madame. Elle est splendide.

Et c'était vrai, le roi avait particulièrement bien ordonnancé ces noces, érigées en symbole de paix, pour masquer la défaite, celle du pays, celle d'un père.

— Comme vous, ma chère. Je suis fort aise que vous me fassiez honneur une ultime fois.

— Claudine de Retz me remplacera à merveille auprès de Votre Majesté.

— Que nenni ! Son mari veut l'emmener sur ses terres et la cloîtrer dans son château comme vous dans votre couvent.

— Je la plains.

La reine soupira.

— Je ne sais s'il vaut mieux être enfermée au fin fond de nulle part ou se retrouver seule au milieu d'une cour entière.

— Vous n'êtes pas seule, madame.

— Je le serai après votre départ.

La reine lui avait pardonné. Louise avait du mal à y croire. Elle se sentit coupable du malaise de la reine, mais ne pouvait songer à revenir sur ses vœux, car il n'était pas seulement question de ses liens passés avec Diane, mais aussi de Gabriel. Sa décision était prise.

— J'ai hâte que cette journée s'achève, dit Catherine en s'éventant.

Malgré les tentures au-dessus de la tribune royale, la chaleur n'épargnait point les membres de la cour.

— Moi aussi, il fait si chaud.

— C'est surtout que le roi mon époux ignore toujours l'avertissement de Nostradamus. Il refuse d'y croire : « *En champ bellique par singulier duel, Dans caige d'or les yeux luy crevera.* » Pourtant, le message est limpide ! s'exclama la reine en fermant son éventail d'un geste sec.

Elle prit le verre qu'on lui présenta.

— Le tournoi, nous y sommes, poursuivit la souveraine. Je lui ai parlé, mais il ne m'écoute pas. Je ne sais plus que faire.

— Il a déjà jouté plusieurs fois, madame, et il est sauf. Peut-être que les astres se sont trompés.

— Non point, mademoiselle. Et je crains autant pour la vie de mon mari que pour celle de ma fille. Elle va partir loin de moi, à la cour de Madrid où je ne pourrai la protéger. Voyez ma pauvre petite, comme elle est belle dans sa robe d'épousée !

— La plus belle de toutes les dames ici présentes, madame.

La reine esquissa un sourire ironique.

— Je vous sais gré de vos flatteries, Louise, elles me vont droit au cœur. Mais la vêture de ma fille n'y est point étrangère, j'ai veillé personnellement à ce qu'elle brille de mille feux, à l'instar de tous mes gens à la cour. À côté, voyez les frères de Bourbon, de bien tristes sires, avec leurs habits noirs. Ils ressemblent à des corbeaux.

En effet, parmi les courtisans parés comme des perroquets du Nouveau Monde aux couleurs chamarrées, on ne voyait qu'eux. Antoine de Bourbon, roi consort de Navarre par son épouse, se risquait parfois à sourire, avant d'être rappelé à l'ordre d'un simple regard de sa femme. Il discutait à voix basse avec son cadet de dix ans, le prince de Condé. Tous deux arboraient la tenue noire des huguenots rehaussée d'un col fraisé blanc très court. Le visage maigre de la reine de Navarre, Jeanne d'Albret, se noyait dans les plis serrés de sa petite fraise écrue qui la soutenait droite et sévère aux côtés de son époux.

— Au moins, eux ne prétendent pas se réjouir de cette paix aux accents de défaite, fit remarquer Catherine de Médicis. Cette paix qui nous a coûté si cher, nous avons perdu argent et terres. Et pour finir, ma fille !

Elle se signa en répétant :

— Quand je songe au sacrifice de ma pauvre Élisabeth, ma petite colombe, qui va épouser ce vieux grigou d'Espagne !

— Madame, regardez qui voilà pour se joindre à eux ! Le tableau est complet. Dommage qu'on ne lâche pas les chiens.

L'amiral de Coligny, chef de file des huguenots, salua respectueusement les princes du sang, Antoine et Louis. C'est le moment que choisit Gabriel de Montgomery pour s'avancer, bravache, vers la troupe.

Louise se figea.

— Vous qui parliez de chiens, voici celui qui vous suit à la trace, releva la reine.

Le cœur de Louise battait le rappel dans sa poitrine. Gabriel leva la tête vers la tribune royale et la regarda droit dans les yeux. C'est elle qui se détourna.

— Quelle arrogance ! fit Catherine de Médicis, admirative. Votre beau capitaine ne peut s'empêcher de les provoquer.

— Ce n'est pas *mon* capitaine, madame, rectifia vivement Louise.

— Je sais ce que vous pensez, mais le roi mon époux lui doit la vie. Souvenez-vous, il l'a sauvé d'un attentat huguenot voici deux ans.

— Je me souviens, c'était au sortir de la messe à la Sainte-Chapelle.

— Mais vous étiez derrière, vous n'avez pas vu la bravoure dont le capitaine de Montgomery a fait preuve. Moi, oui. Un gueux s'était jeté sur Henri un couteau à la main en criant qu'il était le bras armé de Dieu. Montgomery eut le réflexe de dévier le geste du criminel. Il attrapa son poignet et, d'une torsion, lui fit lâcher l'arme, raconta la reine en imitant le mouvement.

— Je connais l'histoire, madame.

— Oserait-il leur rappeler l'épisode ? Approchez-vous et rendez-moi compte.

— Bien, madame.

À contrecœur, Louise se glissa vers l'attroupement. Maudissant la joie irrépressible qui grandissait à mesure qu'elle avançait, elle espéra, sans y croire, passer inaperçue aux yeux du comte. Or, dans son désir de faire honneur à la reine pour sa dernière apparition en public, elle avait revêtu sa plus belle robe, cousue de fils d'or, sertie de pierres précieuses et de perles. Elle était éblouissante et elle n'y pouvait rien.

## Isabeau

Isabeau remit en place l'épingle d'or dans ses cheveux sous le regard intense du duc d'Aumale. Elle s'en sentit à la fois gênée et embrasée.

Devant eux, des couples dansaient face à face. Isabeau admira les tenues des uns et des autres. Les tissus moirés chatoyaient à la lueur des lanternes, enveloppant d'un ruban vaporeux les convives. Les talons frappaient les planches de bois.

Une fois qu'elle eut rajusté sa coiffure, le duc d'Aumale l'attira vers lui et l'entraîna dans la danse. Elle craignait de lui marcher sur les pieds ou de ne pas être en rythme. Mais sa mère lui répétait qu'une dame n'avait pas besoin de savoir danser, qu'il lui suffisait de suivre son cavalier, comme dans la vie. Isabeau allait vérifier cette théorie dans l'instant. Il la fit tourner en l'attrapant par sa ceinture à pompons, l'envoya à l'autre bout de la salle tout en la retenant d'une main ferme. Il connaissait la musique, lui souriait, exécutant ses gestes avec assurance. Elle n'en menait pas large, craignant de chuter au milieu des torches mais, à chaque fois, il la ramenait *in extremis* vers lui. Il la fit tournoyer sur elle-même à n'en plus finir. Étourdie, elle le saisit aux épaules, des lucioles dansant devant les yeux. Elle rit. Délicatement, le duc avança une main vers son visage et remonta la mèche qui était de nouveau tombée. Le contact de ses doigts la fit frissonner comme si un éclair l'avait furtivement frappée.

— Suivez-moi, jeune fille, lui murmura-t-il à l'oreille.

*Jusqu'au bout du monde avec cette voix-là !* eut-elle envie de répondre.

Elle prit sa main et se laissa guider. Sa mère avait raison et une danse avait suffi à l'en convaincre.

S'éloignant du bal, il la conduisit vers un escalier qui descendait dans l'obscurité. Elle s'immobilisa.

— Où m'emmenez-vous ?

Il se retourna et se rapprocha d'elle.

— Avez-vous peur ?

— Non, bien sûr, répondit-elle, bravache.

Il enferma ses deux mains dans les siennes, chaudes, trop chaudes.

— Vous n'avez rien à craindre avec moi, dit-il d'une voix basse.

En effet, son allure de soldat et ses habits de prix le rendaient rassurant.

— Je vous suis, dit-elle.

Ils descendirent une volée de marches, longèrent un corridor sombre. À entendre les clameurs de la foule, Isabeau devina qu'ils se trouvaient sous les tribunes. Ils arrivèrent dans une pièce équipée d'un divan sommaire, d'un banc raide et d'un coffre à vêtements.

— Où sommes-nous ? demanda-t-elle.

— Dans les loges des artistes. Tous les jouteurs sont en lice, donc nous ne serons pas dérangés.

Il la fit asseoir et ôta l'épingle en or de son chignon

avant de lui caresser le cou et la nuque. À nouveau, elle sentit des frissons la parcourir. Il savait faire vibrer une femme. Une vague de sensations irrésistibles la submergea quand il l'embrassa derrière l'oreille. Pourtant, elle devait résister.

— Vous devez parler à ma mère, monsieur.

— Pourquoi cela ?

— Vous savez bien pourquoi.

— Dites-le-moi.

— Vous devez me faire la cour dans les règles.

— Je sais, mais vous êtes si belle que je ne peux retenir mes élans amoureux.

— Vous m'aimez donc ?

— Mais oui, ma chère ! s'enflamma-t-il en la serrant plus fort contre lui. J'aime votre peau, votre bouche, votre gorge, vos jambes…

— Ah non, pas mes jambes ! fit-elle en le repoussant.

Il la regarda, interloqué.

— Pourquoi non ?

Elle les trouvait trop musclées, mais jamais elle ne le lui avouerait.

— C'est que vous ne les avez pas encore vues.

Il tomba à ses pieds, glissant les mains sous sa robe.

— Il ne tient qu'à vous, madame, que je les voie.

— Si ma mère vous accorde ma main, je vous y autoriserai.

Il remonta sur ses chevilles, luttant contre ses doigts qui tenaient ses jupons serrés contre elle.

— Vous avez ma promesse, laissez-moi en prendre un avant-goût.

Isabeau se sentait emportée dans un vertige de sensations qu'elle n'avait jamais éprouvées. Son corps voulait être dans les bras du duc et son corps la commandait tout entière. Elle défaillait, prête à succomber au désir, quand la porte s'ouvrit avec fracas.

Le duc d'Aumale se remit sur pied d'un bond, l'épée à la main.

— Florimond ! Que diantre fais-tu ici ?

Le regard de Florimond passait, incrédule, du duc d'Aumale, débraillé, à Isabeau, qui tentait de renouer son chignon défait.

— Je vous demande pardon, monseigneur, mais votre cousin le duc de Guise vous demande.

Contrarié, le duc d'Aumale rengaina son arme.

— Florimond, je laisse mademoiselle à tes bons soins pour la raccompagner.

— Vous pouvez compter sur moi, monseigneur, assura Florimond avec un salut.

Le duc d'Aumale rajusta ses hauts-de-chausses avant de monter quatre à quatre les escaliers.

Une fois seuls, Florimond tendit la main à Isabeau encore rouge d'émotion.

— Merci, monsieur, dit-elle en se relevant.

— Vous me devez une fière chandelle.

— Que voulez-vous dire ?

— Le duc de Guise ne cherche nullement le duc d'Aumale.

— Vous avez menti ?

— Évidemment ! Il fallait bien que je vous sauve de ce mauvais pas.

Isabeau lui lâcha la main.

— Je n'avais pas besoin de vous.

— Ce n'est point ce que j'ai cru voir.

— Vous avez mal vu, monsieur. Et d'abord, que faisiez-vous ici en effet ?

— Je vous ai suivie.

— Comme un vulgaire faquin, vous devriez avoir honte !

— Est-ce que l'on accuse les papillons d'être attirés par la lumière, mademoiselle ?

Elle sourit.

— Vous exagérez, monsieur.

— Oui-da ! dit-il en riant. Mais ce sont avec ces belles paroles que le duc d'Aumale vous a entraînée jusqu'ici.

— Taisez-vous donc, vous êtes jaloux !

— Fort bien, je le concède. Suivez-moi, j'ai promis de vous ramener, dit-il en lui offrant son bras.

Sans le prendre, Isabeau souleva son encombrante robe et monta l'escalier.

# Gabriel

S'éloignant de la tribune royale, Gabriel avança d'un pas déterminé vers les balcons des nobles rangs. Du coin de l'œil, il aperçut Louise qui le suivait du regard. Instinctivement, il leva le menton et gonfla la poitrine. D'abord, il avait pensé saluer froidement les princes huguenots, mais devant elle, il se devait de lui montrer l'homme qu'il était. Comme il ne pouvait s'attaquer aux princes de Bourbon – intouchables –, il s'inclina brièvement devant eux, puisque leur rang l'exigeait, et se tourna ensuite vers l'amiral de Coligny, une proie à sa portée. Délibérément, il prit un air dédaigneux, toisant de haut l'homme en noir à la silhouette épaisse.

— Vous sentez cette odeur ? fit-il en reniflant.

— Non, quelle odeur ? répondit Coligny.

— Cela sent le fagot.

Coligny fronça les sourcils.

— Le bon fagot bien sec, poursuivit Montgomery, celui qui craque comme un os brisé quand on allume un bûcher d'hérétiques.

— Ne répondez pas à la provocation, recommanda le prince de Condé à l'amiral.

— Comment osez-vous vous montrer ici ? lança Montgomery à Coligny.

— Figurez-vous, monsieur, que l'on m'a invité.

— Si j'avais su qu'à ces noces l'on invitait des gens de votre espèce, je ne serais pas venu.

Gabriel avait lâché sa tirade par pure bravade. Capitaine des gardes du roi, il était tenu d'assurer la sécurité des noces, et donc d'en être. L'amiral de Coligny le savait et le fixait d'un air narquois.

— Pour ma part, je n'ai pas craint de vous croiser ici. Et si le roi nous a invités, c'est que nous disposons de son oreille attentive.

Du coin de l'œil, Gabriel surveillait discrètement Louise, présentée à l'ambassadeur ottoman auquel elle souriait. La jalousie le mordit au cœur.

— Un apostat, voilà ce que vous êtes, amiral, suppôt de votre religion prétendument réformée.

— Une fois que toute la chrétienté sera convertie, la divine vérité sera reconnue.

Le turban de l'ambassadeur de Constantinople masqua Louise à la vue de Gabriel. Il fut obligé de se concentrer à nouveau sur Coligny.

— Jamais vous ne parviendrez à nous convaincre de vos hérésies.

— Un jour, comme ce fut le cas pour moi, pour les princes de Bourbon et pour tant de nos frères, vos yeux se dessilleront tout seuls.

Jusqu'à quel point pourrait-il supporter ses provocations ?

Gabriel se rapprocha, menaçant :

— Croyez-vous seulement ce que vous dites ? Oubliez-vous qui je suis ?

L'amiral ne se démonta pas et baissa le ton, en confidence.

— Comte, nous aurions besoin d'hommes tels que vous dans nos rangs. Si vous n'accédez pas à la révélation, prêtez votre bras armé à notre juste cause. Tous les hommes ont un prix, monsieur.

Seul le souci de ne pas gâcher la noce retint le capitaine de le faire arrêter sur-le-champ.

— Tenter de me corrompre est aussi vain que de tenter de me convertir, répliqua-t-il, dents serrées.

— Nous verrons ce que vous en direz quand le roi nous aura rejoints.

Le comte ricana.

— Le roi ! Vous êtes fou ! Vos croyances ne sont que des balivernes, un sacrilège pour la véritable foi. Je veille sur le roi qui la représente sur cette Terre. Si je ne m'étais point trouvé à la Sainte-Chapelle pour le sauver…

— N'achevez pas et laissez-moi rêver au destin que la France aurait connu, l'interrompit Coligny.

— Par tous les saints !

— Les saints sont une pure invention !

— Hérétique ! lança Gabriel en poussant Coligny de l'épaule.

— Papiste ! répliqua l'amiral en bombant le torse.

Le comte referma le poing sur son arme, lorsqu'une main fraîche se posa sur son bras.

*Louise.*

Dans l'intensité de son regard se mêlaient inquiétude et colère. L'attirant à part, elle se hissa sur la pointe des pieds et il fut submergé par son parfum quand elle murmura :

— Gabriel, vous n'iriez point chercher querelle en pleine fête royale !

Soudain, à l'entendre le sermonner ainsi, il eut l'envie irrépressible de la jeter sur ses épaules, de l'emmener à l'écart et de la prendre sur-le-champ. Tout sembla disparaître autour d'eux. Il inspira profondément pour recouvrer ses esprits.

Louise recula, aussitôt happée par la conversation de l'ambassadeur de Constantinople.

Coligny ne les quittait pas du regard, prêt à en découdre.

— Je préférerais devenir mahométan plutôt que huguenot, lâcha Gabriel.

Il se détourna pour chercher Louise des yeux mais, derrière l'hôte au turban, seule la foule bruyante lui répondit de ses clameurs échauffées. Le tournoi battait son plein.

# Isabeau

La rue Saint-Antoine resplendissait des étendards aux couleurs des royaumes de France, or et azur, et d'Espagne, rouge et or. Des arcs de triomphe décoraient l'entrée du palais des Tournelles. Sous une chaleur écrasante, les trompettes sonnaient pour annoncer la charge des jouteurs.

Isabeau rejoignit Claudine sur l'estrade, suivie de près par Florimond.

— Où donc étiez-vous passée, ma chère ? demanda la baronne de Retz avec un regard entendu vers le jeune homme.

— Je visitais…, répondit Isabeau.

— Vous partez avec le duc d'Aumale et vous revenez avec Florimond. Dois-je en tirer quelque conclusion ?

— Aucune, je vous en prie.

Le duc d'Aumale apparut, visiblement furieux ; il saisit Florimond par l'épaule et l'entraîna à distance, l'invectivant avec véhémence.

— Je me demande ce qu'il lui reproche, dit Claudine.

— Moi aussi, prétendit Isabeau qui s'en doutait bien.

Les deux hommes regardèrent dans sa direction. Elle ouvrit son éventail et l'agita ingénument.

Florimond semblait attifé comme un canard de basse-cour à côté du duc d'Aumale, d'une élégance naturelle. Pourtant, tous deux portaient beau.

— Merveilleux ! lui souffla Claudine à l'oreille. Regardez comme ces deux mâles vous dévisagent. Vous n'avez que l'embarras du choix.

Isabeau sentit sa poitrine s'épanouir, ravie de plaire ainsi. Elle se rappela les mots doux du duc d'Aumale et l'éclat de jalousie de Florimond. Ils devaient être perspicaces pour avoir décelé en elle la belle âme qui était la sienne. Cela ne la gênerait point qu'ils en viennent aux mains pour elle.

— Celui-ci a ma préférence, dit-elle.

Claudine lui lança un regard de lionne.

— Le duc d'Aumale ? Malheureuse ! Où allez-vous mettre les pieds ?

— Et pourquoi pas ?

— Voulez-vous convoler en justes noces, oui ou non ?

— Oui, et avec le plus beau, le plus noble, le plus riche, le plus…

— Marié ! acheva Claudine. Vous allez vous retrouver sous le matelas de M. et Mme d'Aumale, et monsieur vous en sortira quand il aura à cœur de s'amuser un peu.

— Le duc d'Aumale est marié ?

— Oui, ma chère mais cela ne l'empêche pas de réchauffer d'autres lits, comme tout gentilhomme à la cour.

Isabeau se sentit bouillir de rage. Et dire qu'elle avait

failli succomber à ses belles promesses ! Elle eut envie de lui couper les parties avec une bonne grosse faucille de chez elle et de les suspendre au bout d'une pique. Quel odieux personnage ! Si elle était un homme, elle lui demanderait réparation en duel et le passerait au fil de son épée avec la même jouissance que si c'était lui qui l'avait passée au fil de la sienne. Heureusement que Florimond était intervenu.

*Eh bien, je m'en vais de ce pas montrer au duc d'Aumale ma façon de penser !*

Soulevant ses jupes trop longues, Isabeau s'avança d'un pas déterminé vers les deux hommes en pleine querelle. Le duc d'Aumale lui adressa son plus charmant sourire.

— Ah, ma chère, je grondais ce chenapan pour m'avoir éloigné de vous !

— Madame, je tiens à vous dire…

— Taisez-vous, Florimond ! ordonna Isabeau.

Sur ce, elle souffleta le duc d'Aumale avec son éventail d'un magnifique aller-retour, et prit Florimond par le bras pour l'emmener, portée par les applaudissements de l'assistance.

# Madeleine

Madeleine souleva les lourds plateaux chargés de coupes. Le cœur battant, elle se concentrait pour ne point renverser un verre ou, pire, heurter un convive.

On était venus de toutes les contrées pour les noces royales. Les dames arboraient des colliers de perles sous leurs fraises et des pendants d'oreilles brillant de pierres précieuses. Les gentilshommes affichaient des bonnets de satin emplumés et des épées au pommeau d'argent.

Elle n'aurait pas dû accepter une telle tâche. Si elle venait à être chassée, elle perdrait aussi la confiance de François Clouet. Le souvenir de leurs étreintes s'invita dans son esprit. Avec lui, exposer son corps était devenu une promesse de plaisirs insoupçonnés. Elle passa une main sur ses yeux pour chasser ces images. Elle imitait les gestes des servantes aguerries qui se faufilaient, invisibles, au milieu de la foule. Elles tendaient leurs plats dans une génuflexion avec un sourire charmant. Dès leurs plateaux vidés, elles se hâtaient de retourner en cuisine pour les recharger de verres de vin, de cuisses et d'ailes de gibier au fumet appétissant.

Madeleine était prise dans le vertige de la chaleur

accablante et des tambours qui ne cessaient de battre le rythme des fêtes et des joutes. Elle apercevait d'un œil furtif les voltes endiablées où les dames faisaient claquer leurs talons sur les planches de la scène installée pour l'occasion. Au loin, les joutes se succédaient dans de grandes salves de cris et d'applaudissements. L'odeur du crottin de cheval se mêlait à la saveur des rôtis que portait Madeleine. Ses bras commençaient à être douloureux, la sueur inondait son dos et son corsage, et des cheveux rebelles, échappés de sa coiffe, lui tombaient sur les paupières. Elle les repoussa sur son front.

S'assurant que personne ne s'intéressait à elle, elle posa son plateau sur un banc et s'y laissa choir. Elle ferma les yeux, le temps de reprendre son souffle. Sa poitrine se soulevait pour se remplir d'air, il faisait si chaud que c'était à peine si elle parvenait à respirer.

Elle sentit un regard dans son dos, comme une gêne entre ses omoplates. Elle se retourna. Un homme la fixait. Sa haute stature dominait la foule. Contrairement à tous les invités, il la remarquait. Mieux, il lui souriait. Un sourire comme aucun homme ne lui en avait adressé, comme si elle était vêtue d'un de ces beaux satins et non d'une simple cotte de servante. Son sourire détonnait avec son regard, d'un bleu très clair, dur, presque rugueux, qui la clouait sur place. L'homme était différent de tous ceux qu'elle avait jamais vus, auguste beauté dans un uniforme précieux, surplombant la cohue de sa prestance racée.

Troublée, elle se releva et ramassa son plateau. À grandes enjambées, il traversa la forêt de couvre-chefs et se planta juste devant elle, la dépassant d'une tête. Il sentait bon et elle eut honte de sa propre odeur de sueur. Elle fit un écart pour reprendre son chemin, mais la haute silhouette l'en empêcha. Il lui prit le menton et la força à lever le visage vers lui. Elle cligna des yeux, éblouie par le soleil de l'après-midi qui auréolait ses cheveux blonds comme l'or. De près, son étrange beauté l'impressionna davantage.

— Tu es bien mignonne, petite.

Il attrapa une de ses mèches et la fit tourner autour de son index, puis, prenant le plateau de ses mains, il le posa sur le muret. Il lui saisit le poignet et l'entraîna à sa suite.

Le contact de ses doigts donnait le frisson. Madeleine avait la sensation qu'un ange était venu la sauver et l'enlever à son destin de servante. Elle courait pour suivre son rythme, elle volait même, tout sourire.

Il l'attira sous un escalier de bois, la plaqua contre un pilier et pressa son sein dans sa main. Surprise, Madeleine l'écarta comme elle put.

— Attendez !

Il chuchota à son oreille :

— Je t'ai vue, tu es flattée que je m'intéresse à toi.

Elle ne pouvait le nier, mais ce n'était pas cette furtive étreinte qu'elle avait imaginée.

— Pas comme cela, monsieur, je vous en prie.

— Laisse-toi aller, je ferai vite.

Le souvenir des caresses langoureuses de François Clouet se heurtait à la brutalité de l'inconnu.

Soudain, il sortit sa dague de sa main libre et approcha la lame du cou de Madeleine. Elle s'immobilisa, yeux écarquillés, jambes tremblantes. Il savourait de voir la terreur dans son regard. Un sourire cruel illumina le visage de l'homme alors que le froid de la lame remontait le long de son oreille. Elle cligna des yeux par réflexe. D'un geste vif, il trancha le ruban du bonnet qui retenait sa chevelure. Il plongea la main dans son chignon et le dénoua en tirant sans ménagement sur sa nuque. La crinière d'ambre vénitien de la jeune fille s'épanouit en longues mèches éparses. Il s'empara de sa taille et la colla à lui.

Elle le repoussa et, dans le même élan, lui asséna une violente gifle.

Il recula, incrédule.

Madeleine mit la main devant sa bouche, mesurant la gravité de l'affront.

Le regard transparent de l'homme passa à l'orage. Il était aussi beau qu'un prince, et son expression était désormais celle d'un assassin.

Elle s'esquiva pour s'enfuir, mais il la retint de ses bras puissants.

— Eh bien, Montgomery, encore à trousser les domestiques ! s'esclaffa une femme en riant.

Madeleine se figea.

*Montgomery, cet homme est Montgomery !*

Le cavalier blanc qui avait arrêté Anne du Bourg en plein tribunal, c'était lui !

— Que nenni, madame la duchesse, je travaillais pour vous, dit-il.

Madeleine n'eut aucune peine à reconnaître Diane de Poitiers, entourée de sa cour. Si les tableaux de François Clouet étaient ressemblants, ils ne rendaient pourtant pas justice à sa beauté irréelle. Aérienne, elle semblait glisser au-dessus du sol et toisait le monde comme une déesse descendue de l'Olympe. Madeleine avait rêvé de la voir en chair et en os, mais pas dans de pareilles circonstances.

— Vraiment, comte ? demanda la duchesse.

— Vous cherchiez des cheveux pour votre coiffe, ai-je entendu.

— J'ignorais que vous en saviez autant sur les dames.

— Seulement celles de qualité, madame.

Diane lui adressa un sourire de connivence.

— Allez, montrez-moi donc votre trouvaille.

Il attrapa le bras de Madeleine dans l'étau de sa poigne et la poussa, tout échevelée, vers la dame.

Un murmure d'admiration souleva la petite cour.

— En effet, Montgomery, c'est pitié de laisser pareil trésor sur la tête d'une pauvre fille, approuva Diane de Poitiers.

Elle frappa dans ses mains.

— Qu'on aille quérir mon coiffeur !

— Sa tignasse mériterait plutôt un tondeur de chiens ! s'exclama Montgomery, déclenchant l'hilarité de l'assemblée.

Madeleine frémit en comprenant ce qui l'attendait. Elle tenta d'échapper au comte, mais ses doigts serrés sur sa nuque la maintenaient au plus près de lui.

— Voyez comme elle se débat, cette sauvageonne, se réjouit-il.

— Il faut l'attacher ! dit quelqu'un.

Madeleine lutta encore plus fort.

— Eh bien, allez chercher le nécessaire, s'agaça Diane de Poitiers.

— Laissez, madame, je vais me charger personnellement de ce petit animal.

D'un mouvement constant, il força Madeleine à s'agenouiller à ses pieds.

— Vous, comte, vous savez manier le ciseau ?

— Non, mais le rasoir, oui.

Diane rit et sa cour avec elle.

Une dame sortit de la troupe et fit une révérence devant la favorite.

— Madame, sauf le respect dû à monsieur le comte, souffrez que je m'acquitte de cette tâche.

— Allons, Louise, laissez-le s'amuser un peu.

La dame que la favorite avait nommée Louise échangea un regard avec Montgomery. Ils se connaissaient, c'était évident. La tension qui les liait électrisa l'atmosphère. La dame reprit :

— M. de Montgomery excelle sans doute au rasoir comme à l'épée, mais vous ne voudriez point qu'il vous rende un tas de poils impropres à l'usage que vous visez, madame. Je gage que s'il a déjà usé de la lame pour raser des personnes du sexe, c'est en un endroit que la pudeur m'interdit de citer devant vous.

La favorite éclata de rire. À l'unisson, sa cour fut secouée de ricanements.

— Je vous le concède, Louise.

Montgomery se pencha, raide, devant la dame.

— Je m'incline pour cette fois, madame. J'espère que vous ne me priverez pas de mon plaisir la prochaine fois.

— Soyez-en certain, monsieur, répondit Louise.

Elle se tourna vers Madeleine :

— Allez, avance, petite ! ordonna-t-elle sèchement.

— Ah non, Louise ! interrompit la favorite. Nous voulons assister au spectacle, n'est-ce pas, mes amis ?

Tous approuvèrent avec gourmandise. Sur le point de défaillir malgré la chaleur, Madeleine se sentait glacée.

— Mais bien sûr, madame, abonda Louise.

*

Assise sur le banc, tête baissée, Madeleine entendait la lame trancher ses mèches les unes après les autres. Du coin de l'œil, elle voyait sa chevelure précautionneusement déposée sur les bras tendus de Montgomery. Il la tenait avec le même soin que s'il se fût agi d'un corps de femme. Elle sentait son regard la brûler de sa transparence. Obstinément, elle gardait le menton sur sa poitrine. Peu à peu, le poids de ses cheveux s'évaporait de ses épaules, de sa tête, de sa nuque. Elle se sentait bien plus dépouillée que lorsqu'elle avait mendié auprès du prêteur sur gages, bien plus dénudée que lorsque François Clouet l'avait déshabillée.

— Je gage qu'avec la longueur qu'elle avait, on ne les avait jamais coupés, observa la dame qui raccourcissait sa chevelure.

— Comme c'est charmant, elle avait encore ses cheveux de nourrisson ! se moqua Diane.

— Mais point l'allure d'une enfant, ajouta Montgomery.

Elle voulait disparaître, ne jamais avoir existé, ne plus entendre les rires autour d'elle qui la lapidaient.

Pourtant, il fallait vivre encore. Pour Pierre, pour sa mère. Des larmes menaçaient de monter à ses yeux ; elles lui faisaient mal, mais elle résistait. Elle chassait leur image de ses pensées. Il fallait tenir et elle tenait bon. Elle ne pleura pas. La douleur des sanglots retenus s'estompa, laissant juste un trou profond se creuser dans son ventre. Un trou sans fond où s'enfouissaient son désespoir et sa haine.

— Enfin ! soupira Diane de Poitiers. Montgomery, donnez votre trophée à mon coiffeur. Il m'en fera de belles tresses pour le bal de ce soir.

Le comte s'exécuta et secoua son habit pour le débarrasser des derniers cheveux restés accrochés.

— Votre beauté, madame, n'a guère besoin de ces artifices.

— C'est pourtant vous qui m'avez soufflé cette idée, monsieur.

Montgomery, piégé par sa flagornerie, ne sut que répondre.

Un écuyer arriva, essoufflé, rompant le silence embarrassant.

— Monsieur le comte, le roi vous demande pour une dernière joute.

— Mais je croyais que le tournoi était achevé, protesta Diane.

L'écuyer posa un genou à terre.

— Sans doute, madame la duchesse, mais le roi insiste pour une ultime passe.

La favorite ne dissimula point son exaspération.

— Hâtez-vous, comte. Et ne me l'épuisez pas trop.

Montgomery lui adressa un sourire entendu.

— Madame, soyez rassurée, le roi gagnera dès la première joute.

— Parfait. Ainsi, vous aussi pourrez retourner à vos enfantillages avec Mlle de La Béraudière.

La joyeuse troupe s'éparpilla à la suite de Montgomery

et l'écho de leurs sarcasmes disparut dans le bruit de la fête.

Madeleine prit une grande inspiration. Ses mains hésitantes voulurent toucher sa tête, mais elle s'en empêcha. Assurément, François Clouet ne voudrait plus d'elle pour modèle ni pour maîtresse. Elle allait perdre le seul homme qui fût bon avec elle.

Les larmes coulèrent sur ses joues sans prévenir. Elle les essuya d'un geste, puis releva son tablier et se moucha dedans bruyamment.

— Comment te sens-tu ? demanda une voix amusée.

Elle leva les yeux, gênée.

Louise de La Béraudière se tenait debout devant elle. Ses yeux reflétaient de la pitié.

Madeleine voulut se lever, mais la dame la retint par les mains en s'asseyant à ses côtés.

— Reste là et écoute-moi.

La jeune fille se laissa retomber sur le banc et se mit à pleurer à chaudes larmes.

— Je veux mourir.

— Tu ne vas pas mourir pour des cheveux coupés.

*Elle ignore tout de moi et de ma vie.*

— Tu sais qu'ils vont repousser, n'est-ce pas ?

Les larmes de Madeleine ne s'arrêtaient pas.

— Tu n'as pas répondu. Sais-tu que les cheveux repoussent ou l'ignores-tu ?

Madeleine opina.

— Je le sais, madame.

La dame la lâcha.

— Bien, tu n'es donc pas sotte.

Madeleine se pinça les lèvres. Évidemment qu'elle n'était pas sotte !

— Comment te nomme-t-on ?

— Madeleine, madame.

— Madeleine, je t'ai vue gifler Montgomery.

La jeune fille osa regarder la dame dans les yeux. Elle y lut une lueur de triomphe aussi intense que si c'était elle qui avait frappé le comte.

Naïvement, Madeleine avait cru que la dame avait insisté pour manier les ciseaux par bonté d'âme, mais ce regard lui apporta un démenti. Elle l'avait fait uniquement pour défier Montgomery.

— Eh bien, Madeleine, je te prends à mon service. Tu me retrouveras à l'hôtel des Tournelles après le tournoi. Demande les appartements de Louise de La Béraudière. Je suis dame d'honneur de la reine de France.

Madeleine resta ébahie. La dame fronça les sourcils.

— Remets ton bonnet, tu ressembles à un page ainsi. À ce soir, Madeleine !

Sans attendre la réponse de la jeune fille, Louise de La Béraudière se dirigea vers la tribune d'honneur.

Madeleine se prit à sourire. Sa famille était sauvée. Enfin une place dont elle n'aurait pas à rougir. Elle enverrait un courrier à M. Clouet pour le remercier.

Encore éberluée, elle osa passer la main sur son crâne. Le contact de ses cheveux courts lui donna un frisson, il lui tardait déjà qu'ils repoussent. Elle devrait trouver un ruban de coton pour nouer son bonnet de servante désormais trop grand. Au souvenir de Montgomery, une onde de colère se souleva en elle. Elle se rendit compte alors qu'entrer au service de Louise de La Béraudière risquait de la mettre de nouveau en sa présence.

*S'il pouvait mourir !*

Soudain, la foule poussa une terrible clameur d'effroi.

# Louise

— Mon Dieu, que s'est-il passé ? s'exclama Louise.

Elle embrassa la scène d'un regard. Des spectateurs se hissaient sur la pointe des pieds, d'autres descendaient des estrades pour se rapprocher. Tout le monde s'était levé, à l'exception de quelques dames évanouies et des nourrices qui enfouissaient la tête des enfants dans leur giron.

Juste au milieu de la lice, Louise vit de dos un chevalier basculer en arrière sur sa selle, les pieds hors des étriers, les mains lâchant les rênes par réflexe.

Son panache noir et blanc trembla sur sa tête. Un seul homme portait ces couleurs.

— Le roi ! s'exclama Louise.

Le souverain parut se redresser, sembla retrouver son équilibre, mais oscilla comme un arbre sous la cognée et glissa lentement du cheval. Un hoquet de stupeur souleva la foule.

On se précipita pour le retenir dans sa chute, mais trop tard. Il tomba lourdement dans un bruit de métal, aussitôt avalé par l'attroupement qui se formait autour de lui.

Pendant un instant, Louise ne vit que les livrées des écuyers qui couraient en tous sens.

Elle plissa les yeux, éblouie par le scintillement du soleil sur les armures.

Soudain, le corps du roi fut soulevé au-dessus du tumulte, hissé à bout de bras, surnageant comme un radeau ivre sur la houle. Son bras s'agita vers son casque. Il était donc vivant, mais comment était-ce possible ? Sortant de son heaume en sang, une lance brisée était plantée dans son œil comme un mât vers le ciel.

Elle croisa le regard paniqué de Montgomery qui se précipitait pour rejoindre la troupe d'hommes du duc de Guise portant le corps du roi de France. Le duc le dévisagea comme s'il était une bête à abattre. Montgomery eut un instant d'hésitation avant de se reprendre pour soutenir le blessé.

Les cuivres s'étaient tus. Seuls retentissaient des exclamations affolées et des appels à Dieu.

Tournant la tête vers la tribune royale, Louise chercha des yeux la souveraine. Catherine de Médicis se dressait droite comme une tour, les yeux écarquillés d'horreur, les deux mains autour de sa gorge comme pour chercher l'air qu'elle n'y trouvait pas. Ses lèvres avaient viré au bleu, son visage était plus blanc que la dentelle de sa fraise.

Une odeur de fer envahit l'atmosphère.

À contre-courant de la foule, Louise s'anima pour grimper les estrades les unes après les autres, soulevant ses jupes jusqu'aux mollets. Arrivée en haut, elle attrapa les poignets de la reine.

— Madame.

Le regard figé de la souveraine se ralluma au son de cette voix familière. Catherine de Médicis s'affaissa d'un coup. Claudine de Retz la soutint d'un côté, Louise de l'autre. Ensemble, elles l'aidèrent à descendre.

— Écartez-vous, place !

Elles se frayèrent tant bien que mal un passage jusqu'en bas.

— Nostradamus avait raison, Louise ! fit la reine, blême, en lui empoignant le bras.

— Le roi n'est pas mort, madame.

— *O Dio mio*, protégez-le !

Alors qu'on emmenait le roi vers le palais des Tournelles, l'écho de ses hurlements de douleur sous le casque formait une plainte inhumaine.

*

Les barbiers, chirurgiens de leur état, observaient la tête du roi gémissant sans oser s'approcher. Louise, un mouchoir sur la bouche, luttait contre la nausée qui ne la quittait pas.

On avait conduit le blessé dans la chambre la plus proche et on l'avait débarrassé de son armure. Il ne lui restait que son heaume transpercé du morceau de lance restant au niveau de l'œil. La visière défaite révélait son visage blême comme la craie. Il se tordait de douleur sans discontinuer.

Assise sur le damas de satin, la reine serrait la main de son époux à s'en blanchir les doigts. Elle adressa un signe de tête à sa dame d'honneur. Louise chassa les curieux et garda seulement Claudine avec elle. Des murmures et des éclats de voix montaient de l'antichambre. Elle ordonna au garde de refermer la porte.

Le médecin du roi procéda aux premiers soins : blanc d'œuf et eau de rose. Mais quand vint le vinaigre sur l'œil, Henri II se cabra dans un cri.

— Sire, c'est pour votre bien. Il faut que nous puissions enlever les débris.

Incapable de parler, le monarque hocha faiblement la tête. Le médecin fit un signe aux barbiers. Aussi délicatement que possible, ils tentèrent d'ôter la pointe de la lance plantée au-dessous du sourcil, arrachant un hurlement de douleur au souverain.

— Cessez ! ordonna la reine.

Ils se tournèrent vers la souveraine, le geste suspendu.

Un homme chenu tout vêtu de noir s'approcha.

— J'ai accouru dès que j'ai su, dit Ambroise Paré. Permettez que j'examine le blessé de plus près.

Louise ne put réprimer un mouvement de recul. Jamais elle ne confierait sa vie à un hérétique. Certes, la réputation d'Ambroise Paré le précédait. Il avait perfectionné son art de la chirurgie sur les champs de bataille et savait arrêter les écoulements de sang qui auparavant étaient toujours fatals. Nombre de soldats blessés lui devaient la vie. Ainsi, bien que huguenot, il avait gagné la protection du roi. Et de la reine.

— Faites, monsieur, concéda la souveraine en s'éloignant du lit.

Alors que Louise se détournait, un mouchoir sur le nez, Claudine se rapprocha pour observer l'auscultation.

— Le tableau est effrayant ! chuchota-t-elle.

Malgré elle, Louise regarda. La moitié de la figure royale avait gonflé et viré au rouge sombre. Le pire était la grimace de douleur qui défigurait le noble visage d'Henri II. Ambroise Paré palpa délicatement les chairs meurtries et alentour. Il ne paraissait nullement impressionné par l'expression de souffrance du blessé.

*À la guerre, il a dû voir bien pire.*

Quand il eut fini, le chirurgien se tourna vers la reine :

— Sauf votre respect, madame, il faut procéder. Nous ne verrons la blessure dans son entièreté qu'une fois l'orbite libérée. Si la cervelle est atteinte, il faudra trépaner.

— Trépaner ? s'exclama Catherine. Êtes-vous devenu fou, monsieur ?

— Non, madame. C'était une opération connue des Grecs de l'Antiquité. Hippocrate lui-même la réalisait, ce qui laisse quelque espoir.

— Mais pour quels risques, monsieur le chirurgien ? demanda avec mépris le médecin du roi.

— Certes, les risques demeurent, mais si nous restons sans rien tenter…

Il suspendit sa phrase. Catherine prit une profonde inspiration :

— Êtes-vous familier de cette pratique, monsieur Paré ?

— L'opération est rare, grâce au Ciel !

Il se mordit les lèvres aussitôt, conscient de sa bévue.

— Et vous n'êtes point grec, que je sache.

Le chirurgien secoua la tête, déçu d'en convenir.

— Alors, il faut vous entraîner, monsieur, dit la reine.

— Comment, madame ?

— Prenez autant de condamnés à mort que nécessaire et commencez sans tarder.

— Vous m'autorisez expériences et autopsies ?

— Vous avez ma totale permission pour tout, pour peu que vous sauviez mon époux. Quelqu'un de ma maison vous accompagnera.

— Oh, j'ai mon assistant, se récria Ambroise Paré.

— Eh bien, nous serons en observation, décréta la reine.

Louise se sentit rassurée : la souveraine n'entendait pas lâcher totalement la bride à ce petit homme en noir. Ambroise Paré se tourna vers le médecin du roi.

— Souhaitez-vous assister à la procédure ?

— Certainement pas ! souffla ce dernier avec une moue de dégoût. Vos pratiques contreviennent à l'ordre divin, monsieur.

Catherine de Médicis soupira, en colère.

— Allons, je ne peux tout de même pas y aller moi-même !

— Madame, ma présence est auprès du roi, se défendit le Premier médecin.

Louise se pencha vers la souveraine.

— Pourquoi pas Claudine, madame ?

Catherine posa son regard sur la jeune femme, absorbée par sa contemplation des blessures du roi.

— Elle est encore une enfant, allons ! Et vous, ma chère Louise ? *O Dio*, vous êtes sur le point de défaillir. Restez ici, vous ne me serez d'aucune utilité si vous vous trouvez mal. Ah, maudit Nostradamus qui a décliné mon invitation aux noces !

— Il est vieux et malade, madame.

— La belle affaire ! Il fut un temps où l'on mourait pour sa reine.

— Cependant, il a fait savoir qu'il arrivait ventre à terre, madame.

— Henri sera-t-il encore de ce monde ? dit la souveraine d'une voix faible. Ambroise Paré est son ultime chance.

— Alors, il faut envoyer Claudine, insista Louise.

La souveraine se tourna vers la jeune baronne de Retz.

— Soit, dit-elle. Claudine !

La baronne de Retz sursauta, puis s'inclina devant la reine.

— Relevez-vous, mon enfant. Je vous fais l'honneur de prendre part au sauvetage du roi mon époux. Vous me rendrez compte avec vos propres mots, car je crains que M. Paré n'use de son jargon que seuls ses pairs sont capables d'entendre.

Louise se pencha vers l'oreille de Claudine :

— Surtout, il est hérétique. Veillons à ce qu'il s'attache à sauver le roi et non à l'achever.

Ambroise Paré salua la reine et se retira accompagné de Claudine.

— Madame, il n'y a plus qu'à prier, soupira Louise.

— Louise, que va devenir le royaume pendant la convalescence du roi ? Mon pauvre François n'est pas prêt, il est si jeune. On va le solliciter de toutes parts, l'interroger.

— Il viendra demander conseil à Votre Majesté, la rassura sa dame d'honneur.

— Oui mais je ne peux quitter Henri, dit la reine en se signant. Qu'on aille quérir mon fils le dauphin ainsi que le duc de Guise.

— Le duc de Guise ? s'enquit Louise.

— Oui, à présent, il est l'heure que la justice passe. Il y va de l'autorité royale.

*Le duc est dans l'antichambre, il va arrêter Gabriel !*

— Bien, madame, approuva Louise.

Sans attendre l'autorisation de la souveraine, elle se précipita hors de la chambre.

## Claudine

Un cri.

Celui du condamné que l'on faisait entrer dans le soubassement aveugle des prisons de la Bastille, en dessous du niveau de la Seine. Le bruit des chaînes qui l'entravaient résonnait dans la salle étroite, mal éclairée, aussi voûtée que le prisonnier. Ce dernier trébucha, les gardes le relevèrent brutalement. Son aspect et sa puanteur étaient répugnants. Claudine se sentit défaillir de dégoût. Elle chercha où s'asseoir, tâtonnant des mains le long des murs glacés qui la repoussèrent vers la cheminée monumentale. Ambroise Paré lui glissa une sellette où elle se laissa choir, une main sur la bouche, le festin du tournoi au bord des lèvres. Quand on traîna le prisonnier jusqu'au centre de la pièce, elle se concentra sur le raclement des chaînes au sol pour oublier l'odeur. La crasse noircissait les plis du cou du condamné et ombrait ses paupières en un maquillage fantomatique. Ses côtes saillaient sous l'étoffe grossière. Claudine se demanda quel crime l'avait conduit dans les geôles du roi. Les gardes le lâchèrent. Il tomba à genoux, haletant.

— À boire, supplia-t-il d'une voix rauque.

Claudine sentit son cœur se serrer et se tourna vers le chirurgien.

— Donnez-lui de l'eau.

Ambroise Paré taillait avec application la pointe en bois d'une lance pour reproduire celle qui s'était enfoncée dans l'orbite du roi.

— Surtout pas, madame. Le sujet doit être dans la même condition que notre royal blessé. C'est essentiel pour l'expérience.

Le condamné leva les yeux. Claudine fut saisie par son regard. Ses iris bruns brillaient de l'éclat de vie dont son corps, chiffe molle, était privé. Dommage que, dans un instant, il faille en crever un. Lequel ? Ils étaient légèrement différents. Le droit puisqu'il fallait que ce fût le même que celui du souverain. Elle regretta de ne pouvoir en garder un comme une jolie pierre qu'elle collectionnerait. Elle s'imaginait commencer un assortiment des plus beaux yeux d'hommes qu'elle avait croisés. Il lui faudrait interroger le chirurgien sur l'hypothèse d'un semblable projet. Elle rêva d'un collier aux mille nuances, du bleu saphir au vert émeraude.

— Attachez-le solidement, ordonna le chirurgien.

Claudine remarqua que le détenu n'avait cessé de la fixer désespérément. Elle soupira, impatiente que l'expérience débutât.

Les gardes soulevèrent le corps en haillons et le ligotèrent à une selle de cheval posée sur une poutre. Quand ils lui enfilèrent le heaume sur la tête, le condamné se mit à crier et à gesticuler comme un possédé.

— Quel chahut ! Bâillonnez-le, messieurs. Inutile d'infliger pareille nuisance à une dame.

Les gardes retirèrent le casque de métal. Les yeux du condamné étaient exorbités de terreur. Des traînées de sueur noire et de larmes marbraient son visage. On lui enfonça un gros linge sale dans la bouche, puis sa tête disparut dans la gangue d'acier. Des gémissements étouffés soulevaient sa poitrine agitée.

Ambroise Paré soupesa la lance. Claudine le toisa, sceptique.

— Avez-vous déjà jouté, monsieur ?

— Non point, madame, répondit le chirurgien en riant.

— En ce cas, mieux vaudrait confier cette tâche à un soldat à tout le moins.

— Vous avez raison, madame. Quel sot je suis ! Messieurs, lequel de vous aura l'honneur de procéder ? demanda Ambroise Paré aux gardes.

Claudine surveillait les opérations, décidée à œuvrer elle-même si elle les jugeait incapables. Après tout, la reine comptait sur elle.

# Louise

Louise traversa à la hâte l'antichambre du palais des Tournelles, bruissante de courtisans, se contentant d'adresser des signes de tête en réponse aux déferlantes de questions. Enfin, elle se retrouva dans la rue.

Le crépuscule diluait à l'horizon ses traînées or et rouge sang au-dessus de la Bastille. Rabattant sa capuche sur la tête, Louise traversa la rue Saint-Antoine grouillante de monde. On avait démonté la lice. De l'autre côté, les écuyers brossaient les montures, pansaient leurs plaies et les arrosaient d'eau pour les rafraîchir. Malgré l'heure avancée, la chaleur avait à peine faibli.

Louise se glissa sous les tréteaux des spectateurs et gagna les loges en bois montées pour les combattants. Ses souliers de satin s'enfoncèrent dans la terre battue. Les lieux étaient déserts. Elle descendit les marches et trouva la dernière loge, sous l'un des arcs de triomphe décorés de couronnes de laurier.

*Quel triomphe, vraiment, cette journée !*

Assis sur un banc, Montgomery avait ôté sa cotte de mailles et achevait de revêtir son pourpoint, la mine préoccupée. Son page l'aidait à enfiler ses cuissardes.

Il leva la tête et la vit. Un sourire éclaira son visage. D'un geste, il chassa le page qui s'inclina et sortit.

Le comte termina de mettre sa botte et s'avança vers elle, les bras tendus.

— Louise !

Il lui prit les mains et les baisa avec ardeur. Elle en ressentit un frisson qu'elle chassa aussitôt et les retira.

— Quelles sont les nouvelles, madame ?

— Le roi est au plus mal.

Montgomery se raidit, un nuage embruma le bleu de ses yeux.

— Est-il… ?

— Pas encore, mais il est condamné.

— Est-ce le verdict des médecins ?

— Non, ils prétendent qu'ils vont le sauver.

— Alors, comment pouvez-vous être si sûre de vous ?

— Ils ne le font que pour rassurer la reine. Quel homme survivrait à pareille blessure ?

Louise ferma brièvement les paupières, chassant l'image affreuse de la lance plantée dans l'œil du roi.

Montgomery se rapprocha, caressant la joue de Louise. Elle recula.

— L'heure est grave, monsieur. La reine va ordonner votre arrestation d'un instant à l'autre.

Le comte eut un ricanement.

— M'arrêter, moi ? C'est moi qui mets les autres aux arrêts, je suis le capitaine de la garde royale ! Qui oserait se dresser devant moi ?

— Le duc de Guise. La reine vient de le mander.

Un éclair d'incompréhension lui donna un air d'enfant effrayé.

— Mais pourquoi diantre ?

— Vous avez tué le roi, Gabriel !

— Morbleu, non, Louise ! Ce fut un combat à la loyale. Si le roi n'avait point insisté, s'il n'avait point repris la joute une fois ma lance brisée, si son heaume…

Elle l'interrompit en posant une main sur sa bouche.

— Taisez-vous, monsieur. Qu'importe ce que vous croyez, réservez-le pour votre défense, vous en aurez besoin. Vous êtes un régicide à présent et vous n'ignorez pas le sort qui leur est réservé.

Elle se tut. Sa voix se brisa à imaginer ce corps puissant et invincible, torturé puis écartelé en place publique.

Le comte avança sa silhouette imposante, ses lèvres sensuelles se serrèrent.

— Et vous êtes venue me prévenir, Louise. Vous tenez donc bien à moi ? demanda-t-il, ému.

— Je tiens à vous comme à un frère, vous le savez bien.

Il s'approcha encore.

— Et si moi, je tenais à vous plus qu'à une sœur, Louise…, dit-il d'une voix grave.

Elle secoua la tête.

— Monsieur, l'heure n'est pas à la galanterie.

— Je dois partir, Louise, laissez-moi emporter un souvenir de vous, souffla-t-il en se penchant vers elle.

Elle recula jusqu'au mur. Il posa les mains de chaque côté d'elle.

— Qui sait quand je vous reverrai…

— Laissez-moi, je dois retourner auprès de la reine, elle a besoin de moi.

— La reine attendra.

Ce n'était pas une proposition. Il la fixait d'un regard qui la transperça et qu'elle ne lui avait jamais connu. Il semblait possédé. C'était un regard de bête, le regard noir d'un loup prêt à bondir sur sa proie.

Elle devait partir, sur-le-champ.

# Gabriel

Il se jeta sur elle au moment précis où elle tenta de s'échapper. Il lui attrapa les poignets et lui tordit les bras dans le dos. Ses seins se soulevaient à un rythme plus rapide. C'était l'effet qu'il produisait sur les femmes, de toutes conditions, et celle qu'il tenait dans ses bras, avec son regard de biche traquée, ne faisait pas exception. Elle lui semblait si vulnérable que son appétit de chasseur s'en trouva aiguisé. Si elle était venue le prévenir, c'était pour lui donner l'opportunité de s'enfuir, peut-être avec elle. Sa raison savait que c'était impossible, mais il ne partirait pas ainsi, pas avant de l'avoir possédée. L'occasion ne se représenterait pas. D'abord elle lutterait, ensuite elle apprécierait son étreinte. Il savait qu'elle était troublée, il ne pouvait se tromper sur ce point.

Il plongea la main derrière sa nuque et se baissa pour l'embrasser. Elle lui tira les cheveux pour le faire lâcher prise. Inutile. Son désir l'emportait comme une tempête que rien ne pouvait arrêter. Il la poussa vers le banc et se coucha sur elle. Elle protestait, pour le jeu de la galanterie évidemment. Il la bâillonnait de sa bouche, emprisonna ses poignets d'une main et les maintint au-dessus de sa tête. D'une main habile qui avait déshabillé ses nombreuses conquêtes, il souleva ses jupes jusqu'à sentir sa peau nue, si douce que son désir s'enflamma davantage. Elle se débattit avec une telle vigueur que le banc se renversa.

Ils basculèrent tous deux à terre. Il tomba sur elle, lui coupant le souffle. Elle cherchait de l'air. Il lui libéra la bouche.

— Gabriel, laissez-moi.

Sa voix était un mélange de supplication et de gémissement. L'entendre l'appeler par son nom embrasa le volcan qui couvait en lui. Il défit ses chausses d'une main rapide et s'enfonça brutalement en elle. Elle poussa un cri. Il plaqua sa bouche sur la sienne pour la faire taire. Elle tenta de le mordre, mais peu lui importait, toute la tension de cette journée de joutes se libérait dans ce coït bestial. Et au-delà, son désir frustré accumulé depuis toutes ces années trouvait enfin son aboutissement. Louise était à lui. Il la possédait et désormais elle ne pourrait plus jamais le dédaigner.

Les yeux clos, il explosa de plaisir. Puis, dans un profond soupir, il se laissa aller, regrettant de n'avoir point pris davantage son temps. Il eut aussitôt envie d'y revenir.

Des mains le repoussèrent brutalement. Louise rabattit ses jupons. Il se releva et, baissant la tête, resta muet de stupeur. Une tache écarlate souillait ses hauts-de-chausses.

— Vous saignez, Louise, vous ai-je blessée ?

Il chercha le regard de Louise.

— Madame, seriez-vous… étiez-vous pucelle ? s'exclama-t-il, incrédule.

Face à lui, ce n'étaient plus les yeux doux et espiègles dont il avait l'habitude. Ils étaient chargés d'une haine et d'une rage qui le figèrent d'effroi.

Que le roi vive ou meure, il avait désormais devant lui sa plus mortelle ennemie.

## Louise

La gifle partit d'un coup. Montgomery, stupéfait, chancela.

*Comment diantre peut-il être surpris ?*

Il l'avait utilisée, il s'était servi d'elle comme d'une fille des bas-fonds, pire, comme si elle n'existait pas. Il se redressa, ses yeux bleus transparents ne la quittaient pas. Il lui prit la main pour l'aider à se relever.

— Ne me touchez pas !

Elle avait hurlé à s'en arracher la gorge. C'était une voix qui venait du tréfonds de son corps. Une voix qu'elle ne se connaissait pas. Elle chercha une arme, une lame, une fourche, n'importe quoi pourvu qu'elle pût le tuer. Cette seule pensée l'obsédait. Elle se sentait prête à l'étrangler à mains nues. En se redressant, elle vit son épée et se jeta dessus, mais il devina son geste et recula à temps.

— Prenez garde, Louise, vous pourriez vous blesser.

Il la regardait comme s'il la voyait pour la première fois. Il était redevenu le Gabriel qu'elle connaissait, arrogant et cynique.

— Si j'avais su que vous vous réserviez pour moi,

madame, j'en aurais joui davantage, dit-il avec un sourire de connaisseur.

Louise sentit un goût de bile dans sa bouche. Son propre corps s'imposa à elle comme un étranger. La douleur réveillait ses sens qui s'étaient éteints pendant qu'il…

Soudain, elle s'effondra sur le banc renversé, frappée par son impuissance. Il se précipita pour la retenir, mais elle le repoussa.

Chaque partie de son être se rappelait à elle et la brûlait avec la morsure d'un fer rouge. Son ventre, sa poitrine, ses poignets, sa bouche, ses jambes. Elle souffrait comme après une chute de cheval. Mais là, il n'y avait pas de cheval qu'elle pût remonter pour oublier ses maux. Elle voulait juste rentrer chez elle, se plonger dans un bain brûlant et effacer ce qui venait d'arriver. Elle se releva, mais tenait à peine debout.

— Allons, madame, un peu de tenue, je vous prie, dit-il, agacé. Je vais devoir vous raccompagner.

Elle secoua la tête, elle ne voulait plus rien de lui, mais elle était sans force. Son esprit engourdi effaça sa volonté et sa conscience. Elle le laissa l'envelopper de sa cape et la conduire jusqu'à l'hôtel des Tournelles. Guidée par celui qu'elle haïssait plus que tout au monde, elle fit le trajet en aveugle. Pour l'heure, il était le seul à pouvoir la soutenir.

Dans le vestibule, nul ne prêta attention à eux, dans l'attente des nouvelles du roi. Des gens passaient, entraient et sortaient de l'antichambre menant à la chambre du souverain.

Soudain, Diane de Poitiers parut.

— Louise ! interpella-t-elle. Venez avec moi pour rendre visite au roi.

La jeune femme, incapable de parler, le regard vide, semblait ne pas comprendre ce que la favorite attendait d'elle.

— Allez, madame, elle vous suit, dit Gabriel d'une voix autoritaire.

Sans attendre, il conduisit Louise vers les escaliers. Ils montèrent jusqu'au deuxième étage. Arrivée devant ses appartements, Louise se dégagea de la main de Montgomery. Il ouvrit la porte. La servante se précipita, devinant à l'allure de sa maîtresse qu'il s'était passé quelque chose de grave.

— Occupez-vous d'elle, dit Montgomery sèchement.

Quand la servante se retourna pour fermer la porte, il avait déjà disparu.

# Gabriel

Montgomery, le visage baissé, descendit les étages de l'hôtel des Tournelles. Précaution inutile, qui ne connaissait pas le capitaine des gardes du roi ? Fort heureusement, nul ne songeait à lui alors qu'il se faufilait à rebours des curieux cherchant à pénétrer dans le palais. De sa haute stature, il dominait la foule, à l'instar d'un autre homme, de dos, à quelques pas de lui. Ce dernier se retourna brusquement et fixa Montgomery d'un regard sinistre : c'était le duc de Guise accompagné de son frère le cardinal. Le duc portait sur son visage sombre la promesse d'une menace. Montgomery détourna les yeux et força le passage pour s'éloigner.

La nuit était tombée. La rue Saint-Antoine restait éclairée çà et là par des flambeaux mourants. Ses pensées s'emmêlaient dans un écheveau inextricable. Il avait encore le goût de Louise dans la bouche, il sentait la rondeur de ses seins dans ses mains et son désir se réveillait au seul souvenir de la délicatesse de sa peau. Si elle était venue le prévenir du péril imminent, c'était bien qu'elle éprouvait quelque sentiment pour lui. Il songea à y retourner, pour la prendre longuement toute la nuit, ainsi qu'il le rêvait, dans le confort d'un lit douillet. Mais la présence du duc de Guise l'en dissuada. Il reviendrait et se défendrait quand les esprits seraient calmés. D'ailleurs, le roi survivrait peut-être et il l'exhorterait à prendre exemple sur son glorieux père François Ier, blessé au menton par le père de Gabriel. Le roi avait non seulement pardonné au comte de Montgomery père, mais il avait suivi son idée ingénieuse de se laisser pousser la barbe pour masquer la cicatrice, lançant une mode qui perdurait encore.

Il caressa les poils de la sienne qu'il entretenait avec soin pour ne pas irriter la peau des personnes du sexe. Avec Louise, il s'en voulait de s'être comporté comme le dernier des soudards se payant sur la bête. Le comte enrageait. Loin d'avoir soulagé sa frustration, la posséder n'avait qu'attisé sa flamme. En d'autres circonstances, il aurait savouré chaque instant de leur étreinte et l'aurait fait durer jusqu'à plus soif. Pourquoi lui avait-elle caché qu'elle se préservait pour lui ? Ah, s'il l'avait su, il s'en serait délecté encore plus ardemment ! Tout son corps se sentit gonflé d'un sentiment de puissance à nul autre pareil. Oui, il reviendrait, pas seulement pour se défendre des terribles accusations lancées contre lui, mais aussi pour achever ce qu'il avait commencé avec Louise. Après tout, elle était la seule coupable de ce gâchis qui l'enrageait. Si elle lui avait dit qu'elle était vierge, si elle ne l'avait pas pressé de partir, l'aiguillon du temps ne l'aurait pas poussé à forcer son désir. Et elle n'aurait pas résisté. En définitive, ces dernières années, c'était devenu un jeu entre eux. Il en était persuadé. Toutes les femmes s'amusaient à jouer les pucelles innocentes pour mieux succomber aux assauts de leur conquérant.

*Et si Louise ne jouait pas ?*

Son regard de haine s'imposa à sa mémoire : il était possible qu'elle ne lui pardonnât pas tout de suite son impétuosité. Avec elle aussi, il faudrait s'expliquer.

Cette idée redoubla sa colère. Il accéléra le pas, il était temps de fuir.

## Claudine

— Votre robe est toute souillée, madame ! Vous ne pouvez pas reparaître ainsi.

*Qu'importe ! Elle détestait cette tenue de toute manière. Un présent de son époux.*

Elle ne s'était pas éloignée au moment de la simulation de l'accident du roi sur les prisonniers, puis de leur autopsie.

À observer la tache sur la toilette de Claudine, Ambroise Paré était embarrassé au plus haut point. Il insista pour la conduire au lavoir de la morgue.

Un jeune homme au torse musclé vidait un seau de sang dans un trou creusé à même le sol.

— Votre aide pourrait s'en charger, dit-elle.

Ambroise Paré aida Claudine à s'asseoir sur le rebord de pierre.

— Un vilain ne saurait toucher une dame de votre qualité.

Malheureusement, il avait raison. En soupirant, elle s'installa tandis que le chirurgien s'agenouillait pour tremper d'eau le bas de sa robe. Elle était gênée de voir à ses pieds un homme de sa réputation. Son contact lui procura une sensation nouvelle. Un soupir lui échappa. Il leva la tête, anxieux.

— Vous sentez-vous mal, madame ?

— Non, monsieur, poursuivez.

— Je suis navré, madame. Je n'aurais jamais dû accepter que vous assistiez à l'expérience.

— Je ne vous ai point laissé le choix, lui rappela-t-elle.

Il leva vers elle un regard inquiet. Elle rit.

— On ne va pas vous couper la tête pour quelques taches de sang !

Le chirurgien n'avait pas l'air de partager son avis. Il frottait de toutes ses forces avec le pain de savon. L'odeur se mêlait à celle des cadavres. Ceux-ci ne l'effrayaient pas. Un homme mort était bien plus inoffensif qu'un homme vivant. La figure de son mari s'imposa à elle.

— Vous auriez pu continuer les expériences sur d'autres condamnés, dit-elle sur un ton de reproche.

— J'ai découpé six têtes et, vous l'avez constaté par vous-même, les conclusions sont sans appel.

— Si vous le voulez bien, j'aimerais revoir la cervelle du troisième. Il me semble qu'une fois l'œil retiré, elle paraissait moins endommagée que les autres.

— Certes, madame. Cependant, le prisonnier avait perdu toute forme de langage.

— Mais il était vif.

— Parfois, à Dieu ne plaise, mieux vaut être mort que vif.

— Sans doute, soupira-t-elle.

Claudine imagina la tête de son mari, éborgné et muet. Un sourire lui vint aux lèvres.

Le savon s'échappa des mains du chirurgien, il tâtait l'eau pour le retrouver. Par mégarde, il palpa ses chevilles. Elle frissonna. Il la regarda, inquiet.

— Je vous présente mes humbles excuses, madame.

Depuis qu'il avait commencé à nettoyer sa robe, il prenait de savantes précautions pour ne pas toucher ses pieds. *Dommage*, se rendit-elle compte.

— Je vous en prie, monsieur.

Il retrouva la savonnette et se remit à l'ouvrage.

Elle se leva, secouant ses jupes. La tache de sang s'était à peine estompée.

*Il ne ferait guère une bonne lavandière.*

— Venez près des braises vous sécher, madame.

— Tournez-vous, ordonna-t-elle.

Il obéit, s'essuyant les mains sur un torchon rougi de sang. Elle releva sa robe pour la placer devant le fourneau puis, désignant des tenailles qui refroidissaient sur les briques :

— Je serais curieuse d'assister à un interrogatoire pour en connaître l'usage.

— Je serais bien en peine de répondre à votre requête, répondit-il gêné, je ne suis pas bourreau. Venez, nous devons rendre compte à la reine au plus vite.

## Louise

Sous la main robuste de sa servante Fanfi, Louise fut frottée de la tête aux pieds, jusqu'à en avoir la peau rougie. Puis elle sortit du bain, se laissa habiller et s'installa avec un large soupir dans un fauteuil devant la cheminée.

— Donne-moi cette robe, ordonna-t-elle à sa servante qui s'apprêtait à l'emporter pour la laver.

Elle s'en empara et, devant l'air incrédule de Fanfi, la déposa dans le feu avec la même précaution qu'elle l'eût fait d'un corps humain. Debout, elle regarda, fascinée, le spectacle de cette magnifique robe d'apparat qui se tordait dans les flammes de ce bûcher improvisé comme si elle était vivante, emportant avec elle le feu de la Louise qu'elle était auparavant.

— Madame, une jeune personne vous demande.

— Qui cela ? demanda Louise sans détacher ses yeux de l'âtre.

— Elle dit s'appeler Madeleine.

À ce nom, Louise sortit de son état de saisissement.

— Madeleine, oui bien sûr.

Enveloppée dans une étole de soie, elle s'avança vers la jeune fille qui admirait, intimidée, le faste de la pièce.

Brutale, elle attrapa le poignet de Madeleine, lui enfonçant les ongles dans la peau. Ses yeux lançaient des éclairs.

— Madeleine, tu veux toujours être à mon service, n'est-ce pas ?

*Ne l'était-elle pas déjà depuis qu'on lui avait coupé les cheveux ?*

— Évidemment, madame.

— Alors, écoute-moi bien. Suis le comte de Montgomery qui sort d'ici et ne le quitte pas un instant. Je veux que tu sois son ombre. Rapporte-moi tous ses faits et gestes.

— Mais comment, madame ?

Louise s'agaça de cette réponse.

— Trouve un moyen, n'importe lequel.

Puis elle se tourna vers sa servante.

— Fanfi, le coffret sous mon lit.

La vieille femme hésita, étonnée.

— Vite !

La servante se baissa et s'empara rapidement du coffre. Fanfi, sans cesser de toiser la nouvelle venue avec méfiance, sortit une clef de sa ceinture et ouvrit le coffret. Madeleine étouffa une exclamation devant le nombre de pièces d'or qui s'y trouvaient.

— Fanfi, donne-lui la menue monnaie. Ainsi, tu auras de quoi payer tes frais, expliqua Louise.

— Bien, madame, répondit Madeleine. Mais prévenez ma mère et mon frère, je ne sais pas quand je reviendrai.

— Oui, je prendrai soin d'eux en ton absence.

— La famille de L'Estoile, rue aux Ours.

— Hâte-toi, tu vas le rater ! fit Louise en la poussant dehors.

# Madeleine

Aussi vite qu'elle était entrée, Madeleine se retrouva sur le seuil de la porte close. Elle soupesa la bourse qui tinta joliment à ses oreilles. Elle sourit, le cœur léger.

*Et si je gardais tout ?*

Il y avait sûrement assez pour racheter les dettes de son père. Si elle apportait cette bourse à l'huissier, elle retrouverait sa vie d'avant. Peut-être même qu'il y avait suffisamment d'écus pour les études de Pierre. Nul ne connaîtrait l'origine de cette fortune, elle pourrait inventer un héritage. On n'est pas regardant quand il s'agit de recevoir de l'argent.

Certes, Louise de La Béraudière serait déçue, furieuse même, mais pour une dame d'honneur de la reine, ces pièces représentaient sûrement bien peu et elle ne s'abaisserait pas à envoyer la garde royale pour retrouver une petite voleuse.

*Une voleuse !*

Le mot la cingla soudain.

Si on l'arrêtait, elle serait marquée au fer rouge, condamnée à la prison, peut-être même envoyée pour servir de ribaude aux armées en campagne ou aux bagnards des Amériques. Son frère et sa mère seraient eux aussi condamnés.

Surtout, plus que toutes les peines que l'on pourrait lui infliger, c'était le sceau de l'infamie dans son cœur qui lui parut insupportable. Pour de l'argent, elle était disposée à vendre son corps, mais pas son âme. Si elle devenait une voleuse, elle perdrait plus que sa liberté, elle perdrait son honneur.

Sans compter que Louise lui accordait sa confiance. Louise de La Béraudière, de la maison de la reine, ne devait pas l'accorder à la légère. Madeleine se sentit soudain élevée par ce don, bien plus précieux que la bourse qui pesait dans sa main. Sa poitrine se gonfla et elle se sentit soudain animée par le désir ardent d'être à la hauteur des espérances de Louise.

D'un pas vif, elle dévala les marches et courut hors de l'hôtel des Tournelles.

*Pourvu que le comte ne soit pas déjà loin !*

# Gabriel

Montgomery n'avait pas fait trois pas hors du palais des Tournelles que Diane de Poitiers apparut, suivie de son coiffeur qui rajusta en un tour de main ses mèches dans son cou.

— Mon ami, je vous croise fort à propos. J'ai à peine eu le temps de me changer pour me rendre au chevet de mon cher Henri. J'entends de folles rumeurs sur les intentions de la reine de me refuser l'entrée de sa chambre, le croyez-vous ?

— Madame, c'est qu'une affaire urgente m'attend.

— Qu'y a-t-il de plus urgent que le roi blessé ? Venez, vous allez m'escorter et m'ouvrir le passage. Henri ne souffrirait point de me voir humiliée par la reine.

Elle chassa son coiffeur d'une main et saisit d'autorité le bras de Montgomery.

— Allons-y.

À son corps défendant, le comte rebroussa chemin vers le palais.

*Comment se débarrasser d'elle ?*

Il ne pouvait prendre le risque de retourner aux Tournelles. Si elle craignait l'humiliation, lui craignait pour sa liberté. Il ne pouvait imaginer être jeté aux fers par ses propres hommes. D'ailleurs, obéiraient-ils aveuglément au duc de Guise ?

Passé l'entrée, son lieutenant l'aperçut et lui adressa un salut militaire. Sa disgrâce n'était donc pas encore officialisée. Il devait saisir sa chance. Il fit un signe au garde qui s'empressa d'approcher.

— Lieutenant, madame la duchesse doit voir le roi.

Le garde parut embarrassé.

— La reine est auprès de Sa Majesté avec le duc de Guise, capitaine. Le duc vous cherche justement.

— Accompagnez madame la duchesse après du roi. Sur-le-champ !

Le garde s'inclina et donna le bras à la favorite.

Sans attendre, Montgomery ressortit. La brise légère avait un goût de liberté. Pressant l'allure, tête baissée, il longea les murs du palais.

Des pas derrière lui.

— Attendez ! Attendez-moi !

Il poursuivit, accéléra pour gagner les écuries. Les chevaux se reposaient, épuisés par le tournoi. Il se dirigea vers son destrier blanc.

— Monsieur le comte de Montgomery !

Par réflexe, il se retourna. Une petite servante courut jusqu'à lui, ses jupons fort relevés dévoilant de longues jambes et de fines chevilles.

*Quelle merveilleuse indécence !*

Quand elle fut à sa hauteur, il ne lui fallut qu'un moment pour se rappeler où il avait vu ce visage.

— Que fais-tu là ? demanda-t-il, contrarié.

— On m'a renvoyée.

Ignorant la jeune fille, il attrapa son cheval par les rênes.

— Par votre faute, monsieur.

Il eut un ricanement.

— Vraiment ? Je ne te connais même pas.

— Mais vous savez qui je suis.

Elle ôta sa coiffe et passa une main dans ses cheveux courts, hérissés de mèches en désordre. Il ne put réprimer un mouvement de recul.

— Que veux-tu ?

— Prenez-moi à votre service, monsieur. Je n'ai nulle part où aller.

Il secoua la tête, un sourire aux lèvres.

— Tu m'accuses de t'avoir fait chasser et tu veux que je te prenne à mon service ? Tu ne manques pas d'audace !

Le regard de la servante se fit farouche.

— Vous me le devez bien, monsieur.

— Je ne te dois rien, tu n'es rien ni personne. Trouve quelqu'un d'autre.

— Nul ne voudra de moi. Pas même au bordel, ajouta-t-elle avec effronterie.

Il la toisa attentivement.

— Détrompe-toi. Au bordel, il y aura toujours un maraud pour les curiosités de ton espèce, répondit-il en montrant sa tête de garçonne.

— C'est vous que je veux pour maître, monsieur.

Malgré lui, il se sentit troublé par la détermination de la jeune fille. D'un geste un peu trop appuyé, il serra la sangle de sa monture.

— Je n'ai besoin de personne à mon service et encore moins d'une femme.

Elle croisa les bras sur sa poitrine, levant le menton d'un air de défi.

— Pas besoin d'une femme ? Ce n'est pas ce que j'ai cru comprendre quand vous m'avez… attirée sous l'escalier.

Il eut un rire ironique.

— Quelle impudence ! Baisse d'un ton, petite, tu n'étais qu'un amuse-gueule. N'importe quelle dame de haut rang est disposée à entrer dans mon lit sur un simple geste, dit-il en claquant des doigts. Allez, disparais à présent.

Elle ne bougea pas et lui lança un regard noir.

— Même Mlle Louise de La Béraudière, monsieur ?

Il plissa des yeux.

— Tu es une petite vipère mal inspirée d'écouter aux portes.

Elle laissa tomber ses bras le long de son corps et fit un pas en avant.

— Essayez-moi. Si je ne vous conviens pas, vous n'aurez qu'à me renvoyer.

Sa voix était suppliante. Il la dévisagea de haut en bas. Ses cheveux courts mettaient en valeur son visage, ses lèvres entrouvertes semblaient attendre un baiser, sa poitrine se soulevait à un rythme rapide. Il sentit un désir charnel s'imposer à lui et songea qu'il pourrait la prendre dans la paille de l'écurie, mais cette pensée lui rappela l'étreinte avec Louise qui l'avait tant frustré. Après tout, que risquait-il avec une servante ?

— Bientôt, vous non plus, vous n'aurez plus de maître, monsieur.

— Que veux-tu dire ?

— Le roi…

Il lui plaqua une main sur la bouche.

— Tais-toi, oiseau de malheur !

Elle se recula promptement. Il regretta aussitôt son geste qui avait trahi sa peur. Maintenant, il n'avait plus le choix. Il ne pouvait laisser derrière lui un témoin de sa lâcheté, fût-ce une fille de rien. Il attrapa son poignet.

— Viens.

— Mon nom est Madeleine, monsieur.

— Allez, Madeleine.

Il la conduisit vers un cheval gris qui ferait l'affaire. Il la vit hésiter.

— Sais-tu monter ?

Elle secoua la tête.

— Non, monsieur.

— Évidemment, soupira-t-il.

Il grimpa sur sa monture et lui tendit la main.

— Installe-toi derrière et accroche-toi à moi.

Elle remit sa coiffe qu'elle noua rapidement sous son menton.

Quand il sentit ses seins s'écraser contre son dos, il se dit qu'il trouverait bien comment l'occuper à son service.

Il donna des éperons et le destrier blanc disparut dans la nuit de Paris.

## Catherine de Médicis

*Cette putana a osé venir !*

Toute sa vie d'épouse, Catherine avait attendu la mort de la favorite pour reprendre l'ascendant sur Henri. Elle ne manquait pas une occasion de prendre à son service des jeunes femmes susceptibles de remplacer Diane dans le lit du roi. Louise comme Claudine étaient de ce sérail. Même avant le tournoi, elle avait noté un nouveau nom, Isabeau de Limeuil. Des créatures dévouées à sa cause qui lui redonneraient la main à la cour. Tout cela pour rien !

Catherine exécrait Diane de Poitiers par tous les pores. Le roi son époux agonisait et elle sentait une rage monter en elle. Désormais, telle une mère en furie, elle se dresserait, fière et droite, devant quiconque la défierait.

Quand les Guise arrivèrent au palais des Tournelles, elle les accueillit dans l'antichambre et les laissa entrer pour voir le roi, le cadet d'abord dans sa robe de cardinal, l'aîné ensuite, François, plus grand et plus majestueux que son frère. Tous deux lui firent une profonde révérence avant de pénétrer dans la chambre.

Catherine n'oubliait rien. Ni les offenses ni les

hommages. Elle se souvenait ainsi que, depuis son mariage avec Henri vingt-cinq ans auparavant, les Guise lui avaient toujours témoigné les égards dus à son rang. Ils plaçaient au-dessus de tout la préséance et ne l'avaient jamais traitée de « bourgeoise » ou de « tonnelle aussi grosse que sa dot », contrairement à certains ministres, et évidemment contrairement à cette vipère de Diane de Poitiers. Quel régal de l'imaginer apeurée, inquiète, sûrement davantage pour son avenir que pour celui de son royal amant !

*Je la hais, pardonnez-moi, Seigneur, et que mon fiel se transforme en miel pour mes bambini chéris.*

Catherine se signa.

Un vieux maréchal, conseiller du roi depuis François Ier, s'avança à son tour, penché sur une canne tordue.

— Le roi doit rester au calme, monsieur le maréchal.

— Mais les Guise, madame…

Il tendait un doigt noueux et tremblant vers la porte où avaient disparu les deux frères.

— Justement, dit la reine. Il n'a guère besoin de plus de compagnie.

Pas dupe, le maréchal s'en retourna, cherchant un fauteuil où s'asseoir pour attendre. Mais, déjà, personne ne lui cédait plus la place.

Alors que moult courtisans se pressaient dans l'antichambre, Diane de Poitiers se faufila, jouant des coudes.

— Laissez-moi passer, je dois voir le roi ! ordonna-t-elle.

Catherine se tourna vers elle, lui barrant le passage.

— Voir le roi, madame ? Souffrez que je vous refuse

cet honneur. S'il a vécu dans vos bras, il mourra dans les miens.

Diane de Poitiers toisa la reine de haut.

— Je demeure riche de mes trente ans d'amour avec Henri, alors que vous, madame, restez pauvre de n'en avoir pas connu un seul instant.

— Puisque vous vous vantez de ne point avoir besoin de richesses terrestres, madame, vous rendrez vos bijoux à la Couronne, ainsi que le château de Chenonceau.

— Ce sont des présents du roi, madame !

— Et je suis la reine. Retirez-vous, madame, votre présence n'est plus requise à la cour. Nous vous autorisons à finir vos jours sur vos terres d'Anet.

Des murmures et des ricanements secouèrent l'assistance. Mortifiée, la favorite retint avec peine ses récriminations. Elle s'en retourna alors que certains osaient lui lancer des huées.

Enfin, Catherine prenait sa revanche. Un sentiment de puissance montait en elle comme la lave d'un volcan en ébullition.

## Isabeau

— Vous pouvez ouvrir les yeux, mademoiselle.

Isabeau obéit. Son esprit embrumé reprenait corps avec la réalité, Florimond venait de l'embrasser. Il la tenait encore dans ses bras, à l'abri des arcs de triomphe ornés de roses sous lesquels se croisaient les serviteurs occupés à démonter le décor. Mais Isabeau ne les voyait pas. Elle se laissait porter par une félicité nouvelle.

*Sang de Dieu ! Alors, c'est donc cela, un baiser véritable !*

— Est-ce déjà fini ? demanda-t-elle.

Il éclata de rire.

— Je peux recommencer si vous le souhaitez.

Sans attendre sa réponse, il l'embrassa de nouveau, la laissant tremblante sur ses jambes. Quand il décolla ses lèvres des siennes, elle chancela, retenue par l'étreinte passionnée du jeune homme qui la couvait d'un regard intense.

— Quand je plonge dans vos yeux, je crois voyager dans les étoiles. Isabeau, vous êtes plus belle que la Joconde.

Bien qu'elle ne l'eût jamais vue, elle le prit pour un

compliment. Il la désirait comme tous les hommes et elle en retirait une immense impression de pouvoir.

Jusqu'à ce jour, elle n'avait jamais éprouvé le moindre frisson sensuel auprès de la gent masculine, ni même auprès du duc d'Aumale ; mais dans les bras de Florimond, elle se sentait fondre, sa force s'effilochait peu à peu, comme si l'on coupait un à un les cheveux de Samson. Florimond n'était pas le parti de ses rêves, mais son corps vibrant d'émotion s'en moquait.

Il cueillit une rose de la gerbe parfumée et la lui tendit. Elle s'en saisit, incapable de dire un mot, soudain consciente qu'elle ne savait pas comment se comporter avec des hommes de la cour ; elle avait failli en faire les frais avec le duc d'Aumale. D'où elle venait, le badinage était simple. Il lui suffisait de jouer les coquettes pour les avoir tous à ses pieds. Ici, c'était elle qui se sentait étrangère, malhabile, sotte. Elle se demandait si ce n'était pas cette forme d'exotisme qui plaisait tant à Florimond.

Ah non ! Ce n'était pas ainsi qu'elle atteindrait les sommets. Si elle lui montrait l'effet qu'il produisait sur elle, son pouvoir risquait de disparaître. C'était blanc ou noir, elle n'imaginait pas laisser un homme gagner la partie. Elle devait se reprendre, jouer les pestes comme elle y excellait.

Au moment où il effleura à nouveau ses lèvres, elle le repoussa. Prenant une profonde inspiration, elle ferma les yeux pour retrouver sa nature hautaine.

— Ce n'est point convenable, monsieur ! Après l'accident du roi…

— Sans doute, ce n'est guère ainsi que l'on aurait

espéré que le tournoi s'achevât, admit-il. Mais il ne tient qu'à nous d'embellir la journée.

— Que voulez-vous dire ?

— Je vous imagine entrant dans une église au bras de votre père, et moi, votre chevalier servant, à genoux devant l'autel à vous attendre le regard brillant d'émotion.

— Est-ce votre manière de me faire votre demande en mariage, monsieur ? fit-elle, les sourcils froncés.

— Je ne la ferai à votre père que si j'ai votre consentement.

— J'ai le regret de vous dire que mon père espère un prétendant plus argenté.

— Le bonheur se passe de la richesse, mademoiselle.

— Certes, mais le bonheur ne fait pas la richesse non plus. Vous avez beau être trésorier des Guise, ce sont les pièces des autres que vous comptez.

— Vous êtes bien exigeante, mademoiselle.

Elle croisa les bras sur sa poitrine.

— Pourquoi ne le serai-je point ? Je mérite le meilleur.

— Je n'en disconviens pas. À ce propos, avez-vous apprécié le gibier en sauce servi au festin ?

— Je ne l'ai point goûté et je ne le goûterai point.

— Pourquoi donc ?

— Imaginez que je me prenne à l'aimer, que dis-je à en raffoler, comment ferais-je ensuite pour m'en procurer et régaler mon palais ? Est-ce vous qui vous en chargerez, monsieur ?

— Hélas, c'est un mets de roi et je n'ai pas l'heur de disposer d'un tel trésor.

— Voilà ! Avec vous, je devrais me contenter de pigeon, peut-être de mésange les jours fastes.

— Je sais chasser, mademoiselle.

— Moi aussi, je n'ai besoin de personne en la matière.

Il lui prit la main.

— Lâchez-moi, voyons, ne vous donnez pas ainsi en public. On dirait un loup affamé au sortir d'un bois.

— C'est que votre beauté aiguise tous les appétits, mademoiselle.

Son aveu le rendait vulnérable. De nouveau, elle se sentit puissante du désir qu'elle éveillait. Elle saurait le faire languir, exiger maintes épreuves pour chaque regard qu'elle lui accorderait.

— J'ai remarqué que les loups sortent en meute à la cour.

— Certes, mais il y a toujours un chef de meute, dit-il, les yeux brillants. Et si Dieu rappelait le roi à Lui, mon maître le duc de Guise serait plus influent que jamais. Il est quand même l'oncle de Marie Stuart qui deviendrait reine de France. Et moi, votre serviteur, je verrais ma fortune grandir.

— Est-ce à dire que vous souhaitez la mort du roi, monsieur ?

— Morbleu, non, mademoiselle ! s'exclama-t-il en se signant. Au contraire, je prie pour son rétablissement, mais nous ne sommes point dans le secret du divin. Nous devons nous préparer au pire. Et en tirer le meilleur parti s'il devait advenir.

Isabeau sourit.

— Si, par malheur, le roi succombait à ses blessures,

est-ce que vous reconsidéreriez ma demande ? reprit Florimond.

— Disons que j'accepterais d'y réfléchir…

*Si le roi succombe, Florimond sera le secrétaire de l'oncle de la reine de France.*

À bien le regarder, Isabeau commençait à le trouver vraiment à son goût.

— Madame, M. Ambroise Paré demande à être reçu.

Catherine, qui priait avec ferveur à côté du lit du roi, se releva.

— Faites-le entrer sur-le-champ.

Le serviteur ouvrit la porte de l'antichambre d'où un parterre de quémandeurs l'apostropha pour voir la reine. Celle-ci se recula, soulagée dès qu'elle vit apparaître Ambroise Paré accompagné de Claudine de Retz. Après une révérence, le chirurgien s'approcha du souverain et lui prit le pouls.

Catherine s'avança, il l'entraîna à l'écart.

— Aurai-je besoin de la baronne de Retz pour traduire vos propos, monsieur ?

— Ce ne sera pas nécessaire, répondit le chirurgien, sombre.

Elle baissa le ton, inquiète :

— Qu'est-ce à dire ? Pouvez-vous le sauver ?

— Les expériences pratiquées sur les condamnés ont livré leur verdict, madame.

— Combien en avez-vous sauvé ?

— Hélas, aucun, répondit-il, les yeux rivés au sol.

— Voulez-vous dire que le roi mon époux…

— Madame, ma science s'arrête où commence la volonté de Dieu.

Catherine vacilla, comme frappée par la foudre. On est encore plus violemment blessé par le coup que l'on appréhende. Claudine se précipita pour la soutenir et la conduire vers le fauteuil le plus proche.

Non, s'il fallait s'en remettre à Dieu, alors Catherine ferait en sorte qu'Il l'entendît. Elle se releva promptement pour s'agenouiller sur le prie-Dieu devant son époux et s'abîmer dans la prière, où s'immisçaient des regrets, forçant la porte de sa communion avec son Créateur.

Ambroise Paré venait de ruiner le peu de foi que Catherine avait en la médecine. Si lui, le meilleur des chirurgiens, n'avait plus d'espoir, aucun de ses semblables ne lui en donnerait.

Elle aurait dû attendre Nostradamus et ses guérisseurs. Tant pis si son mari s'était encore moqué d'elle, bien que, dans son état, il n'eût guère été en mesure de se gausser de qui que ce fût. Jamais elle n'aurait dû se soumettre au bon vouloir du roi, de ses conseillers et de ses ministres du culte.

Il y allait de sa vie, à ce pauvre Henri, et Nostradamus connaissait ses humanités, pour avoir étudié la médecine à Montpellier en même temps que Rabelais. Certes, ces deux-là avaient suivi ensuite des chemins de traverse, mais Nostradamus en avait gardé une grande érudition, il connaissait même des remèdes que les médecins ignoraient. N'avait-il pas prédit le sort du roi ?

*O Dio !*

À présent, il était trop tard, elle ne se le pardonnerait jamais. Depuis la veille, Henri ne recouvrait la conscience que par moments de plus en plus brefs. Elle avait espéré qu'Ambroise Paré reviendrait avec une bonne nouvelle, mais le miracle n'avait pas eu lieu : Henri était perdu.

Soudain, elle sentit le gouffre de son destin se dérober sous ses pieds. Elle s'affaissa sur le prie-Dieu. Qu'allait-elle devenir ? Jusqu'ici, ses journées se ressemblaient toutes, réglées sur l'agenda du roi. Sa vie avait basculé en quelques instants d'un cortège de routines ennuyeuses en un avenir périlleux et incertain.

*Protégez-moi, Seigneur, ainsi que mes enfants. Ils n'ont plus que moi maintenant.*

# Louise

Louise parut dans la chambre de l'agonie. Son col de dentelle montait jusqu'au menton pour masquer les traces bleues autour de son cou, là où Montgomery avait posé ses mains. Le corps du roi, secoué de spasmes sporadiques, se dessinait en contre-jour face à la fenêtre, encadré de flambeaux sur pied. Louise se signa et s'agenouilla aux côtés de la reine, juste devant le cardinal de Lorraine et le reste des courtisans. Les enfants royaux patientaient, s'agitant sur un banc recouvert de velours.

— Louise, enfin, vous voilà ! souffla la souveraine. Je craignais que vous ne fussiez partie au couvent sans me faire vos adieux.

Louise prit une profonde inspiration. Les senteurs de l'encens lui provoquèrent un brusque vertige. C'était mieux que la puanteur de la pourriture du corps sur le lit. Jamais elle ne pourrait avouer qu'elle ne se sentait plus digne d'entrer au couvent.

— Non point, madame, dit-elle seulement.

— Vous attendez la mort du roi, Louise. Je vous en sais gré.

— Il y va de mon devoir, madame.

La souillure ne se laverait que par la vengeance. Son devoir de dame d'honneur lui parut moins important que cette quête. Pire, elle était prête à exploiter sa position pour satisfaire cette soif inextinguible. Louise se pencha vers Catherine.

— Madame, le comte de Montgomery s'est enfui, le lâche.

— Je sais, il a été prévenu, répondit la reine.

Louise enfonça ses ongles dans sa paume.

— Votre Majesté sait-elle par qui ?

— Non, malheureusement, il a réussi à échapper au duc de Guise.

Louise se redressa, indignée.

— L'allez-vous laisser faire, madame ?

Catherine la dévisagea avec surprise.

À s'entendre parler, Louise comprit qu'elle dépassait ses attributions. Réprimant sa colère, elle reprit sa position les mains jointes :

— Il faut trouver un moyen pour ne pas laisser le coupable en liberté.

— Rassurez-vous, ce crime ne demeurera point impuni. Le duc de Guise a levé tous ses hommes pour le retrouver. Mais je dois aussi protéger mon fils François, qui sera bientôt notre nouveau roi. Ainsi que mes autres enfants.

— Les protéger de qui ?

— Des Guise, des huguenots, de l'Angleterre…, chuchota la reine.

— Madame, je viens vous annoncer que je renonce définitivement à mes vœux. Même après la mort du roi. Mon devoir est de rester auprès de Votre Majesté sur le nouveau chemin qui s'ouvre devant elle.

Catherine regarda Louise avec des yeux brillants d'une joie sincère.

— Merci, dit-elle simplement en s'abîmant de nouveau dans la prière.

Louise se sentait si lasse qu'elle eût pu s'endormir sur-le-champ, mais elle ne pouvait guère se le permettre. La reine comptait sur sa force, lui conférant à la fois responsabilité et pouvoir. Conserver sa place de demoiselle d'honneur la mettait dans une position idéale pour retrouver Montgomery. Rien ne l'empêcherait de voler vers sa vengeance.

Cette veillée n'en finissait pas. Quand donc le roi allait-il expirer ? Le palais retenait son souffle, comme le royaume entier, guettant le glas pour respirer enfin. Mais il n'était point l'heure encore.

Catherine de Médicis se leva, s'empara de la plume de cygne posée sur le jeté de lit et la plaça devant la bouche du mourant. Elle l'observa, avec la même attention que tous les assistants, dans un silence absolu. Le duvet frémit, faiblement. Un soupir lourd vibra dans la chambrée. La reine reposa la plume et reprit sa position.

La nuit s'étirait, interminable. Le cardinal de Lorraine psalmodiait d'une voix monotone qui berçait Louise. On vint lui apporter un message. Il descella le cachet et parcourut la missive, sourcils froncés. Sans même une révérence d'usage, il empocha la lettre et disparut.

Catherine de Médicis adressa un regard de connivence à Louise. Nul besoin de se parler. Louise salua la reine et sortit à son tour.

# Claudine

Depuis l'arrivée de Claudine à Paris, sa mère évitait de se retrouver seule avec elle. Mais, à présent que la cour s'était éparpillée pour glaner des informations sur la santé du roi ou pour placer ses pions en prévision de la succession, Claudine put suivre sa mère jusqu'à sa chambre.

— Que voulez-vous, ma fille ? Je suis lasse, j'allais me coucher.

Claudine poussa la servante à l'extérieur et lui ferma la porte au nez avant de se tourner vers sa mère.

— Je suis venue vous écouter, madame. Dites-moi qui est mon vrai père.

— Vous m'avez suivie pour cela, vraiment ?

— Je suis venue aux noces dans ce but, mère.

La mère de Claudine se détourna pour prendre un verre de vin.

— Je ne peux rien vous dire.

— Je vous ai obéi, j'ai épousé le baron, maintenant vous me devez la vérité.

— Ne comprenez-vous point ? C'est un secret qui n'appartient pas qu'à moi.

— Quelle importance, mon père… enfin, votre mari est mort.

— Mais Dieu me regarde.

— Dois-je vous faire la promesse de ne pas aller solliciter mon vrai père ?

— N'insistez pas.

— Sait-il qu'il a une enfant ou lui avez-vous caché la vérité à lui aussi ? reprocha Claudine sur un ton amer.

Tandis que ses doigts suivaient les lignes du motif végétal gravé dans son verre, sa mère s'emmurait dans le silence.

— Parlez, madame, je vous en conjure !

Claudine la secouerait comme un prunier si la vérité pouvait tomber de ses lèvres comme un fruit mûr.

Sa mère s'assit sur un coffre, les yeux dans le vague.

— Votre père était un homme exceptionnel. Il était grand, beau, fort. Ce fut une rencontre magique. Porter le fruit de nos amours d'une nuit alors que mon époux et moi n'avions pas réussi à enfanter fut un cadeau du Ciel.

Son regard se mit à briller comme si elle voyait son amant apparaître derrière le voile de ses souvenirs.

— Claudine, je vous ai chérie bien plus que si vous aviez été une enfant légitime.

— Je n'en suis que plus attachée à le connaître. Dites-moi son nom.

Sa mère la toisa d'un œil froid, arrachée à sa rêverie.

— Vous ne le pourrez pas, affirma-t-elle en se levant.

Elle se resservit un verre. Avant qu'il atteignît ses lèvres, Claudine l'attrapa et le lui jeta au visage.

S'essuyant de sa manche, sa mère la fixa, éberluée.

— Comment osez-vous ?

— Je veux son nom !

— Je ne vous dirai rien. Il faudrait me passer à la question pour que je parle.

Si la femme en face d'elle n'avait point été sa génitrice, Claudine eût envisagé sérieusement cette solution.

— Je découvrirai la vérité, dussé-je y parvenir malgré vous !

Sa phrase tomba dans le silence, tandis que sa mère vidait la bouteille dans un autre verre.

— Ma fille, je doute que votre époux vous en laisse le loisir.

Son époux… Claudine l'avait presque oublié. Sa mère avait raison, jamais le baron de Retz ne l'autoriserait à rester à la cour. Il était déterminé sur ce point : les noces devaient être sa dernière sortie avant qu'elle ne fût cloîtrée sur le domaine, en attendant de tomber enceinte et de lui donner ce fils qu'il espérait tant. À l'idée de se retrouver dans le lit du baron, Claudine fut traversée d'un frisson de dégoût. Non, elle ne voulait pas y retourner. Mais comment pouvait-elle y échapper ? Il devait bien y avoir un moyen.

# Louise

— Aucune nouvelle de Madeleine ? demanda Louise à Fanfi.

La servante secoua la tête tout en coiffant sa maîtresse.

L'attente devenait insupportable. Louise imaginait tout : que Montgomery l'avait découverte et tuée, qu'elle s'était ralliée à lui, qu'ils étaient morts tous les deux. Elle ne parvenait pas à décider quelle éventualité était la pire de toutes.

Les troupes du duc de Guise envoyées pour arrêter Montgomery étaient rentrées bredouilles, au grand dam de la reine.

Louise ne pouvait rester inactive, à prier dans la chambre du roi en attendant qu'il passât de vie à trépas. Heureusement, le cardinal de Lorraine lui donnait l'occasion de s'occuper d'une façon ou d'une autre.

Il y a peu encore, corrompre un cardinal à la veille d'entrer au couvent lui eût paru scandaleux. Mais à présent qu'elle était contrainte de renoncer à sa paisible retraite, la colère qui l'emplissait tout entière faisait peu de cas de cette tache rouge sur son ancien habit virginal de novice.

La lance qui avait pénétré l'œil du souverain avait transformé aussi son propre destin. Elle se regarda dans le miroir en verre de Venise. Rien ne transparaissait de ce que Montgomery lui avait infligé. Sa peau était aussi fraîche qu'un bouton de rose, sa chevelure d'or bouclait jusqu'à la taille en lianes bien ordonnées. Pourtant, le chaos en elle était aussi sombre et tortueux qu'une forêt d'hiver. Étrangement, elle ressentit une profonde tristesse que son malheur ne fût point visible aux yeux de tous : elle aurait aimé chercher un peu de réconfort dans le regard des autres – mais à la voir si belle et resplendissante, qui la croirait ?

Oui, elle était si belle que c'en était désespérant.

Choisissant une robe émeraude dont Fanfi ôta les manches, inutiles par cette chaleur, Louise ouvrit largement son col pour dégager sa gorge. Dans le miroir, elle s'exerça à de petites respirations en s'assurant que sa poitrine se soulevait bien. Elle se para d'un collier d'émeraudes serties de diamants, attacha des pendants d'oreilles assortis qui caressaient son cou délicat. Le vert des pierres scintillait en écho à celui de ses yeux. Elle enfila des souliers de satin céladon brodés de velours.

Elle était prête.

*

— Madame, que me vaut cette visite ? s'étonna le cardinal.

Louise prit son air de petit chat et, posant la main sur son corsage pour vérifier l'effet qu'elle avait répété, dit d'une voix hachée :

— Merci, monseigneur, de me recevoir chez vous.

Il s'effaça pour la laisser entrer.

— Je dois vous entretenir en privé, mais je ne sais si…, souffla-t-elle en papillonnant des cils.

Il renvoya ses domestiques d'un geste.

— Parlez sans crainte, madame, je suis tout ouïe.

— Je souhaite me confesser, monseigneur, mais j'ignore jusqu'à quel point je puis me confier à vous.

— Mais totalement, madame, soyez-en certaine.

Elle s'approcha et posa une main sur son bras.

— Corps et âme, monseigneur ?

Elle vit ses pupilles se dilater quand il répondit d'une voix rauque :

— Corps et âme, madame.

— Alors, bénissez-moi, monseigneur, car j'ai péché, dit-elle en s'agenouillant à ses pieds.

Il lui caressa délicatement les cheveux. Sa douceur contrastait avec l'aspect inquiétant que lui conférait sa barbe séparée en deux comme une fourche. Ses détracteurs y lisaient le signe du diable en personne.

Louise y voyait une provocation, au même titre que son goût démesuré pour le luxe. Le salon privé de l'ecclésiastique débordait d'opulence. Des crucifix en or massif côtoyaient des statues d'angelots jouant d'une lyre ou d'une flûte. L'œuvre qui flattait son orgueil autant que son penchant pour la luxure était un tableau représentant une Marie-Madeleine, gorge nue, lavant les pieds du Christ. À voir le regard brillant du cardinal, Louise se doutait qu'il l'imaginait dans la même position d'humilité quand elle était à genoux devant lui.

— *Croâ ! Croâ !*

Elle leva la tête. Le cardinal se mit à rire en montrant son perroquet.

En entrant, elle avait aussitôt remarqué le curieux volatile au plumage écarlate. Il se dandinait sur son perchoir, la patte retenue par une chaîne en or. Le cardinal la mit en garde :

— Ne vous approchez pas, il vous mordrait, comme les sauvages qui l'ont élevé. C'est un présent de ces chiens d'Espagnols qui espèrent me faire avaler la paix, ou plutôt la défaite, marmonna le cardinal. Enfin, dites-moi ce qui vous amène chez moi. Je vous écoute, mon enfant.

Louise joignit les mains, les yeux levés vers lui.

— Monseigneur, j'ai commis le péché de chair avec le comte de Montgomery.

— Y avez-vous pris du plaisir, mon enfant ?

Elle se mordit la lèvre inférieure, comme une petite fille fautive.

— Non, car je songeais à vous, monseigneur.

— À moi ? fit-il, étonné.

— Oui ! dit-elle en levant des yeux implorants vers lui. Je ne songeais qu'à votre beauté… votre bonté qui transfigure votre visage, monseigneur.

— Cela ressemble fort à un péché, mon enfant.

Elle lui attrapa le poignet et lui baisa les mains avec fièvre.

— Je vous le confesse, monseigneur, et je ne souffrirais point de passer un instant de plus sans avoir reçu votre absolution.

Elle se demanda comment elle pouvait continuer à sourire malgré le dégoût qui lui donnait la nausée.

Son corps agissait de lui-même tandis que son esprit l'observait de loin.

— Monseigneur, je vous en supplie.

Le regard brillant, le cardinal caressa ses cheveux.

— Je vais vous donner une absolution que vous n'oublierez pas de sitôt…

L'homme d'Église souleva sa robe écarlate, dévoilant son sexe en érection. Elle constata que « l'absolution » était déjà trop longue pour qu'elle la prît en entier en bouche. Il acheva de se déshabiller en la fixant, de cet éclat humide que les hommes posaient sur elle depuis sa prime jeunesse. Un éclat qui l'effrayait alors, mais dont elle avait appris à maîtriser le pouvoir.

Il était à peine plus âgé qu'elle. Elle avait vingt-neuf ans et lui trente-cinq. D'ordinaire, il en apparaissait dix de plus vêtu dans ses fastueux habits de cour. Là, à demi-nu, son corps se révélait dans toute sa vigueur. L'éclairage oblique de la chandelle soulignait les muscles de son ventre et de ses cuisses. Louise, quant à elle, avait gardé ses atours, dénouant juste son corset pour dévoiler la pointe de ses seins.

Elle se concentra pour doser le rythme de ses va-et-vient. En avant, en arrière. Le perroquet fit de même avec sa tête, sans la quitter des yeux.

— Je l'ai nommé Papagallo.

*« Papagallo », littéralement « pape français », le cardinal s'y voit déjà !*

Le perroquet tout de rouge emplumé regardait Louise de son œil rond. Il croassa en ouvrant son bec étroit :

— *Puta, puta !*

— N'est-il point d'un comique exquis ? dit le cardinal avec émerveillement.

Voilà qu'il l'insultait ! Louise s'imagina saisir l'oiseau par le cou pour le plumer de ses propres mains, jusqu'à le relâcher, sautillant et couinant, avant de l'embrocher et de le faire rôtir.

*La chair de perroquet se rapproche-t-elle plutôt du canard ou du poulet ?*

Elle eut la vision de l'animal arrachant les poils de la barbe de son maître à grands coups de bec. Machinalement, elle serra les dents dans un sourire narquois.

— Aïe !

— Pardon, monseigneur.

Il poursuivit, refroidi :

— Toutes ces années de guerre pour en arriver là ! Et le pire, c'est que le roi en était fier. Il se vantait d'avoir ramené la paix dans le royaume. Mais à quel prix ! Il a cédé aux Espagnols les terres d'Italie conquises dans le sang par son illustre père, notre bon roi François I$^{er}$ – paix à son âme.

Il parlait trop. Elle n'avait pas l'intention d'y passer la nuit. Elle n'avait toujours pas obtenu l'information capitale qu'elle était venue chercher. La sûreté de l'État en dépendait. Elle oublia le perroquet et se remit à sa tâche. Il se détendait, le visage rouge d'émotion tourné vers le tableau de Marie-Madeleine. Elle le soupçonna de comparer l'extase charnelle à l'extase mystique.

Louise se releva et prit la main du cardinal pour le conduire jusqu'au lit. Elle s'allongea et l'attira à elle. Sans ambages, il l'embrassa dans le cou.

— Oh, monseigneur, Dieu m'a si bien inspirée de guider mes pas jusqu'à vous.

— Oui, je suis votre Sauveur, mon enfant.

— Pourvu que je ne croise point le comte de Montgomery en sortant de chez vous.

— Vous songez déjà au départ ?

— Je crains surtout le capitaine des gardes, insista-t-elle.

Le cardinal déposa un chapelet de baisers sur sa poitrine.

— Il ne sera plus capitaine pour longtemps et, rassurez-vous, il doit être loin maintenant.

Louise se surprit à apprécier les caresses qu'il lui prodiguait.

— Croyez-vous ? demanda-t-elle d'une voix faible.

— Vous pouvez me faire confiance. Je suis certain qu'il a quitté le royaume.

Elle se cabra sous l'étreinte de l'homme d'Église.

— Où irait-il ? Après tout, vous êtes son confesseur. À vous, monseigneur, un pénitent peut tout dire. Et Montgomery doit battre sa coulpe d'être celui qui a blessé le roi.

Le cardinal émit un petit rire.

— Il n'a guère pris la peine de se confesser avant de fuir mon frère.

Louise saisit le poignet de Charles de Guise.

— Mais la simple idée de croiser le comte me serre le cœur.

— Je vous le répète, ma chère, vous n'avez plus rien à craindre. Il ne reviendra point en France de son plein gré. Il faudrait l'aller chercher, et mon frère n'enverra pas ses troupes à sa poursuite.

Louise se redressa.

— En êtes-vous certain, monseigneur ?

Il se coucha doucement sur elle, reprenant caresses et baisers.

— Évidemment. Le duc a mieux à faire pour l'heure. Nous devons préparer la succession. Le dauphin est loin d'être prêt à devenir roi, et il aura besoin de conseillers aguerris comme nous.

— Vous pensez donc Montgomery parti définitivement, monseigneur ?

— Oui, rassurez-vous. Laissez-moi explorer vos monts et vos vaux, ma chère, que je vous fasse oublier Montgomery.

Louise se surprit à être toute disposée à s'abandonner dans les bras tendres du cardinal. Mais, loin d'oublier Montgomery, elle comptait sur Madeleine pour savoir où il avait disparu.

## Charles de Guise

*Seigneur Dieu, pourquoi avoir créé une telle créature si ce n'est pour en jouir…*

Le cardinal se signa vivement.

*Pardon, Seigneur.*

Il s'agenouilla sur son prie-Dieu, les yeux levés vers le Christ aux paupières closes. Malgré sa charge de cardinal, il n'était qu'un homme après tout. Dieu avait créé la femme non point pour en jouir, mais dans le seul dessein de soumettre les hommes à la tentation.

*Je vous en prie, Seigneur, accordez-moi encore une occasion de ne point céder. La prochaine fois, j'y parviendrai.*

Il l'avait déjà promis précédemment, et encore avant, et ainsi depuis qu'il avait découvert sa réaction à la vue du corps des femmes. Certes, ces créatures étaient les premières coupables de profiter ainsi de sa faiblesse, usant de leur pouvoir diabolique pour le corrompre. Il revit la belle Louise à ses pieds, son visage de madone levé vers lui. Il pressa ses paupières. Plus il tentait de chasser cette image, plus elle s'imposait à lui. Il en sentit les effets sous sa robe.

La plupart des ecclésiastiques s'adonnaient aux

mêmes pratiques. Comment pouvait-il en être autrement quand ils embrassaient la carrière dès leur plus jeune âge ? Comme ses pairs, en tant que cadet, il n'avait guère eu le choix de son destin. À son frère aîné, François de Guise, la charge militaire, à lui, la robe. L'ordre était immuable. Le nom de Guise lui avait valu d'obtenir la charge de cardinal très jeune, trop sans doute. Il lui arrivait de s'en juger indigne, mais la fierté du noble sang qui coulait dans ses veines lui redonnait l'orgueil nécessaire. La lignée de la Maison de Guise remontait à Charlemagne.

Il cultivait une apparence de sagesse et de mesure, en contraste avec l'intransigeance et la morgue de son frère. En réalité, tous deux se partageaient sciemment les rôles pour que chaque courtisan pût trouver un protecteur à son image. Son tempérament en apparence pondéré attirait les indécis, les repentis, les cadets comme lui, bref tous ceux disposés à monnayer un renseignement contre quelque libéralité. Ainsi, il entretenait une armée secrète d'informateurs.

Il serra ses mains l'une contre l'autre, impatient de vieillir dans l'espérance de ne plus subir ces tourments de la chair. Pendant des années, il s'était enorgueilli d'avoir résisté et méprisait ses pairs d'y succomber. Jusqu'au jour où une jeune veuve était venue en confession. Le souvenir de cette rencontre était gravé à jamais dans sa mémoire. Il revoyait sa gorge palpiter alors qu'elle lui décrivait avec émotion les désirs honteux qui la hantaient. Quand elle l'avait supplié, à genoux, de ne pas la chasser et de lui donner son absolution, il avait compris que Dieu lui ordonnait de goûter aux plaisirs de la chair pour mieux s'y refuser ensuite.

Il n'avait pas encore fait le tour de la question. Après chacun de ses débordements, il se jurait que ce serait le dernier. Mais avec Louise, ce serait encore plus difficile, une épreuve supplémentaire que Dieu lui envoyait. C'était sa pénitence. Comme elle n'était pas mariée, au moins ne commettait-il pas le péché d'adultère.

Il enviait le sort de son frère qui n'avait à affronter que des batailles terrestres.

Le cardinal se mit à prier à voix haute pour taire le tumulte de ses pensées, conscient pourtant qu'aucune de ses prières ne l'empêcherait de recommencer. La tentation de la chair lui paraissait impossible à surmonter. Il savait qu'il devrait s'y exposer jusqu'à ce qu'il réussît à y résister. Sans y croire, il se consolait en songeant aux confidences qu'il pourrait recueillir de Louise.

Il ferma les yeux, s'efforçant de se concentrer sur son oraison. Au lieu de cela, la vision de la bouche de Louise à ses pieds s'imposa de nouveau à lui. Il sentit son membre se durcir encore. Il rouvrit les yeux sur la statue du Christ au-dessus de lui, se plongeant dans le supplice du Sauveur, suivant mentalement les quatorze étapes de son chemin de croix. Lorsqu'il arriva au moment où Marie-Madeleine se tenait au pied de la croix, une nouvelle vision se fraya un passage dans son esprit : il se vit lui-même en Christ, vêtu d'une simple étoffe autour des hanches, et Louise en Marie-Madeleine, tentatrice, qu'il aurait ramenée par son martyre sur le sentier de la foi. Sans doute cette vision ne suffit-elle pas à calmer son corps en feu, mais elle apaisa son âme. S'imaginer en sauveur qui sacrifie sa vie pour le salut d'une pécheresse lui permit de mieux respirer pour la première fois depuis que la demoiselle d'honneur était apparue au seuil de ses appartements.

Il se leva et lissa sa robe rouge. Le roi était au plus mal. Il devait se rendre à son chevet.

## François de Guise

En pénétrant dans la chambre du roi, le duc de Guise sortit un mouchoir de sa manche pour le poser sur son nez. Il sentait sa propre sueur, mais cela ne l'incommodait pas autant que l'odeur de pourriture qui régnait dans la chambre. Son frère le cardinal de Lorraine se signa et s'agenouilla, puis se mit à prier à voix basse.

François s'approcha du roi blessé. Son chirurgien Ambroise Paré lui épongeait le front, sans doute pour se donner l'impression d'être utile. Le duc claqua des doigts. Le chirurgien leva la tête. Guise y lut avec satisfaction la crainte qu'il inspirait à ce huguenot, par malheur le meilleur de sa spécialité. Ambroise Paré s'inclina et recula humblement devant le représentant des ultra-catholiques.

*Parfait. Sinon, je l'aurais jeté dehors moi-même.*

Le heaume du roi avait été découpé. Par moments, son corps se tordait de douleur. Le morceau de lance brisée restait toujours planté dans son œil qui n'était plus qu'une plaie enflée et purulente. Un pansement entourait sa tête, gorgé de pus jaunâtre. Le duc en avait vu d'autres, mais là, c'était le roi. Et il n'avait guère besoin d'être médecin pour prédire sa fin proche. Il lui prit la main.

— Sire, c'est moi, Guise.

Le roi sembla redoubler de souffrance et lui serra les doigts avec une force que le duc n'eût pas soupçonnée dans l'état où il voyait le souverain.

— Ami, merci d'être venu.

— Ma place est auprès de mon roi.

— Guise, protégez la reine et mes enfants.

— Ce sera mon devoir le plus absolu, Sire.

— Où sont mes ministres ? Dites-leur de venir.

— Inutile, Sire, avec mon frère, nous nous occupons des affaires du royaume en attendant votre rétablissement.

— Et mon fils François ?

— Sire, il fut si choqué de vous voir blessé qu'il est lui-même souffrant et ne peut se déplacer.

— Pourvu que le Ciel ne le rappelle point en même temps que moi, il est l'héritier de la Couronne.

— Il est encore vaillant, Sire.

Le roi attrapa la manche du duc.

— Diane ! Où est-elle ? M'a-t-elle abandonné ? Je ne veux pas mourir sans elle ! supplia-t-il.

— Hélas, Sire, on la cherche de tous côtés. Elle devrait venir, à n'en point douter.

Le vent tournait et Guise avait bien l'intention d'en suivre la bonne direction. Pour commencer, le mariage de son neveu avec une proche de Diane de Poitiers en début d'année ? Aux oubliettes ! Sa nièce, Marie Stuart, allait devenir reine de France aux côtés de François, son époux insignifiant. Jamais sa famille n'avait été aussi près du trône. Et pas seulement de celui de France. Marie était aussi reine d'Écosse, et elle le serait bientôt d'Angleterre. Élisabeth Iʳᵉ l'usurpatrice avait ceint la couronne depuis moins d'un an, il serait aisé de la lui faire choir de la tête. Et alors, les Guise régneraient sur l'Écosse, l'Angleterre, la France et la Lorraine, un vaste empire enfin à la hauteur de leur lignée et de leur valeur ! À cette idée, le duc se sentit grisé.

— Duc, vous soupirez ? s'enquit le roi.

— Je prie pour votre salut, Sire.

À ces mots, le cardinal suspendit ses prières et leva les yeux vers le duc, en souriant. Les deux frères se comprenaient sans se parler. Tous deux remuèrent les lèvres pour former leur devise : « Chacun à son tour ».

## Catherine de Médicis

Depuis le terrible accident, Catherine avait traversé une tempête d'émotions. À la stupeur et à l'effroi avaient succédé l'espérance, puis le désarroi, et enfin le renoncement. À présent, elle vivait dans l'impatience. Le ressentiment et l'amertume accumulés devant toutes ces années de mariage lui remontaient à la gorge.

Henri s'affaiblissait de jour en jour. Elle aurait voulu le saisir par les épaules, le secouer, entendre une demande de pardon avant sa comparution devant Dieu. Il lui devait bien cela. Mais elle avait beau le regarder, elle savait qu'il ne dirait plus rien.

On l'avait installé sur d'épais coussins pour lui relever le torse. Il fallait le redresser régulièrement car il s'affaissait comme une chiffe molle. Il ne s'était plus nourri depuis le tournoi. Ambroise Paré avait tenté de lui administrer une bouillie, mais il l'avait vomie aussitôt. Le chirurgien ne parvenait qu'à lui faire avaler péniblement quelques louches de vin dont la moitié se répandait dans sa barbe. Parfois, Henri gémissait. Un soir, dans un cri, il ouvrit son œil valide et le pointa fixement devant lui avant de retomber sur son édredon. On forma quelque espoir. On lui parla. Mais il n'entendait rien. Depuis, seuls quelques soubresauts l'agitaient de temps à autre. La sueur se mêlait au pus qui ne cessait de suinter de sa paupière blessée, dégageant une odeur à soulever le cœur. Catherine portait autour du cou une chaîne avec un pendentif creux où se logeait du parfum pour lui permettre de supporter la puanteur.

Comme sa dernière heure était longue ! Ambroise Paré avait parlé de deux ou trois jours. On en était déjà à presque huit. Qu'on en finisse !

Pourquoi fallait-il qu'elle aussi souffrît encore à cause d'Henri ? Elle qui avait tout enduré, tout accepté, en silence, avec le sourire, il lui faisait encore subir son agonie et la retenait des nuits entières au pied de son lit !

Qu'il fût puni de ses péchés, certes, mais pourquoi elle ? Catherine se signa.

*Pardon, Dio, pour ces pensées impies.*

Elle s'agenouilla un peu plus bas pour se montrer encore plus humble devant Dieu.

Un bruit attira son attention. Elle pencha la tête et vit son petit Charles jouer avec une toupie sur le parquet, au pied de la couche où gisait son père. Son regard se laissa emporter par les mouvements de l'objet tournoyant jusqu'à ce qu'il disparût sous le lit. Le garçonnet se mit à plat ventre et allongea le bras en maugréant.

— Chut ! fit la reine.

Un sourire de victoire éclairant son visage, l'enfant se redressa sur les genoux, son jouet à la main, avant de lancer à la cantonade :

— Quand est-ce qu'il meurt, papa ?

Un murmure froissa les jupons des dames.

— La patience est une vertu qu'il vous faut apprendre. Regardez votre petit frère Henri, dit la reine.

Sous le regard désapprobateur des assistants, le jeune Henri, assis par terre, découpait avec application les images d'un livre enluminé, la langue dépassant du coin des lèvres. Catherine, qui adorait les livres, mais qui adorait plus encore son fils, lui permettait ce caprice résolument iconoclaste.

Charles eut un soupir d'exaspération. Leur mère savait que tous ses fils étaient jaloux d'Henri, y compris François, et cela lui parut d'autant plus absurde que celui-ci était destiné à devenir roi, au contraire d'Henri, quatrième dans l'ordre dynastique. Comme si gagner son amour maternel comptait davantage pour chacun que leur position sur un trône.

Les rumeurs allaient bon train sur ceux qui seraient admis au Conseil du roi. Tous ces bruits de couloir s'accordaient sur le fait que François II, bien que majeur, n'avait point la carrure pour gouverner seul. Les princes de Bourbon avançaient leurs pions pour contrer les Guise. Catherine en était réduite aux rumeurs elle aussi. Pourquoi l'aurait-on consultée ? Son époux ne le faisait pas. On la regardait déjà comme la reine mère effacée d'un jeune roi sous l'influence de son épouse. N'avait-elle point été une reine effacée par la favorite de son mari ? Et si elle acceptait son sort ? Elle pourrait retourner dans son val de Loire chéri. À présent qu'elle récupérait Chenonceau, elle pourrait l'aménager à son goût. N'avait-elle point imaginé une galerie qui prolongerait le château pour enjamber le Cher ? Ce serait magnifique, elle y donnerait de grands bals costumés réputés dans tout le royaume et au-delà. Peut-être que les Guise seraient de bons guides pour son fils François et que l'on n'aurait besoin de la consulter que pour l'organisation des mariages de ses enfants. Le prochain devrait être Charles, mais il n'avait que neuf ans, elle avait encore du temps pour y songer. Au reste, penser à l'avenir la soulageait. Voilà tout ce qui importait.

# Louise

Le son des trompettes attira Louise à la fenêtre du Louvre. De l'autre côté de la rue, le crieur s'installait sur un muret. Il attendit que la foule se fût épaissie autour de lui, puis déroula un grand parchemin.

— Oyez, oyez, bonnes gens !

Bien que connaissant le contenu de l'annonce, Louise tendit l'oreille pour ne rien en perdre.

— De par le roi,

« Après une longue et cruelle agonie, et en dépit des efforts des meilleurs médecins et chirurgiens du royaume, Dieu, dans sa sainte grâce et son infinie miséricorde, a rappelé à Lui notre père Henri de Valois, Deuxième du nom, pour lui assurer, après tant de malheurs, le repos de son âme.

« Dans sa dernière volonté, il a confié le royaume aux bons soins de la reine-mère Catherine de Médicis, de son fils aîné et de ses oncles de Guise.

« Et, en signe de vérité, nous François, Deuxième du nom, par la grâce de Dieu roi de France, avons signé le présent écrit de notre main.

Lecture faite du cartel, la voix du héraut s'élança :

— Le roi est mort, vive le roi !

Toute la foule répéta d'une seule voix :
— Le roi est mort, vive le roi !
Louise se détourna de la fenêtre avec un sourire.
*Le roi est mort, vive la reine…*

## Catherine de Médicis

Nostradamus conduisit la reine mère à travers un escalier en colimaçon. Ils arrivèrent dans le cabinet du mage. Ils montèrent encore un étage aux marches de fer et débouchèrent à l'air libre, en haut d'une tour qui dominait les toits de Paris. La vue était grandiose, même la nuit. Au loin, on devinait la majestueuse silhouette de Notre-Dame et, plus proche, celle des tourelles du Louvre. La voûte céleste les surplombait de ses millions d'étoiles. Des instruments d'optique et des lunettes astronomiques pointaient vers le ciel. Nostradamus commença à expliquer à la reine mère, encore essoufflée par la montée, la course des astres et comment il s'en servait pour ses prédictions.

— Assez de discours, vous m'avez suffisamment fait attendre, exigea-t-elle. Dites-moi ce que je veux savoir. Et point de vos centuries que vous êtes le seul à comprendre.

Nostradamus redescendit avec la reine mère dans son cabinet.

— Installez-vous, madame.

Catherine s'assit prudemment dans un étrange fauteuil face à un miroir encadré de têtes de dragon et de gorgones. Nostradamus se livra à un rite magique avec force gestes et incantations mystérieuses. Il jeta une poudre dans une bassine. Aussitôt, l'eau se troubla et dégagea un nuage de fumée blanche qui masqua l'image de la reine mère dans le miroir. Quand le brouillard se dissipa, à la place de son propre reflet, Catherine vit apparaître son fils François II tout juste couronné. Elle se retourna pour vérifier qu'on ne lui jouait pas un tour, mais il n'était pas derrière elle.

— Quel est ce prodige ?

— Presque tous vos enfants régneront, madame. Y compris vos filles.

Comment pouvaient-ils tous régner ? Pour les filles, évidemment, ce serait par leur mari.

*Mon Élisabeth va déjà devenir reine d'Espagne. Quant à mes fils, est-ce à dire qu'ils régneront sur des royaumes étrangers ? L'Angleterre à Charles s'il épouse Élisabeth. La Flandre à Henri et nous verrons pour mon petit Hercule.*

Catherine sourit.

— Dans ce miroir, chacun va faire autant de tours qu'il passera d'années sur un trône, dit Nostradamus d'une voix solennelle.

Catherine se signa et joignit les mains sur son cœur, les yeux fixés sur le miroir.

François II pivota sur lui-même, puis disparut.

— Non ! s'exclama la reine mère en se levant.

D'un geste, Nostradamus l'exhorta au silence. Elle se rassit, la gorge nouée.

Sous ses yeux, elle vit ses enfants défiler les uns à la suite des autres : après François, ce fut au tour de

Charles, puis d'Henri et de Margot. Son visage passa de l'effroi à la joie, puis à l'abattement.

*S'ils règnent si peu de temps, cela signifie-t-il que...*

*Non, je ne les laisserai pas mourir ! Je les protégerai.*

Et puisque le destin les appelait à régner, oui, elle leur offrirait une couronne étrangère. Pour Margot, ce serait simple, elle épouserait un prince héritier. Restait à savoir lequel.

*C'était déjà une telle diablesse !*

Quant à Charles, Catherine négocierait un mariage avec Élisabeth d'Angleterre. Ce serait une belle alliance. Et un moyen idéal de réconcilier catholiques et hérétiques. Pour Henri, elle trouverait un royaume où il pourrait régner sans faire ombrage à ses frères.

L'image de Catherine reprit sa place dans le cadre du miroir.

Elle se redressa, déterminée.

— J'ai porté dix enfants et vous prétendez que ma lignée risquerait de ne point me survivre ? Cela n'arrivera pas ! Écoutez-moi bien, Nostradamus, mes enfants régneront et ma descendance sera nombreuse. J'en fais le serment. Je me battrai avec Dieu lui-même s'il le faut.

— Madame, vos ennemis sur cette terre sont déjà bien suffisants.

Catherine n'écoutait plus le mage. Elle savait désormais qu'elle n'avait plus le choix. Contrairement à ce qu'elle avait envisagé, elle ne pouvait consacrer son temps à son val de Loire si cher à son cœur. Elle ne pouvait plus se permettre de demeurer la pâle souveraine qu'elle avait été durant le règne de son époux. Son fils François, à peine sacré roi de France, avait besoin de sa protection. Elle ne serait pas la reine mère que l'on consulte pour choisir la layette en attendant les héritiers de son fils. Elle était condamnée à se battre pour ses enfants, même s'il lui fallait descendre dans l'arène du pouvoir. Reine mère, elle serait plus reine encore que lorsque la couronne de France ceignait son front. Elle devait juste en trouver les moyens.

*

Dans sa chambre du Louvre, Catherine, toute vêtue de blanc, s'observait dans son grand miroir de Venise, ce même miroir qui l'avait vue dans sa robe de mariée rouge carmin, jeune fille tout juste arrivée à la cour de France.

Ses cheveux avaient blanchi depuis l'accident d'Henri.

— Il ne reste plus que le voile à mettre, madame, dit Louise dont le reflet apparut derrière Catherine.

Ouvrant un coffret, elle prit un diadème et y accrocha le voile blanc du deuil qu'elle posa sur la tête de la reine. Dans le miroir vénitien, celle-ci se regarda de profil, comme si elle cherchait à s'éviter.

— Ne trouvez-vous pas, Louise, que ce blanc me fait le teint olivâtre ?

— Non point, madame.

Catherine tendit le bras.

— Donnez-moi l'autre voile, là.

— Le violine ?

— Non, le noir.

Sourcils froncés, Louise obtempéra. Catherine le fixa elle-même sur ses cheveux, le tirant sur son front.

— Qu'en pensez-vous, Louise ?

— Le blanc est la couleur du deuil royal, madame.

— Plus maintenant, dit Catherine d'une voix sûre. Apportez-moi ma robe noire, je veux frapper les esprits. Ce ne sera pas la première fois que je bousculerai les mœurs du royaume.

Revenant avec une robe de jais, Louise aida la reine mère à se changer.

— Vous étiez bien jeune, Louise, mais moi, je me rappelle l'effarement de la cour quand j'ai imaginé la selle pour monter en amazone. On voyait mes jambes, au grand dam d'Henri.

À l'évocation de ce souvenir, Catherine se mit à rire franchement.

— On en parle encore, madame. Et de votre invention des caleçons !

— J'ai ordonné qu'ils descendent jusque sous les genoux car je me faisais lacérer par les branches des arbres. Je revenais les cuisses en sang.

— Alors, ce n'était point pour dissimuler vos jambes aux regards ? demanda Louise en terminant d'ajuster la tenue de la reine.

— Que nenni, ma chère ! Mais j'ai entretenu la légende.

Les deux femmes rirent ensemble.

— J'aurais aimé que le roi me les pansât.

— Le dauphin, votre époux ?

— Non, son père, précisa Catherine calmement.

— François Ier ? s'exclama Louise.

— Oui et je me plais à croire que cela ne lui eût point déplu, ajouta-t-elle dans un soupir. Il se préoccupait davantage de moi que son fils.

— Votre Majesté ne devrait pas vivre dans les regrets.

— Loin de moi cette idée ! Vous savez, Louise, j'ai connu Florence à son âge d'or et le chagrin de l'exil. J'ai connu l'espérance d'un mariage royal et l'humiliation d'être la deuxième alors que j'étais l'épousée. J'ai connu le dégoût de la chair et son ennui. J'ai connu les douleurs de l'enfantement promises par Dieu ; Il ne doit pas être une femme pour avoir prononcé pareille et inique condamnation. Tout cela est bel et bien derrière moi. Je me porte vers l'avenir.

— Je vais organiser de ce pas vos quarante jours de deuil, madame.

— Non, Louise. Bien qu'il ait quinze ans, mon fils François est bien trop jeune pour régner. Vous avez vu comme il mange dans la main de son épouse ?

— Sans doute, madame, mais Marie Stuart est plus mature que lui.

— Pas suffisamment pour conduire un royaume, Louise. Surtout, à travers elle, les Guise ont leurs entrées chez le roi. Ils ne feront qu'une bouchée du couple royal.

— Les Guise ont une vision de l'État. Leur sœur est reine consort d'Écosse après tout.

Catherine de Médicis ouvrit son éventail en dentelle noire.

— Mon François est comme moi, il ne souhaite que la paix dans le royaume, entre nos sujets catholiques comme huguenots. Contrairement aux Guise.

— Et si les Guise avaient raison ?

— Un nouveau roi doit être l'occasion de créer la concorde, non la discorde entre ses sujets.

— Votre Majesté est-elle certaine que les huguenots ont la même aspiration ? Ne craignez-vous pas qu'ils réclament leur part du gâteau, peut-être même la liberté de culte ?

— Si une telle idée leur venait, il faudrait une autorité pour les modérer. Quant aux Guise, ils ont le champ libre et ils ne me laisseront aucun pouvoir, à part celui de décider des menus à la table du roi.

— N'oubliez pas Montgomery, madame.

— Montgomery, maudit soit-il !

— Le duc de Guise a envoyé une escouade pour le traquer, mais je sais de source sûre qu'il s'octroie seulement une bonne conscience.

— Il entend bien davantage employer son temps à mener sa politique au Conseil du roi.

La reine secoua son éventail.

— Suis-je la seule à vouloir que justice soit rendue ? C'est mon devoir de reine vis-à-vis d'Henri.

— J'y tiens autant que vous, madame !

Catherine dévisagea sa suivante, surprise de son éclat de voix.

— Ah, si seulement j'avais ma propre garde, j'enverrais moi-même un escadron à sa poursuite.

Louise redressa les épaules.

— Mais vous le pouvez, madame.

Catherine posa son éventail.

— Que voulez-vous dire, Louise ?

— Si vous vous fiez à moi, je pourrais trouver des demoiselles d'honneur qui sauraient se montrer aussi dévouées que moi à votre cause, dit-elle d'un air entendu. Elles voleraient tels des papillons de fleur en fleur pour recueillir des informations. Vous auriez ainsi votre escadron.

— Un escadron volant, en somme, l'idée est plaisante. Mais comment ferez-vous pour ramener Montgomery ? Vous ne seriez que des femmes, ma pauvre Louise.

— Nous pourrions nous adjoindre des hommes de confiance. Impossible de les choisir parmi la garde royale, d'autant moins que certains doivent être restés fidèles à leur capitaine. Si leur devoir et leur fonction ne sont point en cause, leur âme est sensible à l'amitié virile que leur témoignait Montgomery. Des mercenaires feraient l'affaire.

La reine secoua la tête.

— Non, Louise, je vous le répète, l'idée est plaisante, mais elle relève de la fantaisie pure. Je n'ai aucun pouvoir de police et les comptes de ma maison sont scrutés et contrôlés par le Trésor. En revanche, vous pouvez recruter des demoiselles pour recueillir des informations. Si vous parvenez à découvrir où Montgomery a trouvé refuge, Guise sera bien forcé d'y envoyer des troupes. Il lui faudra une preuve, songez-y. Pour monter cet escadron volant, vous avez toute ma confiance, Louise. Quant à moi, je ne puis me permettre d'observer l'isolement des quarante jours du deuil.

— Mais ni le peuple ni la cour ne comprendraient que Votre Majesté ne respecte point la tradition du deuil.

Catherine sourit.

— Rassurez-vous, je vais la respecter au-delà de leurs espérances.

Elle ôta tous les anneaux de ses doigts et se leva pour

les ranger elle-même dans son coffre à bijoux, puis elle en tira une bague en or, surmontée d'un cabochon rouge grenat qu'elle admira dans la lumière du soleil.

— Ce rubis appartenait à ma mère, morte en couches. Mon père, qui l'aimait sûrement d'un amour véritable, ne lui a pas survécu. Je n'ai jamais osé le porter, je trouvais qu'il me vieillissait. Mais à présent, il est temps d'en imposer.

D'un geste déterminé, elle passa la bague à son index droit puis se tourna vers Louise.

— Je veux et j'ordonne que tous mes habits soient teints en noir et que l'on tende des rideaux et tentures de semblable couleur dans tous mes appartements.

Retournant devant le miroir en pied, la reine mère rabattit le voile noir sur son visage pour dissimuler non ses larmes, mais son sourire…

# François de Guise

— Mes oncles ! Quelle joie de vous voir !

Marie Stuart s'avança à la rencontre du duc de Guise et du cardinal de Lorraine.

— Vous êtes en beauté, ma chère nièce, dit François.

Marie prit le miroir des mains de sa dame d'honneur et se regarda attentivement. Son habit de deuil étincelait, tout orné de perles et de diamants.

— Diriez-vous que le deuil me sied ? demanda Marie, l'œil espiègle.

Elle recula pour se voir en pied.

— Il manque un accessoire à ma tenue, dit-elle en écartant les mains. Je sais ! Où est mon faon, madame de Saint-André ?

— Il est dehors, Votre Majesté, répondit la dame d'honneur.

*Majesté…*

François nota l'éclat d'orgueil de Marie Stuart à s'entendre appeler ainsi.

— Je veux qu'il soit dans mes appartements. Allez le chercher.

— Ce n'est qu'un animal, madame, sa place n'est pas dans un château.

— Je suis la reine désormais, vous devez m'obéir en tout, entendez-vous ?

Mme de Saint-André soupira.

— Ma charge m'impose de vous guider dans votre conduite, madame.

Marie Stuart tapa du pied.

— Je veux mon faon !

François leva les yeux au ciel, puis il regarda son frère. Charles hocha la tête d'un air entendu.

— Madame de Saint-André, laissez-nous, ordonna le cardinal.

La dame d'honneur se retira en reculant.

— Quelle vieille pie ! récrimina Marie Stuart une fois la porte refermée.

— Par la grâce de Dieu, vous voilà reine de France, dit le cardinal en prenant les mains de Marie.

— Et par le bras armé de Montgomery, souligna le duc.

— Reine de France ! répéta Marie Stuart, exaltée.

— Reine de France et d'Écosse, ma nièce. Il ne vous manque plus que l'Angleterre et votre bonheur sera complet, ajouta le duc.

Marie pouffa.

— Je doute qu'Élisabeth l'entende ainsi.

— Qu'importe, dit le duc de Guise d'une voix ferme. Elle est prise en tenailles entre votre royaume d'Écosse au nord et celui de France au sud. Ce n'est qu'une question de temps pour que l'Angleterre redevienne catholique.

Faisant tourner une de ses boucles entre ses doigts, Marie haussa les épaules.

— Vous savez que la politique ne m'intéresse guère, mon oncle.

Autoritaire, le duc de Guise saisit Marie par le menton. Il était temps qu'elle comprît ce que l'on attendait d'elle.

— Marie, vous êtes avant tout une Guise, ne l'oubliez jamais. Votre devoir vis-à-vis de votre famille doit primer sur le reste. Croyez-vous que votre mère, ma sœur, se plaît à tenir la régence de l'Écosse pour vous ? Elle ne se plaint pas, mais je sais qu'elle aimerait recevoir davantage de vos nouvelles. Cela égayerait sa solitude.

— Je promets de le faire, monsieur, marmonna Marie en détournant des yeux coupables.

— Ce n'est pas tout, Marie. Votre devoir dorénavant est que votre époux le nouveau roi rallie notre cause, celle de la religion catholique, apostolique et romaine, la seule qui mérite d'exister sur notre royaume terrestre.

— Mais François est déjà catholique, mon oncle.

— Pas suffisamment pour exterminer les huguenots, ennemis de notre sainte foi. La sienne est bien trop tiède. Et s'il écoute sa mère, il serait bien capable de chercher à négocier avec les hérétiques. C'est pourquoi il faut l'écarter d'elle.

— Mais ma belle-mère m'a élevée comme sa fille, mon oncle, elle a toujours été si bonne pour moi !

Le duc eut un sourire narquois.

— Si bonne pour vous ? Voilà bien une preuve que Catherine de Médicis ne vous a pas élevée comme sa fille. C'est une Florentine.

Marie parut troublée.

— Venez, dit doucement le cardinal. Vous devez être aux côtés du roi votre époux pour son premier Conseil.

— Je ferai ce que vous me direz, mon oncle.

## Claudine

— Louise, comment est la reine mère ?

Claudine guettait Louise dans l'antichambre de Catherine de Médicis, désertée par les courtisans. Elle se précipita vers la dame d'honneur dès qu'elle parut.

— Vous la connaissez, Claudine, elle reste digne.

— Oui. Je viens vous proposer de rester à vos côtés pour les quarante jours de deuil royal.

Louise sourit.

— La reine mère a décidé de mettre un terme à cette tradition. Elle veut être disponible dès à présent pour les affaires du royaume.

— De quelles affaires voudrait-elle s'occuper, juste ciel ? s'exclama Claudine.

— Vous paraissez contrariée par cette nouvelle, ma chère ?

— Pas vous ? Je ne serais point la seule. Ses ennemis vont s'en donner à cœur joie.

— Je crois au contraire qu'elle a pris la bonne décision.

La baronne de Retz soupira.

— Louise, à vous, je puis le dire, j'espérais prolonger mon séjour à la cour.

Louise posa une main sur le poignet de Claudine.

— Je crains de deviner que cela n'est pas sans rapport avec votre statut de jeune mariée.

— Jeune mariée mais vieil époux, approuva Claudine.

Louise serra son bras.

— J'ai à cœur de vous aider. Les jours à venir sont si incertains que je ne puis rien vous promettre, mais si vous êtes disposée à servir la reine mère avec dévouement et fidélité, j'aurais peut-être une offre à vous soumettre.

Claudine se rapprocha, vivement intéressée.

— Servir la reine mère est mon vœu le plus cher.

— Parfait.

## François de Guise

— Qu'attendons-nous pour démarrer le Conseil ? demanda le duc de Guise, impatient.

Avec satisfaction, il s'installa dans un large fauteuil de cuir clouté où sa carrure tenait à peine. Le comité était restreint, enfin. Plus aucun ministre du feu roi autour de la table. Seulement son frère le cardinal, sa nièce Marie, le nouveau roi François II et des conseillers choisis par ses soins pour leur dévouement – à la maison de Lorraine évidemment.

*Notre petite Marie a bien œuvré pour que son benêt d'époux l'écoute déjà de si belle façon. Voilà un présage comme je les aime.*

— Nous attendons la reine mère, répondit François II.

Le jeune roi flottait dans le pourpoint fleurdelisé de son père.

Le duc se demanda s'il ne s'était pas réjoui trop vite.

À quoi jouait ce freluquet ? Est-ce que Marie ne lui avait pas fait clairement comprendre qui étaient les nouveaux maîtres ?

Il fallait le lui rappeler.

— Elle n'assistait pas au Conseil du vivant de feu votre père, Sire, dit le duc.

Marie Stuart posa la main sur celle de son époux qui la serra discrètement avant de répondre :

— J'ai conscience de mon jeune âge, duc, et son expérience me sera d'une grande aide, comme la vôtre.

Se tournant vers son frère, le cardinal de Lorraine eut un sourire apaisant. Le duc se renfrogna, résigné. Pour l'instant…

La porte s'ouvrit enfin, laissant passage à la reine mère. Tous se levèrent, autant par déférence que sous l'effet de la surprise.

Le visage sévère et le menton fier, vêtue de noir de la tête aux pieds, Catherine de Médicis toisa l'assemblée muette de stupeur. Elle contourna la vaste table et s'installa à la place d'honneur.

— Vous pouvez vous asseoir.

Chacun se rassit, incrédule, dévisageant la reine mère.

— Commençons, dit-elle tranquillement.

François II fit glisser un parchemin vers Catherine de Médicis.

— Mère, avec mon épouse, nous avons préparé mon sceau royal. Le voici.

La reine mère baissa les yeux vers le document. Stupéfaite, elle s'en saisit pour mieux le regarder.

— Ce n'est pas un sceau, c'est une déclaration de guerre, Sire ! s'exclama-t-elle.

— Le duc de Guise, ici présent, estime qu'il faut montrer sans tarder que je suis un roi puissant, madame. Pour compenser ma jeunesse, ajouta François comme pour s'excuser.

François de Guise échangea un sourire avec son frère.

— Le duc de Guise…, répéta la reine mère.

Le duc, posant la main sur le pommeau de son épée, déclara, sûr de lui :

— La reine d'Angleterre est une réformée comme les autres. Si nous sommes trop faibles avec les huguenots, madame, c'est le royaume de France qui sera en péril.

— Mais apposer le lion d'Angleterre sur le nouveau sceau du royaume de France ne peut qu'être interprété comme une provocation, duc. Or, le peuple n'aspire qu'à la paix.

— La nouvelle reine de France, ma nièce, a des droits sur la couronne d'Angleterre, qu'elle pourrait ceindre…

— Je vous sais gré de me rappeler que ni l'Angleterre ni l'Écosse n'ont l'équivalent de la loi salique, duc.

— Élisabeth a usurpé le trône.

— Et vous, votre fonction, duc, lança la reine avec un geste vers le sceau.

Le duc de Guise s'appuya contre le dossier du fauteuil.

— Non point, le roi m'a nommé lieutenant-général du royaume, Majesté.

Catherine se tourna vers son fils.

— François, vous avez confié le commandement des armées au duc de Guise ?

— Il a repris Calais à l'Angleterre, madame, c'est un héros aux yeux du peuple de France, se défendit le roi.

— Certes, soupira Catherine en toisant le duc. Et je

suppose que le peuple vous acclamera quand vous lui annoncerez l'arrestation du régicide ?

— Montgomery ? Je vais faire mieux que cela, madame, je vais offrir un spectacle au peuple tout en lançant un avertissement à nos ennemis. Le roi va signer l'ordre d'exécution d'Anne du Bourg, montrant à tous la même fermeté que son père.

— Anne du Bourg, ce magistrat qui osa se proclamer hérétique devant feu le roi votre époux, madame, rappela le cardinal de Lorraine.

— Il sera brûlé en place de Grève, lâcha le duc avec hargne.

— Voilà qui placera le règne du nouveau roi sous les meilleurs auspices, acheva son frère.

— Et Montgomery ? Mon fils doit rendre justice à son père.

Le duc se recula dans son siège, tâchant de dissimuler son embarras.

— Il a échappé à mes hommes, mais nous le retrouverons, madame, dit-il rapidement. C'est l'affaire de quelques jours.

Le chapelet de la reine mère crissa aux oreilles du duc.

— Comment ? Combien de régiments avez-vous envoyés et où cela ? lança-t-elle.

— Sur ses terres de Normandie.

— Vous croyez qu'il serait assez sot pour rentrer chez lui ?

— Mes hommes le retrouveront où qu'il se cache, balaya le duc de la main. En attendant, le plus important est de montrer que la mort du roi n'affaiblit point le pouvoir. Sire, vous n'avez plus qu'à signer l'ordre de dresser le bûcher d'Anne du Bourg.

Obéissant, le jeune François II apposa son nom où le duc le lui montra.

— Poursuivons, dit le duc de Guise. Le cardinal de Lorraine recevra, quant à lui, la charge du Trésor royal.

Le duc de Guise croisa le regard satisfait de son frère à cette annonce et, malgré ses efforts pour paraître indifférent, il eut un frisson en sentant le regard assassin que Catherine de Médicis lui réservait.

# Gabriel

Exil, le mot lui fouettait le cerveau depuis le début de sa chevauchée. Il n'avait guère le choix, c'était partir ou mourir. Combien de temps devrait-il rester loin de sa terre ? Il se sentait mortifié d'une telle injustice. Il n'avait fait qu'obéir aux ordres. Incapable de réfléchir sereinement, il se fiait à sa monture pour éviter les obstacles dans la nuit. C'était périlleux, mais tout l'était et le serait désormais. Il se rappela ses jeunes années, alors élève de son père qui lui avait tout enseigné, du maniement des armes à la défense de son honneur. Et voilà qu'il fuyait comme un lâche ! La colère bouillonnait dans ses veines. Il tentait de recentrer ses pensées sur des actions concrètes. Combien lui restait-il dans sa bourse ? À peine de quoi le mener jusqu'au lendemain peut-être. Son avenir, il lui tournait le dos. Sa carrière était derrière lui.

— Ôtez la main de cet endroit, monsieur.

Il avait attrapé Madeleine par la cuisse d'une main pour la maintenir bien en selle. Il ne pouvait nier qu'elle lui plaisait, mais ce n'était guère le lieu ni le moment. Loin de lui obéir toutefois, il affermit sa poigne. Elle lui enfonça les ongles dans la paume. Ah, la sorcière ! Très bien, puisqu'elle voulait le jouer ainsi.

Il tira sur les rênes et s'arrêta, en pleine forêt. La jeune fille heurta son dos dans un cri étouffé. Il passa la jambe par-dessus l'encolure de l'animal et tira Madeleine à bas du cheval sans ménagement. Une étoile filante trancha le ciel. Machinalement, il fit le vœu de retrouver sa bonne fortune. Les savants prétendaient qu'il s'agissait d'astéroïdes, de corps célestes qui sillonnaient l'éther. Mais on n'en avait aucune preuve. Encore une histoire à dormir debout. Lui n'était pas si crédule.

— Que faites-vous, monsieur ?

— Il est temps que je t'explique qui commande ici.

Elle détourna la tête en soupirant.

— Inutile. Je le sais, et vous ne faites pas illusion, monsieur.

— De quoi parles-tu, insolente ?

— Je me comprends.

— Ravi pour toi, car moi non.

— Devant moi, vous gardez le chapeau. C'est surtout le chapeau qui compte pour savoir comment un homme va traiter une dame.

— Une dame, toi ? Comme tu y vas !

Il l'attrapa par la taille et la colla contre son torse, ignorant sa résistance.

— Lâchez-moi, monsieur.

— Tu peux crier, personne ne t'entendra.

Elle leva la tête et le regarda dans les yeux.

— Qui vous dit que vous me ferez crier ?

— Nous verrons bien.

Il prit ses cheveux de garçon dans sa main, se pencha

et l'embrassa. Saisie de surprise, elle se raidit. Il prolongea son baiser, ses lèvres étaient incroyablement douces. Il la sentit se détendre, mais à peine, elle restait paralysée. Il savait qu'elle s'adoucissait comme une proie se soumet à son prédateur. Il la relâcha. Elle baissa les paupières.

— Je ne suis pas pressé. Je préfère attendre que nous soyons arrivés.

Elle se redressa.

— Parce que vous savez où vous allez à cheval en pleine nuit à travers la forêt ?

— Évidemment. Viens, il faut repartir. La lune est voilée par les nuages, profitons-en. Allez.

Il remonta en selle et la tira par le bras pour l'installer cette fois-ci devant lui.

## Isabeau

Isabeau se demandait ce qu'elle faisait là. Claudine était venue la chercher alors que Florimond, à ses pieds, s'apprêtait à lui demander sa main. À présent que le roi était mort, Florimond voyait, comme prévu, sa position de trésorier des Guise devenir une faveur enviable. Beau garçon, bien élevé, il constituait un parti que ses parents accepteraient sûrement, mais elle n'avait guère eu l'occasion de leur en parler. Elle avait à peine eu le temps d'imaginer sa vie avec Florimond que Claudine la pressait de la suivre.

— Attendez-moi ! avait soufflé Isabeau au jeune homme.

Sa nouvelle amie l'avait conduite au palais du Louvre, fendant la foule des courtisans, traversant les portes gardées par les troupes royales jusqu'à ce que les hallebardes s'écartent à leur entrée dans la chambre de la reine. Enfin, de la reine mère.

Une chaleur étouffante régnait dans la pièce.

Claudine s'était retirée, laissant Isabeau se plier pour une révérence à la souveraine.

Le front luisant de sueur, Catherine de Médicis s'éventait en soupirant. Jamais Isabeau n'aurait imaginé se trouver en pareille proximité. La reine mère fit un signe pour l'inviter à s'asseoir.

— Prenez place, ma chère enfant. Vous êtes charmante, vous avez le regard clair et le teint frais de ceux qui vivent près de la nature, loin de l'air vicié de la cour et de ses intrigues.

Isabeau se rengorgea : pour la première fois depuis son arrivée à Paris, elle ne se sentait pas comme un chardon au milieu d'un bouquet de lys.

La souveraine se leva, tira une petite clef qui pendait à sa ceinture et s'en servit pour ouvrir le tiroir d'un secrétaire. Un meuble qui portait bien son nom. Elle en sortit un vieux parchemin qu'elle déroula sur la table. Un arbre généalogique calligraphié en lettres gothiques apparut. Il s'agissait d'un ancien manuscrit orné d'enluminures dorées à l'or fin. Isabeau s'attarda, émerveillée, sur les licornes, les salamandres et les entrelacs qui couraient autour des noms qu'elle tentait de déchiffrer.

— Mademoiselle, regardez, là.

Le doigt bagué de la reine se posa sur un cartouche. Isabeau se hissa sur son siège, plissa des yeux et lut le nom qui y figurait : Madeleine de La Tour d'Auvergne.

— Ce nom, mademoiselle, figurez-vous qu'il s'agit de celui de…

— De votre mère ! s'exclama Isabeau, fière.

La souveraine agita son éventail, un sourire amusé sur les lèvres.

*Ventrebleu, je viens de couper la parole à la reine mère ! Et de jurer ! Heureusement que l'on ne peut entendre mes pensées.*

— En effet, mademoiselle, et si nous remontons,

vous voyez Guy de Guines et Marie de Sully, nos aïeux communs, ce qui fait de vous et moi des cousines au sixième degré.

*Au cinquième degré*, voulut corriger Isabeau. Par chance, elle réussit à se retenir.

— J'ai grandi avec cet honneur, mes parents n'ont cessé de me le conter, madame, dit-elle avec une courte révérence.

— Si, en ce jour, je vous rappelle ce lien de parenté qui nous unit, c'est que je suis désormais veuve et je veux ma famille auprès de moi. Voilà pourquoi j'ai décidé de vous faire l'honneur de vous prendre à mon service, mademoiselle. Vous recevrez deux cents livres tournois de gages à l'année et vous serez logée, nourrie, blanchie.

La jeune fille resta figée de stupeur.

*Moi, demoiselle d'honneur de la reine, et je recevrai des gages en sus !*

Soudain, une angoisse la saisit.

*Et Florimond ? Combien de temps m'attendra-t-il ? Je lui ferai porter un message.*

— Madame, cela signifie-t-il que je ne retournerai pas dans le Périgord avec ma mère ?

— Non, à partir de maintenant, vous êtes à mon service.

Isabeau, partagée entre la fierté et la tristesse, sentit les larmes monter à ses yeux.

— Sachez que je ne vous engage pas pour être une simple demoiselle d'honneur. Vous aurez un rôle particulier, une mission à assumer au service de la Couronne, que je veux confier à un membre de ma famille.

La reine prit une rose dans un bouquet qui trônait sur une console.

— Et vous me devrez une loyauté et une obéissance sans faille. Approchez.

Isabeau s'exécuta, la tête baissée en signe de respect, ses pas résonnant sur le parquet en chêne massif.

— Relevez la tête, ordonna la reine mère. Une demoiselle d'honneur doit toujours regarder le monde en face.

Isabeau leva les yeux pour rencontrer le regard de sa nouvelle maîtresse. Catherine lui tendit la rose, d'un rouge si sombre qu'il paraissait noir.

— Isabeau de Limeuil, acceptez-vous cette rose, symbole de vérité et de dévotion ? demanda-t-elle. Acceptez-vous de servir votre reine, d'agir en son nom quand elle l'ordonne avec loyauté et honneur et de taire ses secrets jusque dans la tombe ?

Prenant la fleur, Isabeau répliqua d'une voix émue :

— Je l'accepte, madame.

— Isabeau de Limeuil, à compter de ce jour, jurez-vous devant Dieu que vous êtes disposée à sacrifier votre propre vie si les intérêts du royaume l'exigent ?

Un sentiment d'invincibilité gonfla la poitrine d'Isabeau.

— Je le jure à Votre Majesté. Dieu m'est témoin, que je sois foudroyée si je romps mon serment.

— Parfait. Vous ne serez pas seule pour assumer cette fonction. Un bouquet est constitué de plusieurs roses.

Catherine de Médicis frappa dans ses mains. Une tenture s'écarta. Isabeau ne vit personne.

— Sa Majesté a appelé, dit pourtant une voix aiguë.

Isabeau dut baisser la tête pour découvrir une créature aussi petite qu'une enfant, mais à la tête de femme. Elle marchait en se dandinant. Une naine !

Isabeau avait entendu dire que la reine en possédait, mais n'en avait jamais vu de près. Elle dissimula le sentiment d'étrangeté qui l'habitait.

— Folle-en-Pied, voici Isabeau de Limeuil. Elle appartient désormais à ma maison. Conduisez-la où vous savez.

Isabeau ne quittait pas des yeux la naine qui lui fit une grimace.

Elle fit une révérence, trop rapide, se dit-elle, à la reine mère et suivit la naine qui marchait d'un bon pas en dépit de sa taille. Elle l'entraîna derrière la tenture et elles se retrouvèrent dans des corridors sombres éclairés de loin en loin par de rares chandeliers accrochés aux murs.

— Où allons-nous ? Et je n'ai rien. Ma mère a gardé toutes mes affaires.

— Tu auras tout ce dont tu as besoin, trancha la naine.

Sa vie allait changer, elle était demoiselle d'honneur de la reine de France. De la reine de France ! Elle bomba le torse avec orgueil, saisie d'une excitation qu'elle n'avait jamais éprouvée jusqu'alors.

Folle-en-Pied ouvrit une porte dérobée dans le corridor et s'y engouffra. Isabeau la suivit, étonnée de devoir presser le pas, s'engagea prudemment et découvrit un escalier enroulé autour de son pivot. La naine disparut dans la spirale sombre qui s'enfonçait sous terre. Isabeau commença à descendre, la main posée sur la vis centrale pour ne pas chuter. Elle se guidait au bruit des pas saccadés de Folle-en-Pied et à l'ombre portée de sa silhouette trapue. Où la conduisait-elle ? Isabeau avait du mal à imaginer que les appartements des demoiselles d'honneur se situaient au niveau des douves du Louvre.

Elle poussa un cri en marchant sur une forme molle. La naine remonta, éclairant de sa lampe la volée de marches.

— Ce n'est qu'un rat mort, fit-elle en haussant les épaules.

Et elle reprit sa course dans l'escalier. Isabeau frissonna, écarquillant les yeux dans l'obscurité.

*Il faudra que je ramène mon chat.*

La naine s'arrêta enfin devant une lourde porte en bois, close par deux serrures.

— Ce n'est quand même pas ici que se trouvent mes appartements ? s'exclama Isabeau.

— Qui t'a dit que je t'emmenais dans tes appartements ?

Folle-en-Pied introduisit une double clef dans la serrure du haut, puis une autre dans celle du bas et les tourna en même temps. La porte s'ouvrit dans un souffle.

Isabeau franchit le seuil et s'arrêta, ébahie.

## Claudine

En voyant Isabeau entrer et découvrir les lieux, Claudine revit sa mine émerveillée quand elle admirait les festivités du tournoi.

*Il y a deux semaines à peine alors que l'on dirait une éternité.*

— Claudine, quelle surprise de vous retrouver ici ! s'exclama Isabeau en se précipitant vers elle. Mais où sommes-nous ?

— Sous le Louvre, dans les fondations du château féodal transformées en souterrains. Venez mettre votre rose ici.

Isabeau obéit et la posa solennellement dans un vase où se trouvaient deux roses déjà séchées.

— Mais tout est si luxueux, ici ! Ces velours, ces candélabres, ces livres…

— Chut, voici la reine mère, l'interrompit Claudine.

Vêtue de noir de pied en cap, Catherine de Médicis fit son entrée accompagnée de Louise. Quelque chose avait changé en elle. Cela frappa Claudine. Elle n'avait jamais vu Catherine aussi déterminée, son regard brillait d'un éclat nouveau. Les jeunes femmes se turent, plongeant en une révérence respectueuse. Isabeau se pencha vers Claudine.

— Comment est-elle arrivée ? Certainement pas par l'escalier poisseux qui m'a conduite jusqu'ici.

— Chut ! répéta Claudine.

La souveraine se mit à marcher de long en large dans la pièce, son ourlet glissant sur les tapis dans une allure majestueuse. Depuis la mort de son époux, elle semblait renaître avec la puissance d'un ouragan. Claudine l'envia, non sans une pointe de honte, de ce veuvage précoce.

Catherine s'arrêta pour les fixer une à une, droit dans les yeux, comme un capitaine passe ses soldats en revue.

— Mesdemoiselles, vous devez savoir que le traître, le lâche, le régicide s'est enfui. Il doit être retrouvé pour que justice soit rendue.

— Toutes les polices du royaume ne sont-elles pas à ses trousses ? s'enquit Isabeau, naïvement.

Catherine soupira.

— Elles devraient l'être, mais ce n'est pas le cas.

— Comment est-ce possible, madame ?

Claudine non plus ne comprenait pas. Il devrait déjà être à la Bastille.

Catherine de Médicis s'arrêta pour se tourner vers les trois jeunes femmes.

— Si je vous ai réunies secrètement ici, c'est que l'heure est grave. Vous êtes mon Escadron volant, vous serez dorénavant mes yeux et mes oreilles partout à la cour et au-delà. Je veux et j'ordonne que vous, mes demoiselles, remuiez ciel et terre pour trouver des informations sur la fuite de Montgomery et ce, quels qu'en soient les moyens.

— Mais comment pourrions-nous y parvenir ? demanda Isabeau.

La reine mère eut un regard complice pour Louise.

— Je sais le pouvoir des femmes sur les hommes. Louise vous apprendra tout ce que vous aurez besoin de connaître pour cette mission. Désormais, le royaume compte sur vous.

## *Arbres généalogiques*

Seuls figurent dans ces arbres généalogiques les personnages qui jouent un rôle dans le roman.

# La Maison de Valois

François Iᵉʳ
*roi de France*
1494-1547

Catherine de Médicis — Henri II
*reine de France* / *roi de France*
née en 1519 / né en 1519

Marie Stuart, *reine d'Écosse*, née en 1542 — François, né en 1544

Élisabeth, née en 1545

Claude, née en 1547

Charles, né en 1550

Henri, né en 1551

Marguerite dite Margot, née en 1553

Hercule, né en 1555

# La Maison de Bourbon

Marguerite d'Angoulême
*sœur de François Ier*
(1492-1549)

Jeanne d'Albret
*reine de Navarre*
née en 1528

Antoine de Bourbon
*roi de Navarre*
né en 1518

Louis de Bourbon
*prince de Condé*
né en 1530

Henri de Bourbon
né en 1553

# La Maison de Guise

Marie de Guise
*régente d'Écosse*
née en 1515

François de Lorraine
*duc de Guise*
né en 1519

Charles de Guise
*cardinal de Lorraine*
né en 1524

François de Valois
né en 1544
—
Marie Stuart
*reine d'Écosse*
née en 1542

Henri de Guise
né en 1550

## *Bibliographie sélective*

L'Escadron volant est un sujet qui me passionne depuis des années, voire des décennies. Décrié, pourfendu depuis son origine, il est ardu de trouver des sources historiques étant donné son caractère secret. C'est pourquoi je me suis autorisée à éclairer les zones d'ombre à la lumière du romanesque de mon imagination.

Toutefois, le contexte historique est authentique.

Si d'aventure, chère lectrice, cher lecteur, vous souhaitez en savoir davantage sur l'époque, je vous livre ici les pistes bibliographiques qui m'ont accompagnée pour mes recherches historiques.

Cette bibliographie est loin d'être exhaustive tant les ouvrages compulsés au fil des années sont innombrables. Je n'ai pas mentionné les textes comme les mémoires, journaux, lettres, archives, ouvrages des contemporains de l'époque, comme Montaigne, Brantôme, Catherine de Médicis, Ronsard, Marguerite de Navarre, Marguerite de Valois, l'Arétin, ou encore Veronica Franco.

Akkerman, Nadine, *Invisible Agents : Women and Espionage in Seventeenth-Century Britain*, OUP Oxford, 2018.

Baudouin-Matuszek, M. N., *Paris et Catherine de Médicis*, Ville de Paris, 1992.

Carroll, Stuart, *Martyrs and Murderers: The Guise Family and the Making of Europe*, OUP Oxford, 2011.
Cloulas, Ivan, *Catherine de Médicis*, Tallandier, 2007.
Cloulas, Ivan, *Henri II*, Fayard, 1985.
Cloulas, Ivan, *Les Châteaux de la Loire : au temps de la Renaissance*, Fayard, 2012.
Coletti, Fabien, « Le Castelletto ou l'échec d'un modèle : la politique urbaine de la prostitution à Venise entre Moyen Âge et Renaissance, Il Campiello », *Revue d'études vénitiennes*, 2017.
Coletti, Fabien, *Liaisons vénales et amours extra-conjugales à Venise au XVI^e^ siècle : réalités sociales et représentations littéraires*, thèse de doctorat, 2016.
Constant, Jean-Marie, *La Noblesse française aux XVI^e^ et XVII^e^ siècles*, Hachette, 1994.
Craveri, Benedetta, *L'Âge de la conversation*, Gallimard, 2002.
Defrance, Eugène, *Catherine de Médicis, ses astrologues et ses magiciens-envoûteurs*, Mercure de France, 1911.
Duby, Georges, Perrot, Michelle, *Histoire des femmes en Occident, tome 3 : XVI^e^-XVIII^e^ siècle,* Perrin, 2002.
Gilles, Audrey, *Plaisirs féminins dans la littérature française de la Renaissance*, Garnier, 2022.
Gueniffey, Patrice, *Les Derniers Jours des rois*, Perrin, 2014.
Huchon, Mireille, *Le Français de la Renaissance*, PUF, 1988.
Ilhan Baris, *The Astrology of the Ottoman Empire*, Publishing Istanbul, 2007.
Jouanna, Arlette, *La France de la Renaissance*, Robert Laffont, 2001.
Jouanna, Arlette, *Le Devoir de révolte*, Fayard, 1989.
Landurant, Alain, *Montgomery le régicide*, Cheminements, 2008.
Lanoë Catherine, *La Céruse dans la fabrication des cosmétiques sous l'Ancien Régime (XVI^e^-XVIII^e^ siècle)*, Éditions de l'EHESS, 2002.

Lazard, Madeleine, *Brantôme*, Fayard, 1995.

Megyesi, Beáta, *Keys with Nomenclatures in the Early Modern Europe*, Cryptologia, 2022.

Morand-Métivier, Charles-Louis, *Apprendre des massacres : émotions et nation dans la littérature du Moyen Âge et de la Renaissance*, thèse de doctorat, Université de Pittsburgh, 2013.

Özkoray, Hayri Gökşin, *L'Esclavage dans l'Empire ottoman (XVI^e-XVII^e siècle)*, EPHE, 2017.

Pigaillem, Henri, *Catherine de Médicis*, Belin, 2018.

Poirrier, Jean-Pierre, *Catherine de Médicis*, Pygmalion, 2009.

Réchou, Marie-Henriette, *Claude Catherine de Clermont, maréchale de Retz*, thèse de doctorat en histoire, Université de Saint-Étienne, 1996.

Rosenberg, Pierre, *Dictionnaire amoureux du Louvre*, Plon, 2010.

Sauval, Henri, *La Chronique scandaleuse de Paris ou Histoire des mauvais lieux*, 1883.

# REMERCIEMENTS

Ce livre est le résultat d'une somme d'inspirations, de rencontres, d'échanges, de liens tissés longuement au fil des mots et des mois.

Merci avant tout à mes enfants qui me soutiennent, me stimulent, m'encouragent, me supportent, toujours dans la joie et la bonne humeur.

Chacun et chacune saura ce que je lui dois, en confiance, en soutien et en générosité, bien au-delà d'un simple remerciement :

Lisa Boulou, Marie-Pierre Borak, Françoise Cayla, Claude Colomès, Christiane David-Geuna, Barbara Deljarrie, Bernard Deljarrie, Hélène Duffau, Anne Girard, Gisèle Icart, Chantal Izalguier, Philippe Lasterle, Nicole Pradalier, Aveline Regnier, Héloïse Reitter, Cathy Tike, Agathe Vivès, Magali Wiéner et toutes les participantes à mes ateliers d'écriture pour leur belle énergie créative. Et bien sûr, merci à Miss Chihuahua. Sans oublier les 4 elles, Clara Deljarrie (aussi pour l'esquisse du plan de Paris), Morgane Faramarzi-Roques, Océane Pimentel, Aurore Regnier-Giroux. Enfin merci à toute l'équipe d'Albin Michel de m'avoir si bien accueillie ainsi que mes Volantes.

J'ai une pensée particulière pour ma mère qui n'aura pas vu ce livre édité mais qui m'a soutenue depuis l'enfance dans mes projets d'écriture, tout autant que mon père.

DE LA MÊME AUTRICE :

Romans

*Marco Polo, la caravane de Venise*, Éditions nº 1/Calmann-Lévy, 2001.

*Marco Polo, au-delà de la Grande Muraille*, Éditions nº 1/Calmann-Lévy, 2002.

*Marco Polo, le tigre des mers,* Éditions nº 1/Calmann-Lévy, 2003.

*La Sultane andalouse*, Éditions nº 1/Calmann-Lévy, 2011.

*Les Courtisanes de Venise*, Albin Michel, 2025.

Essais

*La Libération de la femme, une parenthèse dans l'histoire*, Éditions Anabet, 2007.

www.muriel-romana.com

Découvrez le début du nouveau roman
de Muriel Romana, disponible
chez Albin Michel :

# *Les Courtisanes de Venise*

# Gabriel

Plus il avançait, plus il s'éloignait de ses ennemis : le royaume de France et sa cour. Le comte Gabriel de Montgomery ralentit l'allure. Derrière lui, Madeleine se détendit. Peu accoutumée à monter à cheval, la jeune fille se crispait dès qu'il accélérait le pas. Il aimait la sentir s'accrocher à lui, goûtant la volupté de sa poitrine dans son dos, son désir attisé.

À la fin de la journée, l'horizon se déploya en un long ruban bleu où le ciel et la mer se touchaient. Et là, toute proche, Venise s'annonçait par ses campaniles dont les cloches sonnaient à la volée. Gabriel donna des éperons, impatient. Madeleine se serra contre lui, aiguisant sa hâte d'arriver à destination.

Une fois franchis les ponts de la cité lacustre, ils furent accueillis par les couleurs du marché aux fleurs, les parfums des roses de Damas embaumant l'Orient jusqu'à l'ivresse. Ponctués de fontaines et de passerelles, les canaux serpentaient, miroitants reflets des palais aux motifs chamarrés. Plus loin, des épices en cosses que l'on s'apprêtait à moudre exhalaient leurs senteurs fortes de muscade, de poivre et de cannelle. Tout, à Venise, respirait le faste du voyage.

Gabriel se sentit léger pour la première fois depuis qu'il avait quitté Paris, ses odeurs de boue et de crottin, ses nuages blancs sous une chaleur écrasante. Des éclats de lapis-lazuli craquèrent sous les sabots de sa monture, auréolant d'une poudre bleue les jambes de son cheval.

Tout l'émerveillait, l'enthousiasmait. La France lui paraissait à l'autre bout du monde, et il n'imaginait pas un instant y retourner. Il soupesa sa bourse. Elle contenait suffisamment pour tenir quelques semaines. Ensuite, il lui faudrait se vendre.

Ses brillants états de service lui ouvriraient grand les portes de toutes les ambassades. Ancien capitaine de la garde royale, il était le meilleur. Enfin, il avait été le meilleur. Refusant de songer à ce qu'il avait perdu, il regarda par-dessus son épaule et rencontra les yeux de Madeleine, qui découvrait la magie de la ville avec la même étincelle de joie que lui. Il décida qu'il attendrait encore pour se débarrasser d'elle, et se félicita de cette part d'humanité en lui.

Une pensée vint assombrir ce tableau. Son épouse qui l'attendait sur ses terres de Normandie, la reverrait-il un jour ? Devait-il la faire venir avec leurs enfants ? Il était trop tôt pour y réfléchir. D'abord, un logis discret et du repos. Il lui tardait de se soulager de la tension du voyage entre les cuisses de Madeleine.

PAPIER CERTIFIÉ

Le Livre de Poche s'engage pour l'environnement en réduisant l'empreinte carbone de ses livres. Celle de cet exemplaire est de :
150 g éq. $CO_2$
Rendez-vous sur
www.livredepoche-durable.fr

Composition réalisée par Soft Office

Achevé d'imprimer en France par
CPI BRODARD & TAUPIN (72200 La Flèche)
en mai 2025
N° d'impression : 3061023
Dépôt légal 1re publication : juin 2025
LIBRAIRIE GÉNÉRALE FRANÇAISE
21, rue du Montparnasse – 75298 Paris Cedex 06
marketing@livredepoche.com

40/3425/3